光文社文庫

長編小説

血まみれのマリア

きんぴか②

完本

浅田次郎

光 文 社

目次

嵐の夜の物語

神々の休日

まがまがしい雲のつらなりが、西から東へと流れて行く。

海浜《かいひん》公園の突堤は、うねりに向かう舳《へさき》のようだ。

朝から入江を賑《にぎ》わせていたサーファーたちも、次第に勢いを増す波と嵐とに怖れをなして、あらかた帆をたたんだ。

大型台風は九州本土に接近したと、正午のニュースが告げた。イヤホーンをはずすと思いがけぬ風の音であった。

「なあ、ゴンさん。そろそろ納竿にしようや」

ずっと黙りこくっていた隣人が、テグスをたぐり寄せながら顔を向けた。

「いいや、まだこれからだ。そこいらのガキどもでもあるめえに、ボラやハゼを釣りに来たわけじゃねえ」

隣人は餌をつけかけて、向井権左ェ門《むかいごんざえもん》の細い黒鯛《チヌ》竿の先を見つめた。

「このうねりじゃ、アタリも読めんだろう」

「竿先じゃあわからねえが、指にゃちゃんと来てるぜ」

「長年のカン、てやつかね」

「そうだ。現場のカンってえやつだ。おめえにゃわかるめえがな」

向井はそう言って、白目の勝った鋭い視線を暗い沖合に向けた。

「ま、おめえはまだ先のある大事《でえじ》な体だ。帰《けえ》った方がいいかも知れねえな。現職の警視総監が、釣りに来て高波にさらわれたとあっちゃシャレにもならねえ」

向井の言葉に苦笑して、突堤の汐通しに針を落としこんだとたん、総監の竿は大きくたわんだ。

「よしっ、チヌだ」

「いちいちチヌだクロだとうるせえやつだな、ボラに決まってらあ」

いったん自分の竿を上げて、向井は言った。

「いいや、今度こそ黒鯛だ」

「ふん、横ッ走りするチヌがどこにいる」

「チヌだぞ。引きが違う」

「ボラだって」

「チヌだ」

「いや、ボラだ」

「賭けるか、ゴンさん」

「よし、乗った」

総監は昔ながらのタイコリールを親指で止めると、右手を伸ばしてタモ網を引き寄せた。

「いいか、上がるぞ」

はたして暗い水底《みなぞこ》から姿を現わしたのは、間の抜けたボラの顔である。クソ、と総監は乱暴に針をはずすと、憎き獲物を海面に叩きつけた。

向井は竿先を見つめたまま、右手を差し出した。

「借りだ、借り！」

「借りも朝から三度目となりゃ、穏やかじゃねえぞ。つごう三万、オラ寄こせ」

総監はオーバーオールのジーンズのポケットから、小さく畳んだ一万円札を出して向井に手渡した。

「二枚っかねえぞ」

「うるさい。あと一万、借りだ」

「けっ。なんでえ、口張《くちば》りかい。ボラのたんびにチヌだチヌだと騒ぎやがって、てめえなんぞに釣られるほど東京湾の黒鯛はバカじゃねえんだ。おい、キンちゃん、明日一番で本庁に集金に行くかんな」

向井は鳥打帽の庇《ひさし》を押さえながら言った。

「ええと、明日は署長会議で忙しい」

「ほお――」、と向井は顎を上げた。

「まったくおめえも偉くなったよな。闇市以来《いれえ》の相棒よりか、ケツの青い署長どものムダ話の方が大事《でえじ》か。あ？　キン公」

花岡《はなおか》総監は闇市以来、この三白眼《さんぱくがん》には弱かった。

向井権左エ門はヘヘッと笑い、唇の端で言った。

「一緒に犯人《ホシ》を挙げてよ、そんで、おめえが表彰状もらって、俺が始末書を書いてよ。そんな友情が四十年も続きァ、ま、こういう結果になるわけだ」

「またそれを言う……わかったよ、わかった。取りにこい、明日。まったく煮ても焼いても食えない性格だな」

「ふん。性格なんてのァな、歩ってきたみちみちで身につくもんさ。元を糺《ただ》しゃ、おたげえ悪い時代に食いっぱぐれてお巡りになったんじゃねえか。あ？　キン公。おめえまさか今さら四十年の友情をホゴにしようてえわけじゃあるめえな」

「え、ホゴだなんて。考えてない、考えていませんよ、ゴンさん」

「そうだよな。なにせ闇市の交番《ハコ》の裏で、七輪にメザシのつけて弁当を食った仲だもんな。

あれ？　なにイジケてやがる。冗談だよ。冗談」

まったくイヤな性格だと、花岡総監は溜息をついた。しかし、そのイヤな性格には真底、敬意を抱いている。正義の化身が、良い性格であろうはずはない。

二人の老人は再び肩を並べて釣糸を垂れた。波はいよいよ高く、空は不穏な唸《うな》り声をたて始めた。

「なあゴンさん――」、と総監はしみじみ問いかけた。

「そろそろ、やめようじゃないか」

向井権左ェ門は竿先に目を凝らしたまま答えない。

「なあ、もういいじゃないか、ここいらで」

「良かねえ」

ひどくぶっきらぼうに、向井は答えた。

「俺はな、ゴンさん。万が一、あんたに手錠《ワッパ》を打つようなことになったら、と考えると――」

「俺ァ、そんなヘタは打たねえよ。第一、セガレどものやることに口をはさんだ覚えァねえ」

「しかし、そのセガレどもは、ちょっとやりすぎじゃないか」

「そうかな、俺はそうは思わねえ。いいや、まだまだ甘え」

「ゴンさん——」、と一言、叱るように言ったなり、総監はその先の言葉を呑んだ。いまいましげに竿を納め、帰り仕度を始めた。

「どうしたキンちゃん。すねちまったのか」

「俺の口からどうこう言ったって、聞くようなあんたじゃないものな」

「ま、おめえの心遣いだけァ、ありがたく受け取っておかァ」

花岡総監は道具をまとめて立ち上がると、古ぼけた鳥打帽の背を黙って見つめた。向井は風に唄うように続けた。

「俺のこの手にめんと向かってワッパを打てるほどの上等なお巡りなんぞいるものか。できることなら目の黒えうちに、お目にかかりてえもんだ」

そうかも知れない、と花岡総監は思った。

「そおら、来たぞ」

向井は声を絞ると、立ち上がるようにして大きく合わせた。精妙な短竿が弧を描いてたわんだ。

「こいつァ本物だ」

まっすぐに引き込む糸を一気に巻き上げながら、向井は言った。

「どうせボラだよ、ゴンさん。こんな所には、もうチヌなんかいないさ」

「いいや、チヌだぜ。まちがいねえ」

「ボラさ」

「チヌだ。賭けるか」

「よし」、と総監は暗い水面に目を凝らした。銀色の鱗《うろこ》が輝いた。精悍《せいかん》な黒鯛の影が、ゆったりとのたうちながら波間に現われた。

「どうでえ、キンちゃん。こいつがボラに見えるかよ」

すばやくタモ網に取り込むと、向井権左ェ門はからからと豪快に笑った。二キロは下るまいと思われる大物である。

「どうやら波にさらわれる前ェ《め》にケリがついたぜ。どうでえ、こいつで一杯やるかい」

「いいな、悪くない。官舎に寄って行けよ」

「おう、警視総監公邸で一杯たァ、豪気じゃねえか。だがよ、キンちゃん、今みてえな酒のまずくなるような話はやめてくれよ」

酒を飲みながら、じっくり説得しようと考えていた総監は出ばなを挫《くじ》かれた。

湾岸の空を呑み込むように、沖合から黒い不吉な雲の群が押し寄せてきた。ガラスのビルディングや高速道路や倉庫の上の広告塔が一斉に色を失うさまを、総監は突風に踏みこたえながらはっきりと見た。

向井権左ェ門は身仕度を済ませると、竿先を見据えていたのと同じ強い、きびしい目で、ふいに総監を睨《にら》み上げた。

「他人の心配をする前ェに、てめえの足元に気をつけるこった。天下の警視庁に頭の黒いネズミを飼っているたァ、キンちゃん、名奉行のおめえさんらしかァねえぞ」

伝説のヒットマン

砦《アジト》の自室で、ピスケンは快く目覚めた。

寝起きの良さは十三年と六月《ろくげつ》と四日に及ぶ、規則正しい生活のたまものである。

ガバ、とはね起き、今日が十月五日であることに気付くと、ピスケンは思わず快哉《かいさい》の声を上げた。

「まちげえねえな。うん、まちげえねえ！」

鮮やかな彫物《ほりもの》の肩にバスローブを羽織ると、ピスケンは廊下に駆け出した。

月の五日はピスケンにとって特別の意味がある。もちろん特別とはいっても、親の祥《しょう》月命日《つきめいにち》だなどという奇特な意味ではない。

広域指定暴力団・天政連合会《てんせいれんごうかい》の機関誌「月刊侠道《きょうどう》通信」の発売日なのである。長年にわたる孤独な生活の結果、読書への思い入れは並々ならぬものがある。活字こそは十三年余の生活における最も重要な娯楽であり、貴重な情報源であり、有効なヒマツブシであった。

しかし、ピスケンが「月刊侠道通信」を落手するにあたって、あたかも「りぼん」の発売日を心待ちにする少女のごとく、彫物ビッシリの胸をときめかせるのには、無理からぬ理由があった。

数カ月前、まったく突然に送りつけられてきたその雑誌には、「伝説のヒットマン――ピスケン一代記」と題する読物が連載されていたのである。

快挙であった。この際、連載の動機とか必然性とかコトのよしあしなんて、どうでも良かった。ふつう存命中の伝記というものは、目の玉の飛び出るようなカネを積んで、いわゆるチョウチンライターに書かせるものだ。相当に不純な目論見《もくろみ》もある。しかし、頼みもしないのにいきなり自分の業績がこうして日の目を見るなんて、これが快挙でなくて何であろう。

中二階の暗がりを手探りで歩くと、玄関のシャッターの小窓から光が洩れている。大封筒が差し込まれているのだ。目下裁判所の管理下にあるこのビルに、他の郵便物が届くことはない。おおかた若い者が配達してくれるのであろうか、封筒の表には「謹呈・阪口健《さかぐちけん》太《た》殿」と、墨痕《ぼっこん》もあざやかに書いてある。胸のときめきはそれを手にした時から、たとえようのない幸福感に変わる。

ピスケンはスキップも軽やかにエレベーターに戻ると、もどかしげに封筒を破りながら三階のラウンジホールに降りた。

配電盤を開け、ズラリと並んだスイッチをすべてONにする。豪華なシャンデリアが一斉に灯をともす。グランドピアノが自動演奏を始め、ステージの緞帳《どんちょう》が開いて、大型スクリーンが南国のイメージビデオを映し出す。ミラーボールが広いラウンジの隅々までを、幻想的な流星で彩る。

はっきり言って、下品である。

しかし、このビルを残して破産した田舎成金の個人的悪趣味は、ピスケンの美意識にたまさか合致していた。満艦飾《まんかんしょく》というか、小学校の運動会というか、六〇年代のグランドキャバレーというか、要するにハデなら何でも良いのであった。

ピスケンはミラーボールの流星の中で、クックッと不気味に笑いながら、洋酒棚に歩み寄った。ジョニー・ウォーカーを取り出し、封を切る。他に良い酒はいくらでもあったが、彼は十三年前の一般的評価に従い、ジョニ黒が世界一高級なウイスキーだと今も信じているのであった。

至福のときであった。巨大な、クジラのようなソファに身を沈め、スコッチに喉を灼《や》きながら、まず表紙を眺める。

〈月刊侠道通信・十一月号〉

耳で聞いた限りではたいへん紛らわしい誌名だが、こんなものにいちいち文句をつけるほど、国際的情報社会のメジャーはヒマではない。

表紙を飾る天政会の代紋の右上に、

〈特集・新法施行――その諸問題と対策〉

と、ある。執筆者は天政連合会の顧問弁護士である。ふつうこの手の弁護士は、腕の良しあしにかかわらず、顧問契約の翌日から一般の依頼事はピタリとこなくなる。すなわち生涯この業界でシノギを立てなければならないから、実質的には立派な極道と言える。

表紙の左下には大仰な筆書体で、

〈編集人・岩松円次《いわまつえんじ》　編集発行・金丸《かなまる》産業株式会社〉

と、ある。どんな雑誌でもこういう表示は背表紙に小さく書くものだが、ナゼか毎号、表紙にデカデカと印刷してあるのは、ひとえに岩松円次事務局長の個人的宣伝にほかならない。

天政連合会の中核団体たる二代目金丸組は、法人化と同時に、およそ思いつく限りの業務目的をその定款《ていかん》に書き並べた。おかげでその気にさえなれば、大根からフェラーリまで売ることができる。最後の第百二十六項目には、「宇宙旅行についての企画・開発・総合デベロップメント業、及びそれに付帯する一切の業務」なんて、書いてあった。何を考えているのか良くわからないが、とりあえずできない商売は何もないのであった。

しかし、「侠道通信」が三省堂《さんせいどう》や八重洲《やえす》ブックセンターや、駅のキヨスクで売っていることはない。仮に市販したところで、週刊誌サイズ百二十ページが税込み一千五百円では、誰も買うわけはない。

ところが摩訶不思議、「月刊侠道通信」は毎月五日の発売と同時に、発行部数三万部を一冊残らず売り切るのであった。考えてみれば、全国の傘下組織に組員の頭数×三冊ずつ、一方的に送りつけるのだからちっともフシギではなかった。

これはボロい。なんたってボロい。

しかも送料は着払い、年間購読料は前年末にイッカツ先払い、税務署には九割がたが贈呈品だと言い張るのであった。もちろん、返品等は一冊もなかった。やむなく返本するときは、向こう十年分の購読料、もしくは絶縁・破門願、または左手小指を同封のうえ、送り返すことになっていた。

セコさと商魂にかけてはまちがいなく極道史に残る、岩松円次とその若頭・福島克也《ふくしまかつや》の手になる極め付きの企画であった。

ピスケンは表紙の代紋にいちど頭を下げてから、おもむろにページを開いた。

グラビアは「今月の兄弟盃」と題する、盃事のカラースナップである。これはどうでも良い。

モノクロページはソープ嬢のヌード。題して「俺の女はみんなの女」。これも、どうでも良い。

さらにページをめくって、目次を読む。

○特集・新法施行——その諸問題と対策
○覆面告白・私はこうして富士銀をパクッた！
○実戦法律講座・刑事訴訟法　その2
○日本シリーズ基準ハンデ予想
○カタギに負けるな！　一頭一枠制馬券必勝法
○'92新車情報・ベンツ一〇〇〇ＳＥＬのすべて
○全国版・逮捕者速報

○特別企画・義兄弟募集ラスベガスねるとんツアー・参加要項

…………

名だたる広域団体はたいていこうした機関誌を発行しているが、内容の豊かさについては本誌の右に出るものはまずない。一部の通信販売の広告を除けば、色ネタなんてまるでない。いわばヤクザ業界誌の「プレジデント」と言えよう。

「あった」、とピスケンは思わず呟いた。

巻末特別読物・短期集中連載「伝説のヒットマン・ピスケン一代記」。その第三回目である。いつもの通り見出しの上に、彼自身の若き日の顔写真が添えられている。

フムフム、とピスケンはむさぼるように読み始めた。

物語はいよいよ佳境に入り、主人公ピスケンが岩松円次親分の無言の意を汲《く》んで、拳銃を片手に雨の中を駆け出すシーンである。まわりくどい漢語調の言い回しと、漢字の多さには苦労するが、それは業界の公用文なのだから仕方がない。

〈其の時、ピスケンこと阪口健太の脳裏に去来する物は、死への恐怖でも、敵に対する憎悪でもなかった。彼の敬愛して止まぬ岩松円次親分の俠気に満ちた男の顔が、彼をして立たしめたのである。「親分、後の事は宜しく頼んます」、とピスケンは沛然《はいぜん》と降りしきる雨の中で腰を割り、二代目金丸組の代紋に向かって深々と頭《こうべ》を垂れたのであった……〉

「イイッ！　いいぞォ！」

ピスケンは興奮のあまり禁煙パイポに火をつけた。

もちろん史実とはほど遠いが、リアリズムを追求すればするほどヒロイズムが破壊されるのが犯罪の本質なのだから仕方がない。その夜のピスケンは決して小便をチビッてはならないし、今生《こんじょう》の食いおさめにタコ焼きを山のように食ってはならないし、断じておふくろの顔を思い浮かべてベソをかいたりしてはならないのである。

「それにしても、カッコ良く書くもんだなあ」

ピスケンはクライマックスのくだりを、いくども読み返してはいたく感心した。

執筆者はどうせ金丸組の身内に違いなかった。たいへん意外なことだが、業界ではこの程度の書き手には決して不自由しないのである。

誰もが一身上の都合により、常人の十倍以上の読書をしている。半年や一年の小便刑ならばマンガと週刊誌で乗り切れるが、前科五犯の兄ィともなると、大河小説・哲学書の類いでなければ間が持たない。何だか良くわからんが、とりあえず時間がツブせる書物が刑務所のベストセラーなのである。

そのうえ、供述調書に始まって、上申書、反省文、日記、書簡と、文章をやたらと書かされる。結果、文学的教養と文章技術はいやがうえにも身についてしまうのであった。

要するに、小説を書くヤクザは大勢いるのである。

この読物が、実は新たな鉄砲玉を作るための精神教育的効果を狙っていることに、当のピスケンは気付いていない。

すっかり幸福な気分になったピスケンは、ジョニー・ウォーカーをグビリと喉に流し込むと、ソファに横になった。あとはどうでも良い記事を読みながら、本を傘にしてまどろむのが、この特別な日の日課である。

巻末のグラビアは幹部親睦旅行のスナップであった。浴衣姿《ゆかた》の見知った顔が、どれも大層な貫禄を備えてカメラに収まっていた。

ふつうの人より少しだけ短い小指の先で、ピスケンは写真をなぞった。

「ええと、岩松のオヤジに、これは克也。その隣は田之倉《たのくら》の若衆で、何てったっけ。そう、鈴木《すずき》のマッちゃん。老けたな。で、こっちは淀橋《よどばし》の常兄《つね》ィ……」

と、和気あいあいとした露天風呂のスナップの中に、どうしても思い出せぬ顔がひとつある。鼻梁の通った、色白の二枚目。岩松親分と肩を組んで笑っているのは、たとえ無礼講にしろ相当の貫目《かんめ》なのであろう。

「思い出せねえなあ。誰だっけ――」

確かに記憶にある顔なのだ。こうなると長年クロスワードパズルに執着し続けた悲しい習性が物を言って、眠るどころではなくなった。

「どっかで見たことあるんだがなあ――」

ピスケンは悶々と悩み、しまいには頭をかきむしって唸った。

おりしも、早朝トレーニングを終えた軍曹が、短パン一枚のたくましい体に汗を輝かせて、ラウンジに走り込んで来た。足踏みをしながら呼吸を整えると、ピスケンの苦悶するソファの下に丸太のような両足を滑り込ませ、気合の入った腹筋運動を開始した。

「おお、ちょうど良いオモシだ、動くなよ。おや、ケンちゃん、具合でも悪いのか？」

ギシギシと筋肉を軋《きし》ませながら、軍曹はセロのような声で言った。

「うるせえ、黙ってろ。どうもてめえのツラは神経にさわるな」

「日ごろから不摂生をしておるから病気になるのだ。心にスキがある。だいたい朝っぱらから酒を飲むなど言語道断、ヤクザ者のすることだぞ」

「バーカ。俺ァヤクザだ」

「あ、そうか。そうであったな。しかし朝酒はいかん。まず己れに克《か》て。人生最大の敵は己れ自身の欲望だと心得よ」

「うるせえな。今のところ俺の最大の敵はテメエだよ。あっち行け」

「いや、このクジラのようなソファとキサマの体重は、腹筋の支えには頃合だ。しばし協力せよ。しかる後に病気の手当てはしてやる」

「病気はてめえだ。この健康病のスポーツ中毒野郎！」

「ふん。キサマのような人殺しに、肉体の尊厳などわかるものか。早いところ動脈硬化にでもなって死んでしまえ」

「あ、てめえ。言うにこと欠いて、人殺しはねえだろう！」

ひとごろし——その辛辣《しんらつ》な言葉が、多少硬化した動脈を駆け巡って脳に到達したとき、ピスケンはハタと思い当たった。

「わかったぞ！　そうだ、こいつは——」

ピスケンはそう叫ぶと、やおらソファから立ち上がった。突然オモシを失って、軍曹の足にはね上げられたソファは、巨大な茶柱のごとくラウンジの中央に屹立《きつりつ》した。

ワッ、とすばやく飛び起きてソファの片方を支えながら、軍曹はピスケンに言った。

「な、なんだいきなり。予測のできぬ行動をとるな、危険ではないか」

もう片方を必死で支えながら、ピスケンは興奮した口調で叫んだ。

「許せねえっ！　あの野郎、生かしちゃおけねえっ！　あっ、重てえっ！」

「そう怒るな、失言は詫《わ》びる。それよりこの緊急事態を何とかしよう」

「てめえじゃねえ、こいつだ！」

ピスケンはいきなりソファから手を離すと雑誌を床に叩き付けた。

片方の支えを失った巨大なソファは、万有引力の法則に従ってユラリと傾いた。軍曹はハッと反対側に回ると、たくましい肩の上に百キロの重みを受け止めた。形相ものすごくソファを担いだ姿は、バスルームのアトラスの像そのものであった。

「くるしい。ケンちゃん、おい、何とかしろ。俺を見殺しにする気か」

肩甲骨《けんこうこつ》がミシミシと鳴った。ジョニー・ウォーカーをひとあおりすると、ピスケンはバスローブの袖で唇を拭い、落ち着いた声で呟いた。

「こいつァ、あん時さんざ俺をなぶりものにしやがった新米刑事だ。クソ、ヤクザなんぞとツルみやがって。よおし、こうしちゃおれねえ。軍曹、あとは頼んだぜ！」

「あとを頼むと言われても——おい、ケンタ、おおい！」

たたらを踏んで駆け出したピスケンの耳に軍曹の悲鳴は届かなかった。

貴種の驕《おご》り

佐《さ》久《く》間《ま》忠一《ちゅういち》警視正は、弱冠三十五歳にして警視庁刑事部捜査四課長の要職を務める、キャリア中のキャリアである。

二十二万人の全警察官のうち、国家公務員1種試験合格者——すなわちキャリア組がたった五百名たらずしかいないこのお役所では、他のどの職場にも増して彼らの存在は特異であった。

たとえば「マムシの権左」こと向井権左ェ門元刑事のように、勤続四十年の末、警部補で定年を迎える多くのノンキャリアに比べ、毎年十数名程度採用されるキャリア組は、入庁と同時に警部補の階級を与えられる。しかもそのわずか一年後には警部に昇進し、以後、警視・警視正・警視長……と、めざましいスピードで出世して行くのである。

相撲の世界でいえば「幕下付け出し」の彼らは、フンドシ担ぎもチャンコ番もしない。入庁した二十一、二歳のその日から、将来の関取・三役・親方、そして退職後には各界における「年寄《OB》」の地位が約束されているのであった。

二十二万分の五百——この数値は、むしろ貴種というべきかも知れない。

佐久間警視正が人と接するとき、アゴを上げて見下すようにするのは、いわばそうした貴種の習性であろう。

色白で鼻梁の通った顔に、金ブチのメガネがいやらしいほど良く似合い、ポマードをべットリきかせた頭から、ひとふさの前髪がパラリとこぼれる具合は、往年の松竹《しょうちく》系俳優の趣《おもむき》がある。

もちろん大多数の人々をそのように見下しても、ごく一部の上司に対しては必要以上に腰を屈め、上目づかいに見上げる。そんなとき、パラリと垂れる前髪は、ひとしお印象的かつ効果的であった。

食事の後は必ず歯を磨き、頭髪を整え、午後に一度ワイシャツを着替える。物に触れたあと、さりげなく指先の匂いを嗅ぐのも、注意していればわかる彼のクセである。

要するにイヤなヤツであった。

しかし、そういうイヤなヤツに頭を下げなければ生きて行けないのが、社会の仕組みというものである。佐久間警視正は毎朝登庁してから刑事部捜査四課の部屋に至るまで、数百人のノンキャリアの敬礼や挨拶をアゴを上げて見下し、一人か二人の上司に腰を屈めて、前髪をパラリと落とすのであった。

このところ、彼は実に気分が良い。タバコをやめたせいもあるが、一番の理由はあ、あの男が目の前からいなくなったからである。

ともかくあの向井権左ェ門という永遠の警部補には手を灼《や》いた。目の上のタンコブどころか、目の中のダイナマイトであった。向井が定年退職した翌朝の捜査四課の広さ、すがすがしさといったら、まるで壁を塗りかえて新しい空調装置を入れたような感じであった。以来半年余り、佐久間警視正は人生で最も幸福な季節を謳歌《おうか》することになった。朝礼に際して、部下の刑事たちの服装や婦人警官の化粧に文句をつけるのは、彼のひそやかな楽しみとなった。かつて向井刑事の在職中は、やりたくてもできなかったことだ。

なにしろあの男ときたら臭くて汚くて、そのくせ女どもには妙にやさしかった。夏は開襟シャツに扇子、冬はボア付き作業ジャンパー、そしてトレードマークともいうべき鳥打帽を年じゅう冠《かぶ》っているさまは、まるで「俺はデカだ、文句あっか」とでも言っているようであった。

男女雇用機会均等法を楯にして、女どもをコキ使おうとしてるそばから、いちいち、「女のやるこっちゃねえよ、引っこんでな」とか、「あんたメンスだろ、休め休め」、などと余計なことを言うのであった。ケツのさわりかたなんて、まるで身体捜検みたいに鮮やかな手付きだった。

しかし何といっても最大の問題は、その仕事っぷりである。

民主警察なんて言葉は、へでもないのであった。被疑者の人権は全然無視、誤認逮捕だってちっとも怖れない。取調中に犯人《ホシ》を半殺しにしちまうぐらいならまだ隠しようもあるが、家宅捜索《ガサイレ》と殴り込み《カチコミ》の区別がつかないのは困りものであった。全国の警察官が緊急避難または正当防衛の必要上、やむなく発砲する年間二十発ぐらいの弾丸のうち、半分以上はまちがいなくあの男ひとりで撃ちまくっていた。

それにしても——何と気持の良い朝だろう。

新米の婦警がおそるおそる捧げ持ってきたコーヒーを啜《すす》りながら、佐久間警視正は椅子を回して、嵐の合間の秋景色に目を細めた。

「待ちたまえ」

ハッと婦警は立ち止まった。

「これは、ボクのマメじゃないね……」

「申しわけありません。切らせてしまいました」

「ボクはブルマンでなければ飲まんのだよ。安いマメは胃に悪い」

全員が息を殺して、課長席に注目している。若い婦警はうつむいたまま、唇を噛んでいた。

「すぐに買ってきたまえ。たとえ一杯のコーヒーでも、員数《いんずう》で入れてはいかんよ、キミ。

ボクの味覚がキミらと同じとでも思っているのかね」

その日の午後、佐久間警視正は総監に呼ばれた。

ワイシャツを替え、歯を磨き、前髪を松竹ふうに垂らして、警視総監室に向かう。署長会議から居流れた何人かの署長連が、警視と警視正のベタ金の階級章を並べて、退室するところであった。

階級は同じでも、弱冠三十五歳の貴種は、決してロートルの署長などには頭を下げない。現に佐久間が本富士《もとふじ》警察署の署長であったのは五年前の話で、その後は内閣官房に出向して官房長官秘書官を務め、警視庁の捜査四課長に抜擢されたのである。四課は入庁直後に初めて勤務したセクションで、つまり彼はわずか十三年で古巣の長として舞い戻ったことになる。

というわけで、いわゆる序列など関係なしに、たった一人の警視庁捜査四課長が、管内に九十九人もいる警察署長たちに対して頭を下げる理由はないのであった。

ドアを閉め、百八十度まわれ右をする。深々と、膝のすきまから後ろが見えるぐらい深々と礼をする。柔道は不得手だが、ふしぎと体は柔らかかった。一種の環境適応によって、そういう体質になった。

「やあ、佐久間君。忙しいところ済まんね。ま、座りたまえ」

花岡総監は日頃から絶やすことのない穏和な笑顔を向けて、そう言った。

佐久間警視正はいくぶん芝居がかった鋭角的な動作でソファに腰掛けると、ポケットからライターを取り出した。タバコはやめたのに、ナゼかライターは持ち歩いているのであった。

「署長会議でも、ちょっと話題になったのだがね、天政連合会の動向について、担当官の意見を直接きいておきたいのだが」

佐久間は一瞬ヒヤリと目を伏せたが、総監がタバコを銜《くわ》えたとき、すかさずライターを差し向けて、目が合った。柔和なまなざしの奥に、ひややかな光が見えたのは気のせいだろうか。

「お答えします。手持ちのデータによりますと、現在、天政連合会総長の新見源太郎《にいみげんたろう》は、アルツハイマー病で入院中です。ナンバー・ツーの若頭、田之倉五郎松《ごろまつ》は、例の贈賄事件で逮捕勾留中、保釈申請は却下されております」

「フム。で、留守はどうなっているのかね」

ハッ、と佐久間警視正は、天政連合会の構成表をテーブルの上に開いた。

「ナンバー・スリーは本部事務局長の役職にある岩松円次です。岩松の率いる二代目金丸組は、天政会傘下では田之倉組と勢力を二分する大組織で、直属構成員二百三十三名、三次団体は都内十二団体の他に一道十三県にわたり、総数は一千六百名。これは田之倉組系の約二千名に次ぐものです」

総監は要領を得た報告を聞きながら、しきりにうなずいた。

「なるほど。で、天政会としてはトップとナンバー・ツーが社会不在というわけだが、現状ではどう運営しておるのかね」

「はい。今のところ岩松円次が総長代行として組織を掌握しておりますが、実質的には二代目金丸組の若頭、すなわち岩松の一の子分である福島克也が指揮をとっていると思われます」

「ほう。あまり聞かぬ名だな。若いのか」

「この数年で急激に売り出した男です。昭和三十二年生まれの三十五歳、前科前歴はありません」

総監はチラリと佐久間警視正の顔を見た。

「キミらの世代はどの世界でも、当たりどしだな」

「は？――はあ」

佐久間には総監の視線がひどく気になった。まるで自分と天政会の暗い繋がりを知っているような、疑念に満ちた目つきなのである。

（なに、心配することはない。組織暴力対策は、四課長たる自分の職掌だ。いざとなったらどんな言いのがれだってできる）

佐久間は胸の中でそう言いきかせた。総監は続ける。

「実は私も四課長と刑事部長を経験しているからね。天政会の古い連中はたいてい知っている。新見総長は昔かたぎの俠客で、ひとかどの人物だ。田之倉五郎松は、まあ一種の政治家だな。新見の人徳には及ぶべくもないが、なかなかの策士だ。今度の事件《ヤマ》は、その才覚に溺れての結果だろう。しかし――」

と、総監は卓上の組織図の一点を、指先でコツコツと叩いた。

「この岩松円次。こいつがいつの間にナンバー・スリーにまでのし上がったのか良くわからん。セコい、カルい、ズルい。私のかつて知っていた岩松円次は、とても天政会の執行部入りするような器量じゃなかった」

秘書が紅茶を持って来た。花岡総監がマルボウ畑の出身であったことは初耳である。佐久間警視正はつとめて平静を装った。

「そればかりじゃない。いわば奴らの言葉でいう、目のねえクスブリ、とかいうスカンピンだった。それが今や次期総長の最有力候補だとは――。だから、この福島克也という男のことが気になるんだがね」

　さすがに目のつけどころが違う、と佐久間警視正は感心した。

「ご指摘のとおりです。今日の岩松円次があるのは、ほとんどこの福島若頭の力といって良いでしょう。福島はまず、商才に長《た》けています」

「ほう、金儲けがうまいのか」

「福島が若頭に就任して以来、二代目金丸組は旧来のシノギをコペルニクス的に転換して、金丸産業という合法的企業に生まれ変わってしまったのです。その会社がまあ、儲かる儲かる、当たる当たる」

「なるほど――しかし、カネの力だけでのし上がれるほど、天政会の看板は安くあるまい」

「え？　総監、ご冗談を。今や業界はカネこそ力です。なにしろ福島は事業家としての抜群のセンスを持っていますからね。新法施行を睨んで、どの組織も彼の方法を手本にしています」

「ということは――」、と総監はテーブルの上に身を乗り出した。

「福島克也を捕《と》れば、天政連合会は骨抜き、か」

　それは婉曲《えんきょく》な命令のように聞こえた。拒否しなければならない、と佐久間警視正は考えた。

「ところが、この男はなかなか尻尾を摑ませないのです。いや、むしろ尻尾がないというべきでしょう」

「尻尾が、ない?」

「そうです。シャブやバクチには決して手を出さない。用心棒代《ミカジメ》も取らなければ、ソープや風俗関係の経営も一切していないのです」

「あ? なんだ、そりゃ」

「地上げは泣きの一手、金貸しも利息制限法の範囲内、A・V《アダルト・ビデオ》だって完全なモザイク修整を施して……」

「ナニ、完全なモザイク修整。つ、つまらん、なんてヤクザだっ!」

「そうです。まったくつまらんのです。一度傘下の制作会社に打ち込んで現物を押収したのですが、裏ビデどころかゴムフェラ・疑似ファック、顔面発射はカルピス原液というていたらく。おかげで自宅に持ち帰って懸命に検索した捜査員一同、ひとりも抜けなかったということです」

「なんだと、抜けないビデオ。けしからん、で、佐久間君、キミも抜けなかったのかね」

「いえ、家内が妊娠中でしたので。……総監、何の話でしたっけ」

「あ、そうか。福島克也のウイークポイントの話だった」

「そういうわけで、奴には摑むべき尻尾がないのです。税金だってちゃんと払っています し、猫の避妊手術も済ませている。毎朝、犬の散歩に行ってもクソはきちんとビニール袋に入れて持ち帰ります。典型的な九時五時男の帰宅同好会会員、全く理想のパパです」

二人は向き合ったまま、しばらくの間じっと見つめ合った。

「なんだ、それじゃフツウの人間じゃないか」

「そうです。要するにフツウの会社、フツウの社長。あえて言うなら、品行方正なヤクザとでも申しましょうか」

総監は太りじしの体を大きく反り返らせて溜息をついた。

「そういうのも、やりにくいな」

「まったくです。例えていうなら、医者の不養生、無口なホステス、病弱な土方、あるいは貧乏な質屋のたぐいです。あきれて物が言えません」

ううん、と総監も絶句した。

「しかしヤクザはヤクザなんだから、何かあるだろう。近所の住民に迷惑をかけるようなことが」

「ぜんぜん。消防団長兼こども会会長。率先してドブさらいはするわ夜警に立つわ、もう人気あるある。近所の主婦たちからは福さまなんて呼ばれているのです」

「そんなカタブツが、あの天政会を牛耳るとは。わからん、まったくわからん」

佐久間警視正は身を乗り出した。

「それはですね、総監――」

いちいち勿体ぶって耳元に囁きかけるのは彼の悪いクセである。「ジャンピング・ボードがひとつ、あったのです」

「ジャンピング・ボード？」

「そうです。例の十三年前の天・銀抗争。あれ以来、クスブリ一家が目を持ったのです」

「おお、思い出した。岩松の鉄砲玉が銀龍会《ぎんりゅうかい》の本家にカチ込んで親分を殺《や》っちまったという……」

「そう、そいつは通称ピスケンという、ブッチギリの極道で、つまり例えていえばピスケンが西郷《さいごう》で福島克也が大久保《おおくぼ》。で、革命の法則に従って、岩松親分は一気にハネた、というわけです」

総監はタバコをもみ消して立ち上がった。深い絨毯の上を考え深げに、後ろ手を組んで歩いた。

官庁街を見下ろす窓の外には風が唸り、空はのしかかるように低かった。しばらく思いをめぐらした後で、総監はあらたまった口調で言った。

「佐久間君、私は君を疑っていたのだ」

一瞬、心臓が口から飛び出そうであった。佐久間警視正は卓上に散らかった書類を、そそくさと畳んだ。

「と、申しますと？」

「いや、気を悪くせんでくれよ。天政連合会の検挙報告を読んでいると、このところの逮捕者は田之倉系の組員ばかりで、岩松系はちっとも挙がっていない。もしや君が故意に手心を加えているんじゃないかとね、そう考えたんだ。いや、すまんすまん」

二人は向き合ってハッハッ、と大笑いをした。しかし、たがいの目はぜんぜん笑っていなかった。のみならず双方の額にはジットリと脂汗が浮かんでいるのであった。

ひとしきり空虚に笑って、総監はふいに真顔になった。

「福島克也の弱点はひとつだけある。わかるな」

「はい」、と佐久間は肯《うなず》いた。

「西郷と大久保を対決させることだ。どっちが倒れても、天政連合会は壊滅する」

佐久間警視正はすべてを了解した。総監は自分を脅しているのだ。自分と天政会との暗い繋がりを知ったうえで、ケリをつけろと命令しているのだ。

ドアを閉め、廊下に出てからも、花岡総監の笑わぬ瞳が追ってくるように思えた。すれちがうノンキャリアたちの敬礼をやり過ごしながら、佐久間警視正はこう考えた。

（総監は俺を必要としているのだ。未来の警察に決して欠くことのできぬ人材なのだから。奴らのおかげで田園都市《でんえんとし》線青葉台《あおばだい》駅より徒歩五分・南向き平坦・私道負担ナシの好立地に家も建ったことだし、越後湯沢《えちごゆざわ》にクアハウス付きマンションも買った。――そろそろ、汐時かも知れぬ）

桜の代紋

花岡総監はその日一日、執務室の壁にズラリと並んだ歴代警視総監の肖像と対話していた。制服の胸のうちは、窓の外に逆巻く嵐のようにどよめいていた。

参議・広沢兵助《ひろさわひようすけ》の命により、福沢諭吉《ふくざわゆきち》が欧米の警察制度を研究し、政府に進言したのは戊辰《ぼしん》の戦火もまださめやらぬ明治三年のことである。やがてフランス警察制度視察から帰国した薩摩《さつま》藩士・川路利良《かわじとしよし》の建議書をもとに、明治七年一月十五日、パリ市警に範をとった近代的都市警察「警視庁」は、東京鍛冶橋《かじばし》の旧津山《つやま》藩邸跡に、その産声をあげたのであった。

以来百二十年、警視庁の歩みはそのまま、大都市東京の興亡の歴史であった。

花岡総監は執務室の中央に直立不動の姿勢をとったまま、歴代総監の肖像をひとりひとり見つめた。ある者は自分を叱咤し、またある者は自分を激励しているように思えた。

初代大警視・川路利良卿のいかめしい顔に正対したとき、花岡総監は思い余って、肖像画に訊ねた。

「川路大警視、私の決断は誤りでしょうか。閣下ならどうなさいますか」

すると、低い、しわがれた声が執務室に響いた。

「それで良い。それで良いぞ花岡。泣いて馬謖《ばしょく》を斬るばかりが将たる者の道ではない」

「げ……」

総監は川路大警視の肖像を見上げた。

「何かおっしゃいましたか」

いかめしい口髭がわずかにふるえたように思えた。

「よいか花岡。佐久間警視正は逸材である。逸材ゆえに突出もする。名馬はすなわち悍馬《かんば》、悍馬を御してこそ、己れは伯楽《はくらく》たる警視総監であろう」

ハハーッ、と総監は頭《こうべ》を垂れた。

背後で高笑いがした。

「俺だよ、キンちゃん。集金に来た」

「あ、ああゴンさんか。おどかすなよ」

「さあて、俺ァ何も言っちゃいねえぞ。今のは確かに川路閣下のご託宣だ。しかし大警視殿もいってえ何を考えていやがるんだか、佐久間が逸材だとよ、あの佐久間が」

花岡総監はパニクった。もともとが怪力乱神のたぐいには弱いタチであった。立場上、新興宗教に入信するわけにはいかなかったが、実は隠れた宜保愛子《ぎぼあいこ》のファンであった。執務机の鍵のかかったひきだしに、ギッシリとその著作が詰まっていることは、誰も知らない。

「やっぱり全部お見通しだったようだな、キンちゃん」

「な、なんのことかな」

と、総監はそらとぼけた。

向井権左ェ門は鳥打帽のひさしを上げて、総監のかたわらに立った。

「だが、川路閣下の言うことも一理はあるぜ。四課《マルボウ》には四課の仁義てえものもあるし、多少の付き合いは仕方がねえ。何しろ俺たちゃ、桜の代紋をしょった極道だからな」

「あんたはもう刑事じゃない」

総監は憮然と言い返した。向井はまるで容疑者の取調べでもするように、ポケットに手を入れ、総監の周りを歩き出した。

「ちげえねえ。だがよ、俺ァあの佐久間の小僧に、そう教えてきたつもりだった。権力をカサに着て、やみくもに奴らを叩き潰すようなマネはしちゃならねえと。世間をはぐれた不良どもを立派に男にしている親分だっていねえわけじゃねえんだ。それをあの野郎、どうはき違えやがったか、ゼニなんぞ貰いやがって」

総監は答えに窮した。なにしろ四十年間、桜の代紋を背負い続けてきたエキスパートの言葉である。

「いつか、事件になるぜ。なにせ野郎はまだ若え。ヤクザを操るほどの器量じゃねえからな」

総監はゴホンと咳払いをして言った。

「今日、しかるべき指示はした」

「ほう。おめえと佐久間の頭で、いってえどんな手を考えたのか。寒い話だな」

「ひとつだけ言っておく。佐久間はあんたの言うほどバカではない。いや、確かな逸材だ」

「逸材？――へえ、そいつは立派なお巡りってことかい。聞き捨てならねえな」

「おい、ゴンさん。いいかげんにせんか。私の職権にまで口を出すのはやめてくれ」

「これが口を出さずにいられるか。おめえのそのしかるべき指示てえのがどの程度のものか、大方さっしはつかァ。いいか、ヤクザをなめんなよ。少なくともてめえらよりァ苦労人なんだぜ」

「正義漢を気取るな！」

総監は振り向いて怒鳴った。向井権左ェ門は一呼吸おいてから、ゆっくりと、凍りつくようなマムシの目を剝《む》いた。ひとしきり総監を射竦《いすく》めたあと、小さな体を伸び上げてやおらその頰を殴った。総監はよろめいた。

「正義漢だと抜かしやがったな。おう、キン公、てめえもとうとうヤキが回りやがったか」

向井は総監の胸ぐらを摑むと窓際に引きずり寄せ、荒々しくカーテンを開いた。

「さあ、目ン玉むいて良おっく見ろ。俺とおめえが生まれて育った東京だ。この通りどんな嵐にだってビクともしやしねえ」

総監の顔は都会のネオンを映すガラス窓に押しつけられた。

「だがよ、四十年前ェここに何があった。傾いたバラックとむき出しの蛇口、モク拾いの浮浪児どものツラを、今さら忘れましたとァ言わさねえぞ」

「忘れちゃいない。忘れるわけはないさ」

「いいや、おめえは忘れている。みんなが忘れちまったんだ。闇市のガード下で、俺たちの手を必死ですり抜けて行ったあのガキどもを、俺は四十年間、追い続けてきた。その間おめえらは何をしていやがった。胸のこのベタ金が、あいつらの顔を忘れちまった何よりの証拠じゃねえか」

向井は言いながら、総監の階級章を掌の中でもみしだいた。

「俺が四十年間、どんな思いで奴らに手錠《ワッパ》を打ち、時にァそのドテッ腹に鉛の弾をブチ込んで来たか、おめえにゃわかるめえ。いいかキン公、正義ってえ言葉はてめえらが口にするほど安かねえんだ。俺の前で軽々しく抜かすんじゃねえ」

向井に襟首を摑まれたまま引き倒されると、総監は絨毯の上にうつ伏したまま動かなくなった。

「わかったか」と向井は、かつてきつい取調べの後によくそうしたように、タバコに火をつけると一息うまそうに天井に向けて煙を吐いた。

「わかったよ、ゴンさん。あんたに言い返すことは何もない」

「そうか。わかったら四の五の言わずに黙って見ていろ。佐久間の始末はこっちがつける」

向井は床から鳥打帽を拾い上げると、目深に冠った。ドアのノブに手を添えて、思いついたように振り返った。

「そうだ、肝心なことを言い忘れた」

「あ、ああ。集金か」

と、総監は内ポケットに手を入れた。

「そうじゃねえ。そいつァゆんべ、官邸での酒代でチャラだ。そんなことより」

と、向井はタバコをくわえたまま、川路大警視の肖像を見上げ、ふと考えるふうをした。

「悪いようにはしねえ。佐久間は俺の教え子の中じゃピカイチだ」

意外な言葉に総監は思わず振り向いた。

「やはり、そう思うのか、ゴンさん」

「ああ。あいつのことはジイヤの俺が一番良く知っているさ。いずれこの部屋のオヤジどもと、顔を並べるにちげえねえ。ただし――」

と、向井権左ェ門は壁の肖像画をひとめぐり見渡した。

「ここいらでもう一皮むければ、の話だ」

警視正の謀略

それにしても台風の多い秋である。

佐久間忠一警視正は風の鳴る坪庭の空を見上げた。嵐はまるで密会の夜を狙い定めるように、週末には決まってやって来た。

しかし、暗い取引の行われる場末の三業地《さんぎょうち》には、いかにもふさわしい。

「若頭《かしら》は本家のご用で、少うし遅うならはるそうで。妓《コ》ォでも呼びまひょか」

何となく垢抜けぬ上方訛《なま》りで、女将が言った。

「いや、かまわんでくれ。たまには待つのも良かろう」

「さきにお始めにならはりますか」

「いや、来てからでいい」

女将は茶を入れて、坪庭に向いた籐《とう》の卓に運ぶと、音もなく去って行った。

郊外の閑静な住宅地に、まぼろしのような黒塀を並べるこの一帯は、古くからの天政会のシマである。料亭には密室の安息があった。

籐椅子に身をゆだねて、立ち騒ぐ藪やら風に乱れるつくばいの水を見るでもなく眺めながら、佐久間警視正はふと、阪口健太のことを考えた。

とぎすまされた質感と、ゆるぎない量感とを併せ持った男であった。それはまさしく、寡黙で物騒な拳銃そのものであった。取調室で黙秘し続ける姿は、十三年たった今でも、記憶の隅に刻みつけられている。

若い佐久間はともすると憎悪をむき出しにして、阪口を殴りつけたものであった。腰紐でくくりつけられた椅子ごと阪口は倒れ、不敵な笑いを浮かべて立ち上がった。鋼《はがね》の薬室からのぞく真鍮《しんちゆう》の薬莢《やつきよう》のように、白い歯が唇の端に光るのであった。

（ピスケン、か……）

誰が名付けたかは知らないが、言い得て妙な通り名である。

――襖が開いた。福島若頭は敷居の向こうで、いちど拳を突いて頭を下げた。

そうした動作のはしばしに、わずかな様式を匂わせるほかは、ヤクザを感じさせるものは何もない。華美な背広や装飾品はいっさい身につけず、言葉づかいも極めて穏当である。

「お待たせして、恐縮です」

佐久間は床柱を背にして卓についた。福島が下座に座ると、ほどなく酒が運ばれてきた。

「ひどい吹き降りで」、と言いながら、福島は酌をした。いつもながら口数の少なさ、不器用さは、かえってこの男の底知れぬ器を感じさせる。

「何か、あったのかね」

「近所の商店街に水が出ましてね。若い者に荷物を運ばせておりました」

「消防団だな、まるで」

「もともとはそれも稼業のうちですから」

福島は盃を受けると、内ポケットから分厚い封筒を抜き出し、卓の上に滑らせた。

「おかげさまで、今月も無事に過ごさせていただきました」

封筒を収《しま》いながら、佐久間は冷ややかに笑った。

「そのぶん、また田之倉で帳尻を合わせてもらった。四件で十人、だったかな」

「いたしかたありませんが、ひとつそちらもお手やわらかに」

福島は真剣な口調で頭を下げた。

「なにも狙って捕《と》っているわけじゃないが、オヤジが収監されて以来、田之倉組はすっかり浮き足だっているからな。だが——」、と佐久間は薄い唇の端を歪《ゆが》めた。

「このまま行けば天政連合は岩松のものじゃないか。そうなれば君もいよいよ本家の若頭だな」

「いえ、滅相もない。あたしはせいぜい表の稼業に精を出させてもらいます」

そうはいくか、と佐久間警視正は胸の中で呟いた。

天政連合会の前身である天政一家は、もともと下町に根を張る古い博徒であった。次郎《じろ》長《ちょう》の生まれ変わりと謳《うた》われた新見源太郎・現総長が戦後の混乱期に四代目の跡目をとると、彼の人徳を慕う大小の組織が、次々とその代紋の下に直った。総長が病を得た後、若頭・田之倉五郎松はその政治性を存分に発揮して、構成員一万人を誇る広域団体に統合したのである。

すなわち、今日の天政連合会は、博徒もテキ屋も愚連隊も呑み込んだ寄り合い所帯であった。元を糺《ただ》せば稼業も習慣も違う組織をまとめ上げて行くことは並大抵ではない。言いかえれば、中軸となる一人の人物が欠ければ、組織はたちまち統制を失うに決まっていた。

新見総長はすでに恍惚《こうこつ》の人である。田之倉若頭は勾留中である。岩松円次にその器量はない。天政連合会の命運がこの若き大幹部、福島克也の双肩にかかっていることは、誰の目にも明らかであった。

警視庁捜査四課長・佐久間忠一が「そろそろ汐時だ」と考えたのは、個人的利益の汐時であると同時に、天政会を崩壊させる絶好の汐時でもあったのだ。

たわいもない世間話のあとで、佐久間警視正はまるで刃物でも抜くように、ふいに切り出した。

「ところで福島君。キミは阪口健太という男を知っているかね」

一瞬、福島の顔がこわばったのを、佐久間は見逃さなかった。飛ぶ鳥も落とす勢いのこの男が、アニキと呼んで礼を尽くす人間は阪口健太しかいないという噂は、どうやら本当らしい。

「はい、存じていますが」

言ったなり、福島克也はただならぬ感じでおし黙った。佐久間警視正は福島の様子を観察しながら、さらにカマをかけて訊ねた。

「キミとはどういう関係にあたるのかね。ほらキミらの社会ではいろいろあるだろう、疑似的な血縁というか」

「はあ……まあ、いわゆる義兄弟です」

福島は言葉を選びながら答えた。

「兄弟といっても、岩松の盃を受けた者はキミにとっちゃみな兄弟なんだろうが、どの程度の付き合いがあるのかね」

「たいへん恩義のある人です……」

「表現に気をつかわんでいい。私だって四課《マルボウ》の者だ、キミらの言葉の意味は理解できる」

福島克也は盃に手酌で酒を注ぐと、一息にあおった。

「健兄ィがおりませんでしたら、今の私も、岩松の親分も、いえ、私の家庭だってありません。そういう関係です」

言葉尻には、もうこれ以上なにも言わないという決意すら感じられた。

佐久間にしてみれば、そこまで聞き出せば用は足りた。

「兄貴が、なにか?」

「いや、べつにたいしたことじゃないんだが」

そう言葉を引くと、案の定、福島の顔色が変わった。青年実業家の仮面がふいに剝がれ落ちるのを、佐久間ははっきりと認めた。

「遠回しな言い方は、よしにしましょうよ、旦那。おたがい、いい付き合いをしてきたんじゃありませんか」

こつんと音を立てて盃を置くと、福島はまず目だけで佐久間を睨み上げ、ゆっくりと頑丈な顎を向けた。初めて見せる言葉づかいと物腰は、おのずと彼と阪口健太のただならぬ関係を語っていた。佐久間は苦笑した。すべては思惑どおりに運んでいた。

予定の台詞《せりふ》を、佐久間警視正は口にした。

「その阪口が、キミを狙っている」

風が鳴った。坪庭に面したガラス戸に、横なぐりの雨が沫《しぶ》いた。

「そんなはずは、ありません。ご冗談を」

「私が一度たりとも、キミにまちがった情報を渡したことがあるかね。これは今までのどれにも増して、重大な忠告だと思うのだが。何しろキミの命にかかわることだ」

福島克也は盃をあおった。動揺はその指先にまで明らかであった。佐久間は追い討った。

「くどいようだが、確かな情報だ。正業に身を入れているキミは、十分なガードもできまい。しかも相手は昨日今日かけ出しの鉄砲玉とはわけがちがうぞ」

「何のために？」

「それは自分の胸に聞いてみたまえ。十三年の懲役をかけて戻ってきたあの男に、天政会は何をした。捨て駒にされて泣き寝入りするような男じゃないぞ」

「しかし、何で私を？」

「簡単なことだ。いくらあの男でも、何人も殺《と》るほど器用ではない。とすると、今の天政会にとって最もダメージとなる人間を狙う。それは、誰だ？」

佐久間警視正は細い指先を福島の眉間《みけん》に向けた。

「殺《と》った殺られたはもともと稼業のうちで、いまさらどうこうとは思いませんが――」

「そう強がるな、若頭《かしら》」

とっさに気色《けしき》ばんだ福島の目と、冷ややかな佐久間の視線がぶつかり合った。しばらくの間、二人は表情も姿勢も変えず、そうしていた。

「なあ福島、殺られましたで済むほど安い体じゃあるまい。一万人の若い衆とその家族が、キミに命を預けているんだぞ。ここはひとつ腹をくくらねばならん。ちがうか？」

「健兄ィの命と、天政会の一万人の命とを秤《はかり》にかけろと、おっしゃるんで」

「キミは聡明な男だな。ヤクザにしておくのはもったいない」

佐久間は立ち上がった。襖を開くと、次の間に控えていた若者が廊下に向かって呼んだ。

「客人、お帰りです」

「お帰り」

「お帰りです」

廊下の先に控えている若者たちの声が玄関まで呼び継がれていった。

佐久間忠一警視正は、雨音の激しく軒を打つ廊下を大股で歩いた。ガラス戸を伝う滴が、色白の細面に瘡《かさ》のような紋様を描いた。

（さて、次は阪口か——）

佐久間は傘をさしかける若者の手を押しのけて、嵐の車寄せに立った——。

大河原《おおかわら》勲《いさお》・元一等陸曹は太陽の申し子であった。

そのたぐい稀な赤銅《しゃくどう》色の肉体は、すべて日輪《にちりん》から授かったものだと、三十八歳の今日までかたく信じていた。

——と、こう語れば、われらの軍曹はまるでディオニュソス哲学者か肉体派の芸術家のようであるが、あいにく当の本人の思考回路はそれほど複雑ではなく、感性もさほど豊かではない。

かつて郷里での学生時代、生物のテストでヤマを張った「炭酸同化作用と光合成」がズバリ的中して以来、「人間は太陽を浴びていなければたちまち死んでしまう」と、かたくなに思いこんでいるだけであった。

以来このかた、ヒマさえあれば裸になって太陽に身を晒《さら》すことが彼の習慣になった。当然の結果として、彼はそのつど、「栄養のとりすぎだ」と、自らをいましめたものであった。

もちろん、スカンジナビア半島よりはるかに日照時間の長いわが国において、こうした習慣は一種の奇行と言える。

しかし軍曹はハタ目なんか全然気にせず、彼の奇行を笑う者に対しては、「モヤシどもめ、勝手に早死にするがいい」と、呟くのであった。

結果、太陽光線に鍛え上げられた彼の頭皮は常人の数倍にもブ厚く進化し、冷ややかな世論を黙殺するうちにツラの皮まで厚くなった。

かつて彼が自衛隊で、たったひとりのクーデターを敢行したのは、まさにこのツラの皮の厚さのなせるワザであり、自決に際して図らずも四五口径弾丸をはね返して一命をとりとめたのは、ひとえに頭皮の厚みによるものであった。

皮肉な結末とは、まさにこういうことであろう。

それにしても、やたらめったらと台風の多い年であった。まるでカレンダーにあらかじめそう書いてあるように、週末になると嵐は決まってやって来た。気象庁と八百屋は喜んだが、軍曹と農民は悲しんだ。

彼は毎週土・日曜日を、「集中鍛錬日」と決めていたのである。去ること二十年前、自衛隊入隊と同時に自発的に決定し、生涯誓った時間割なのだ。他の隊員たちが外出したり、営内でゴロゴロしている週末を有効利用することは、彼が究極の理想とする「史上最強の下士官」となるための必須課程だったのである。

土曜日の朝、軍曹は屋上に駆け上ると、空を覆う黒雲に向かってウオオッ、と吠えた。はたから見ればただの欲求不満に違いない。しかし彼にとっては、天を呪う勇者の雄叫《おたけ》びであった。

激しい風雨を物ともせず腹筋背筋各五百回、屈み跳躍五百回のメニューをこなし、鉄塔に昇って号令調整と、軍歌「歩兵の本領」を朗々と唄っても、彼の欲求が満たされることはなかった。彼の肉体には、さんさんと照り注ぐ太陽光線が、どうしても必要だったからである。

うらめしげに鈍色《にび》の空を見上げ、やおらバック転から鮮やかな倒立をキメる。そのままブスブスと不完全燃焼しながら、軍曹は倒立歩行で階段を降りて行く。

ラウンジの絨毯の上で、体を支える両掌をヒョイと拳に代える。逆様になった視野の中でピスケンと広橋《ひろはし》が朝っぱらからウイスキーなんぞを飲んでいる。彼は心の底から、そういう自堕落な輩《やから》を軽蔑する。

「軍曹よォ、おめえ、マゾじゃねえのか。てめえの体をそんなにいたぶって、いってえ何が面白えんだ。え？　なんならムチでしばいてやろうか」

「うるさい、ひとごろし」

「しょうがないよ。病気なんだから」

と、広橋が呟く。

「だまれ、マイナイ役人。キサマらに肉体の尊厳がわかってたまるか。われらの体内には、父祖代々、営々と受けつがれてきたもののふの血が流れているのだぞ。恥を知れ、恥を」

二人の相棒は口をアングリとあけて、軍曹の倒立歩行を眺めている。

「モノノフ、って何だ、ヒデさん。チョコレートケーキか？」

「それはモロゾフだ」

「そうか……あ、わかった。バケモノのことだ」

「それはモノノケでしょう——モノノフというのは、サムライというほどの意味だね」

「サムライ？　そんじゃあ俺はちがうぜ。うちは代々、町人だ」

軍曹はラウンジを一周して二人の前まで来ると、たくましい腕を軽々と屈伸し、得意ワザの逆立ち懸垂《けんすい》を始めた。

「うわっ！　な、なんだこの野郎。やっぱしモノノケだ。おっそろしい」

「まったく人間ばなれしている。こ、こわい、見るな、あっち向け」

驚愕《きょうがく》する相棒たちに向かって、軍曹はハッハッと高笑いをした。まともに見ても怖いのに、逆様だともっと怖かった。二人は思わずそれぞれのソファの袖に打ち伏した。

「ハッハッ、ばあかめ。恐れ入ったか、これが男の肉体というものだ、ファッハッハッ！」

逆さ笑いをしながら軍曹が去ってしまうと、二人は怖る怖る顔を上げた。

「……聞いたか、ヒデさん。なんて自分勝手な奴だ。あれが男の肉体だってえなら、世の中あいつ以外は全員女だぜ」

広橋はハッとしてバスローブの前をあけ、現物を確認した。

「あるか」

「ある」


軍曹は逆立ちをしたまま、さらに階段を降りて行く。

このビルの中では唯一イロケのない事務フロアの廊下を通りすがったとき、軍曹はひと気のないはずの部屋から聴こえてくる微かな物音に、フト手を止めた。

ピー、という呼音に続いて、確かに機械の作動する音。壁にはりついて中の様子を覗きながら、「タレか！」と呼んだ。つごう三回、威圧的にそう言った。

歩哨勤務の服務規則によれば「誰何《すいか》三度に及ぶも返答のない時は、刺殺しても良い」ということになっているので、この際シメ殺してしまおうと考え、ひらりと身を翻《ひるがえ》して立った。

十分に身構えて室内に入る。人影はない。ビル管理のために一台だけ生かしてある電話機のあたりから、物音は聴こえている。

「面妖《めんよう》な。機械が勝手に動いておる」

思わず軍曹は呟いた。自衛隊の営内生活で使用する機械類は、物干場《ぶっかんば》の洗濯機を除いて、すべて人力で作動するようになっていたので、自動的に動く物に対してはつい怪異性を感じてしまうのであった。

電話機の隣に備え付けられた箱から、紙が吐き出されている。

「ややっ！　なんだ、これは」

軍曹はジリジリと間合いを詰め、通信終了のピー音にのけぞりながら、吐き出された文書を手に取った。

〈阪口健太様へ〉

という活字に目を止め、おぼろげながらそれが、自分の知らぬ通信手段であることに気付いた。

通信といえば、軍曹は自衛隊の集合教育で「丙種《へいしゅ》陸上無線通信」の資格《モス》を取得していた。P—10無線機の取扱いには熟練していたし、手旗も振れた。野戦における有線構築なんて得意中の得意であった。

自らを「通信のエキスパート」であると信じている軍曹は、電話回線を通じて文書が送られてくる機械に、少なからず衝撃を受けた。社会復帰して以来、毎日のように彼を打ちのめしてきた二十年分の徒労感が、また襲ってきた。

ゲンナリしながら活字を読んで、軍曹はその内容に慄然とした。

〈阪口健太様へ
天政連合会があなたの命を狙っている。命令者は若頭代行・福島克也。まずは、ご忠告まで――〉

軍曹は用紙を破り取ると事務室を駆け出した。すさまじい勢いで階段を上り、ラウンジに転げ込んだ。

「大変だっ！　一大事だぞ」

二人の相棒はグラスを持ったまま、ソファごしに振り返った。

「どうしたの軍曹。とうとうロシアが攻めて来たのかい」

広橋の肩を軍曹は握った。

「見たことか、だから死んだフリには気をつけろと――そうではない、大事件だ」

ピスケンは三白眼を振り向けて軍曹を怒鳴りつけた。

「なんだなんだ、まったく騒々しい野郎だな。てめえはフツウに歩くてえことができねえのかっ！」

「まあ落ち着け、落ち着くのだ、ケンちゃん」

「バーカ、そいつァこっちの言うセリフだぜ」

「キサマ、酒など飲んでいる場合ではないぞ。いま下に行ったら、電話機が勝手に紙を吐き出しておったのだ」

「そうかい。おおかた電話機も飲み過ぎたんだろうぜ」

ピスケンは軍曹の顔を睨んだまま、グビリとグラスを呷った。

「しょうのねえ電話機だな。塩水でも持ってってやれや」

「そうではない。電話がこういう文書をだな、書いて送ってきたのだ」

「おい、バカも休み休み言えよ。昔っから電話てえのは人の声を伝えるもので、そんな紙っぺらを送ってくるわけねえじゃねえか。でえいち、電話で手紙が送れるてえんなら、シマを荒らされた郵便局が黙って見過ごすはずァねえ。たちまちデイリだ。電話局も強《つえ》えが、郵便局だってバカにゃできねえぞ。なんたってゼニがある」

「しかし、この通り手紙が来たのだ」

「おめえな、考えてもみろ。あの細い電線の中を、どうやって手紙が通ってくるんだよ。

紙を丸めて吹矢みてえに、ブッ飛んでくるのか、え？」

二十年間サクの中にいた男と、十三年間カベの中にいた男との悲劇的な会話であった。ジッと耐えていた広橋は、たまらず酒を噴いた。

「なんだ、てめえ。何がおかしい」

「そうだ、キサマ。また何か知ったかぶりをする気だな」

マアマアと二人をなだめながら、広橋はなるべく丁重に説明をした。

「あのね、それはファックスという機械なんだよ」

「ファックだと。ずいぶんワイセツな機械だな」

「そうじゃないって、ファックス。ファクシミリ。画像や文字をね、電話回線を通じて伝送する装置。わかる？」

「ぜんぜんわからん」

と、二人は同時に言った。軍曹とピスケンはジットリと脂汗のにじんだ顔をしばらく見合わせた。

「ほらみろ。やっぱし吹矢じゃねえか」

「そうか、知らなかった。中隊事務室にはそんなものはなかったからな。文書を伝達するときは伝令が走るのだ。機械らしいものといえば、青写真と謄写版ぐらいのものであった。

自衛隊は貧乏なのだ——だが、そんなことはどうでも良い。ともかく、これを見よ」

軍曹はそう言って、ファックス用紙をテーブルの上に広げた。一瞥《いちべつ》して、ピスケンと広橋は立ち上がった。

「……怪文書だね、ケンちゃん」

ピスケンは腕組みをしたまま、黙って文書を見下ろしていた。

「ううん……はて、そんなはずはねえと思うがなあ——」

「だけど、僕らだってあれだけのことをしたんだからね。命を狙われたってちっともフシギじゃないよ」

「そりゃ確かにちげえねえが……」

「キサマ、ずいぶん落ち着いているな。これから殺されるというのに」

と、軍曹に言われるまでもなく、ピスケンは文書の内容を理解していた。ヤクザの怖さはヤクザが一番良く知っていた。一見、落ち着いているように見えたのは、実は硬直しているのであった。

「ともかく、こうしちゃおれねえ」

「そうだよ。とりあえずしばらくの間は、ここから外に出ないことだ」

「なんだと」、とピスケンは広橋を睨んだ。

「殺《と》った殺られたは稼業のうちだぜ。むこうがその気なら、逃げも隠れもしやしねえ」

と、ピスケンは怪文書を破り棄てた。

「そうは言ってもケンちゃん。相手は一万人の天政連合会だよ」

「ケッ、笑わせるねえ。一万人が百万人だろうが構うものけえ。あの野郎、ヒトをナメやがって」

「おい、キサマ正気か。いったいどうする気だ」

「知れたことよ」、とピスケンは軍曹を睨み返した。

「克也のガキ、俺を殺るだとォ？　上等じゃねえか。殺られる前ェに、殺ってやるぜ」

親分の傷

港《みなと》区赤坂《あかさか》の一角にそびえる金丸産業本社ビルの一室で、岩松円次は珍しく仕事をしていた。

本人の器量とはもっぱら関係なく、ふしぎと有能なブレーンに恵まれているこの親分には、日ごろから仕事らしい仕事は何もない。

「オヤジさん、仕事はせんでいいから、なるたけジャマにならないようにしていてくれろ」

というのが、金丸組若頭・福島克也を始めとする子分たちの口癖であった。

しかし、そんな岩松組長にも、誰はばからず精力的かつ独占的にこなし続ける仕事が、ひとつだけあった。天政連合会の機関誌「月刊侠道通信」の編集である。

酒は医者に止められた。若い妾どもは生意気になった。バクチはとうに悟りを開いた。こうなると還暦を過ぎた彼にとって、「月刊侠道通信」の編集は唯一の生き甲斐なのであった。

ふつうのカタギの社会では、雑誌を一冊発行するためにはミサイルを撃ち上げるのと同じぐらいの覚悟と根性が必要であるが、その点この「月刊侠道通信」は面倒な苦労がなかった。

第一に、販売促進の必要がない。この業界では義理と義務は同義語だからである。

第二に、営業広告をとる苦労がない。全国の末端組織《エダ》が経営する企業の協賛広告だけで十分なのである。ダイヤルQ2とか、大人のオモチャや防弾チョッキの通販ばかりでは下品になるので、たまには一流企業の総務部長にお願いして上等な広告を載せる余裕もあった。べつにたいしたお願いはしなくても、春先のある季節になれば自然に広告は集まるのであった。

よって、二代目金丸組内から選抜された出版部員は、編集実務だけに没頭することができた。

岩松円次を囲むえりすぐりの総勢八名、どれもよんどころない個人的事情により、人生の過半を読書に費やしてきたモサである。根性もあるし教養もあった。校了前の連続徹夜仕事なんて、物ともしなかった。いざとなれば上等なねむけざましも、各自のひきだしに入っていた。

編集長・岩松円次は、すべての記事、すべての広告を厳密にチェックする。万事においてチャランポランな性格の岩松は、この仕事にだけは別人のように真摯《しんし》に取り組むのであった。苦労の足りない記者は、しばしば原稿の上に血ヘドを吐いた。誤字脱字に対しては容赦なく指が飛んだ。

岩松円次のこうした思い入れには、人に言えぬ深いワケがある――。

実はさること四十数年前、彼は某有名大学の文学部に通い、将来は文筆をもって身を立てようと考えていた、青白い文学青年だったのである。

この衝撃的な事実は、誰も知らない。彼が心を許す若頭・福島克也も、愛妾のしのぶも知らない。誰も知らない過去というのは、すなわち「傷」である。

もちろんその後の極道としての彼の生き方に、こうした文学的軟弱さ、曖昧さが微妙に投影されていることはいうまでもない。それは彼自身も気付かぬ、「傷」の深さであった。

昭和十八年十月、降りしきる雨を蹴たてて、神宮外苑《じんぐうがいえん》における学徒壮行会の列につらなったとき、若き岩松円次の人生は変形したのである。

日々の終末感の中で、彼は彼の内なる矛盾と格闘し続けねばならなかった。死はほんの指呼《しこ》の間《かん》に立ちはだかっていた。そして彼の私物行李の中には、ぶ厚い原稿綴がひそかに蔵《しま》われており、手帳には芥子粒《けしつぶ》のような字で、甘い恋物語が書き続けられていた。

人知れず懊悩《おうのう》した末、岩松はむしろ思考停止の状態で特別攻撃隊に志願した。あえていうなら、矛盾を解決する唯一の手段として。

出撃の日は来た。岩松少尉は遠ざかる桜島《さくらじま》の噴煙に向かって、後生大事に携えてきた原稿綴を、風防ガラスのすきまから捨てたのである。

しかし、そうして青春のすべてを投げ棄てて死地に赴いた岩松少尉を待ち受けていたものは、敵機動艦隊ならぬ皮肉な運命の神であった。

編隊が奄美大島《あまみおおしま》南東海上にさしかかったとき、歴戦を奇跡的に生き永らえてきた零戦《ゼロせん》二一型旧式エンジンが、突然、不調を訴えたのである。

岩松少尉はただ一機、亡霊のように帰投した。彼は飛行場に降り立ったとたん、「かえせ、かえせ」と絶叫しながら、整備兵を殴打した。居合わせた人々はその荒ぶる魂にみな感動した。しかし「かえせ」という言葉の真意を知る者は、彼のほかに誰もいなかった。

出撃の日が再び訪れることはなかった。数日を経ずして、戦さは終わったのである。

岩松円次がその後、ペンを執《と》ることはなかった。原稿用紙を見るとたちまち、はるかな海原の上に飛散して行った夥《おびただ》しい紙片が瞼に甦《よみがえ》った。機首を反転する刹那《せつな》、風防の中で悲しげに手を振った三番機の戦友の顔も、忘れることはなかった。

生命は永遠の矛盾を孕《はら》んで、岩松の体内に居座《お》ったのであった。

闇市をあてどなく徘徊《はいかい》し、無頼の群れに身を堕としても、彼のうちなる矛盾が晴れることはなかった。原稿を捨て、命を拾ったあの日の、茫々《ぼうぼう》としたなかぞらそのままに、彼の後半生はよるべなかった――。


岩松円次はフト我に返り、気を取り直して机上の原稿を読み始めた。

「伝説のヒットマン・ピスケン一代記」の連載第四回目である。

この企画はもともと、岩松自身が考えついたものであった。ピスケンという実在の象徴を通して、二代目金丸組の神話を作り上げ、業界でのイメージアップを図るとともに、近頃とみにサラリーマン化した若い者たちの精神教育にも役立てようとするものである。

岩松は老眼鏡をかしげて、原稿を読みすすんだ。

場面は、ピスケンが工事現場からかっぱらったダンプカーもろとも、関東銀龍会の総長宅に突っこんで拳銃を撃ちまくるクライマックスである。

執筆者は当編集部のエース、網走《あばしり》の獄中から毎年、群像《ぐんぞう》新人賞に応募し、刑期満了の八年目にはついに最終選考まで残って講談社《こうだんしゃ》をあわてさせたという、なかなかの書き手である。彼は応募原稿に添付する筆者略歴をモロに書いてしまったことが受賞に至らなかった理由にちがいないといまだに後悔し、せめて現住所はシャバの留守宅にしておくべきだったと、会う人ごとにこぼすのであった。

この新人賞候補作家には、岩松も一目おいていた。したがって彼の仕上げた原稿には、ほとんど手を入れることはしなかった。

クライマックスシーンのすばらしい出来映えに、岩松は思わず唸《うな》った。圧巻であった。たとえば平家《へいけ》物語の「幼帝入水」を連想させるくらい華やかで哀しく、カポーティの「冷血」の殺戮《さつりく》シーンのように、血と硝煙の匂いがした。

岩松は感動した。読み了《お》えてからもその余韻を楽しむかのように、しばらくぼんやりとタバコを吹かしていた。

そうしているうちに、ふと感動の底からある奇妙な感情が頭をもたげた。喝采の坩堝《るつぼ》の中で感ずる、暗い、やり場のない嫉妬である。

彼は全く突然にピスケンを憎んだ。いとも簡単に明快な英雄になってしまうピスケンを、はっきりと憎悪したのであった。かつて大井《おおい》競馬場で一億円の大枚をかすめ取られた時でさえ、これほどピスケンを憎みはしなかった。

岩松は執筆者を手招いた。

「何か不都合でもありやしたですか、親分。じゃなかった編集長」

自信たっぷりにそう言う前科八犯に向かって、岩松は低い声で囁《ささや》いた。

「いいや、相変わらず大《てえ》したもんだ。だがな、おめえ——このプロットに、何かひとつ欠けているたァ、思わねえか？」

「へ？　さあて、あっしとしちゃあこの上もねえ出来映えだと思いやすが。ジョーゼツに流れず、カンジョーも移入せず、ギョーカンを読ませるあたりなんざァ、ちょいとヘミングウェイばりのクロウト芸だと自信を持っちゃおりやすがね」

「足らねえな」

「……あっ、そうか。淡々と書き過ぎですか。そんじゃもうちぃと形容詞を加えやして、ハードボイルドロマン風にアレンジしてみやしょうかい」

「そうじゃねえ」、と岩松はボールペンを眉間に当てて、はっきりと命令した。

「殺せ――」

「え？　殺せって、誰をですかい？」

「決まってるじゃねえか。主人公を殺しちまうんだ」

ライターは仰天した。

「親分、じゃなかった編集長。それじゃあ事実に反しやすぜ。ドキュメンタリー・ノベルズが一転してフィクションになっちまうんじゃうまかねえ。第一《でえいち》作家の良識を疑われまさあ」

「かまうもんか。いいか、これァアメリカの映画の脚本じゃねえんだぞ。どうしようもねえ悲劇で幕を閉じるてえのが、日本文学の伝統じゃねえか。ほろびの美学てえやつだぜ。主人公が死なねえことにァ、物語は完結しねえんだ」

「ううん……さすが親分、じゃなかった編集長。ミョーに説得力がありやすね。わかりやした、殺しちまいましょう」

「そうだ、こんなのはどうだ。ピスケンは襲撃に成功したあと、ドッと押し寄せた若い衆に囲まれてハチの巣にされちまう。で、雨の中をはいずって、痛え痛えと路地裏の残飯オケに頭を突っこんでだな、顔じゅう飯粒だらけにして死んじまう。エサを取られた野良猫が死体の背中に乗って、ニャーとうらめしげに鳴く。で、ジ・エンドだ」

前科八犯のライターは唸った。

「すげえカタストロフでござんすね。しかし筋《すじ》としちゃあ確かにドラマチックですが、当の御本人の了解もなく殺しちまって、それでようござんすか、親分。じゃなかった編集長」

「それでいい。裁判沙汰になる心配もまずあるめえ。十五枚目以降、書き直せ。小見出しは、そうだな、『野良猫の死』、これでいこう」

「へい。かしこまりやした」

ライターはデスクに戻ると、左手小指に特製サックを嵌めて、猛然とワープロのキーを叩き始めた。

これでいい——岩松はネクタイをくつろげた。

あいつは死ぬべきだったのだ。よるべない、幽霊のような人生を過ごすよりも、あのとき野良猫のように死ぬべきだったのだ。

岩松円次は自分がピスケンという子分を愛していることに気付き、愕然とした。胸の中でせめぎ立つ等量の愛憎を処理するためには、せめて物語の中で、ピスケンを殺すしかなかった。たとえそれが無意味な事実の捏造《ねつぞう》、決して彼自身の乾きを癒《いや》すことのできぬ自慰に過ぎないとしても。

ちょうどそのころ――。

警視庁刑事部捜査四課の取調室に、ひとりの留置人が引き出されていた。とるに足らぬ恐喝事件でパクられた、某関西系組織の組員である。長い勾留生活で、パンチパーマは石川五右衛門《いしかわごえもん》のようになっていたが、ツラ構えは関東ではちょっと珍しい、力いっぱいの極道であった。

新たな市場開拓のために単身赴任中の彼は、中学の修学旅行以来およそ二十年ぶりの上京ということもあって、思いがけぬドジを踏んだのであった。関西では正当な商行為も、箱根《はこね》の山のこっちでは立派な恐喝だったのである。

万事に不案内な彼は、地下鉄の路線図を見上げて立ちすくんだのと同様に、取調べに際してかなりうろたえた。しどろもどろの供述を繰り返した結果、検事の情を悪くして起訴されてしまったのである。

起訴後の呼出しに、極道はシビレた。四課《マルボウ》の取調べには付きものの「面倒見《めんどうみ》」であろうとは思っても、叩けばホコリはいくらだって出る体。内心おだやかではなかった。

さて――どうか妙な別件ではありませんようにと祈る極道の前に現われたのは、年の割にずいぶん貫禄のある刑事であった。ひと目みるなり、極道はいよいよビビッた。

巡査がコーヒーとタバコを持って来た。

「やりたまえ」と、刑事は、白い、神経質そうな掌を差し向けた。

「四課長の佐久間だ」

パラリと垂れた前髪は往年の松竹系二枚目であるが、目つきだけが東映《とうえい》系であった。これが冷酷非情な取調べで関西にまで名の聞こえた「四課の鬼佐久《おにさく》」だと知って、極道はスッと気が遠くなった。

佐久間警視正はせわしなくタバコを吹かす極道の姿をしばらくの間、冷たい目で見据えていた。それからゆっくりと、甲高い、独特な余韻《よいん》を引く声で語りかけた。

「おまえは悪いヤツだな」

男は顔色を気取《けど》られぬように、目を逸らした。

「稼業のうちと言ってしまえば、それまでだが……」

男の目玉が落ち着かぬ動きを繰り返す。佐久間の言わんとしていることが、いったいどの事件《ヤマ》なのか、懸命に予測をしているのだ。

「だがな、いくら極道でも、人間として絶対やっちゃならぬことは、あるぞ」

佐久間はそう言いながら、体を伸ばして取調室のドアを閉めた。実はこの容疑者の別件など、何も知らない。このところ毎日、留置場のヤクザ者をひとりずつ呼び出しては、こうして同じセリフをカマしているのだ。この男で七人目であった。

佐久間はじっと男を見据えたまま顔を寄せ、きっぱりと言った。

「人を殺しちゃ、ダメじゃないか」

今までの六人は、みなまで聞かずに大声で反駁《はんばく》した。しかし、この七人目の男の反応は少しちがっていた。一瞬、顔じゅうの筋肉がこわばるのを、佐久間は見逃さなかった。

(やっているな)と、佐久間は確信した。

「旦那、な、なに言うとるんや、殺しやて？」

佐久間はさらに目を据える。

「おまえな、俺がシャブやチャカの安い事件《ヤマ》に、わざわざ顔を出してくると思うか？」

佐久間の取調べは巧妙である。えりすぐった刃物のような言葉だけを口にし、あとは目で殺す。余分なことは決して言葉にしない。

やがて男は慄《ふる》えだした。

「黙秘《ダンマリ》なら、それも良かろう。だがな、俺は立件するぞ。おまえを吊るす自信はある」

「な、なんやねん、それ」

佐久間は死神のように笑った。

すべてはかつて「マムシの権左」こと向井権左ェ門から学んだ手口である。捜査の手が空いたとき、向井はしばしば余罪のありそうな留置人を呼び出しては、この手口で思いがけぬ重大事件を掘りあてたものであった。極道が十人いれば、必ず一人や二人の殺人《ころし》か強盗《タタキ》がいると思え――それは向井権左ェ門の持論であった。

誰にでも真似のできることではない。そうした意味でも不世出の四課刑事《マルボウデカ》・マムシの権左の後継者は、「鬼佐久」こと佐久間忠一をおいて他にはいなかった。

佐久間警視正は、向井権左ェ門がかつてそうしたのと寸分たがわぬ姿勢で斜に構え、その口ぶりのとおりに呟いた。

「おめえをこうして捕《と》ってきたのァ、あんなセコい恐喝《カツアゲ》を挙げるためじゃねえ。桜田門はそれほどヒマじゃねえよ――あいにくだったな、きのう現物が出てきたぜ」

すべては出まかせのハッタリである。「現物」を凶器と思うか、死体と思うか、あるいは目撃者や密告者と思うか、ともかく実際に殺しをやった者なら、たいていこの一言でネを上げる。

そのまま気を失うのではないかと思われるほど青ざめる極道を見ながら、佐久間は向井権左ェ門の訓《おし》えを思い出していた。

〔なあ佐久間。殺人《ころし》って事件《ヤマ》は、責めたってそうそう自白《うた》うものじゃねえぞ。なにせてめえの命だってかかってるんだからな。ただひとつだけ言えるこたァ、人をアヤめた奴てえのは、みんな伊右衛門《いえもん》様だってことだ。何年たっても、てめえの暮らしがどう変わっても、毎晩死体《オロク》の夢を見る。かたときも忘れるこたァねえ。殺人犯をオトすコツはそれだ。上手に水を向けりァ、てめえかってに自白《うた》いだす。いいか、覚えとけ」

佐久間は容疑者の気配を窺《うかが》いながら、頃合を見計らって、ダアンと机を両手で叩いた。それも向井に教えられたタイミングどおりである。

「オオッ！　ナメるんじゃねえぞ。こちとらダテにてめえらから、鬼のマムシのと呼ばれているわけじゃねえんだっ！」

この恫喝《どうかつ》で、犯人の取調べに対する疑念の糸はプツリと切れる。おおかたはガックリうなだれるか、ワッと泣き伏す。しかしここでさらに反駁《はんばく》するようであれば、永久に自白させることはできない。もしくはシロである。勝負の一瞬であった。

果たして男は、肩を落とし、唇を噛みしめてうなだれた。

ここまでくると、向井権左ェ門は間髪を容れずに猛然と調書を取り始めたものであった。しかし佐久間警視正のここからの行動は違った。

席を立ち、男の背後に回る。そして耳元でふいに荒いデカ言葉を改め、こっそりとこう囁きかけたのである。

「だが、泣くのはまだ早いぞ。俺がわざわざ人払いをしたのには、理由がある。どうだ、聞きたいか」

男はすがるような目を上げた。佐久間は続ける。

「ひとつ、やって貰いたいことがある。その気になれば、例の件は握りつぶしてもかまわない。どうだ、おたがいプロ同士の話を、ゆっくりしようじゃないか」——

対決

天政連合会内二代目金丸組若頭・福島克也の自宅は、世田谷《せたがや》区玉川《たまがわ》の閑静な高級住宅地にある。

もちろん気の毒な融資先から担保としてブン取ったものであるが、その出どころはともかくとして、実に清潔感あふれる、結構な豪邸であった。

さること十年前にこの邸を下見に来た晩、貧乏ぐらしの余りに長かった女房は、むしろ脅えたものであった。亭主はそのぐらい急激にハネたのである。なにしろその晩、女房はまだすり切れたジーパンをはいており、引っつめ髪に巻いたスカーフさえ、なんとなく夜盗のほっかぶりのように見えた。あまつささえまだ赤ん坊だった一人娘を、薄汚れたネンネコでおぶっていたのである。

「おう、見たか。こいつが俺っちの家《ヤサ》だぜ。ざまあ見ろてえんだ、これでオギクボのババアも文句はあるめえ」

「あんたァ、よそうよ。こんなの変だよ。あたし今のアパートでいいからさ、ねえ、やめよう、あんた、あんた」

なんて、街灯の丸い輪の中で怖る怖るお邸を見上げながら、女房は亭主の袖を引いたものであった。背中の娘も、「とうちゃん、おうち、かえろ」と、ハナを飛ばしてビイビイ泣いた。

――すべては十年前の話である。

ベンツをガレージに入れる。と、玄関の扉が開く。コスモスのみごとに咲きそろった闇の中に、幸福な光の帯が解かれる。

「あなた、お帰りなさい、ご苦労さまでした。さきほど荻窪《おぎくぼ》のおかあさまからお電話がありましたわ。今度の日曜、おいでになるって」

「やあ、ただいま。変わったことはなかったかね」

なんて余裕で微笑みながら、福島は金木犀《きんもくせい》の香る石段を昇り、女房の肩を抱いてしまったりするのであった。カシミヤのセーターには、ごうつくな肩パッドまで入っていた。パッチワークのタペストリィを下ろした二階の窓から、娘の弾くヴァイオリンなんぞが聴こえた。

「ほう、サンサーンスじゃないかね。ずいぶん上手になったものだ」

「さやかは、ああしてあなたをお迎えしていますのよ。ついこの間までは階段を駆け降りてきたのに、もう年頃ですものね」

同じ年の女房は十分に魅力的である。むしろ福島の成功とともに、その美しさもさらに育まれてゆくようであった。男の貫禄をカネで買うことはできないが、女の美貌がまるきりカネで買えるという説は本当である。

玄関に入ると、二階の吹き抜けに娘が顔を覗かせる。かわゆい。なんたって、かわゆい。本当の美少女は、決して芸能界なんぞに入るものではないと、福島はつねづね思うのであった。

「お食事になさいますか。それとも、お風呂」

「食事にしよう。今日は、何のごちそうかね」

「あなたのお好きなサーモン。ムニエルにしましたのよ」

人間が出世すると、シャケまで出世するのであった。

三軒茶屋《さんげんぢゃや》のボロアパートでは、毎晩のように口のひん曲がるような塩ジャケを食わされたものであった。辛いぶんだけおかずは少なくて足りるのであった。共同炊事場のガス台で塩ジャケを焼きながら、「あんた、お帰り！」と、顔を上げた女房を、福島はなつかしく思い出した。

しかし、夫婦の間で昔話は禁句である。たまには口のひん曲がるような塩ジャケが食いてえ、と思うこともあるが、今も昔も同じ愛情で腹を満たしていると思えば、それも贅沢《ぜいたく》な欲求にちがいない。

福島はキッチンに入ろうとする妻を呼び止め、「忘れものだよ」と言って、頰に接吻をした。

人間の品位が住環境で定まるなどとは、時節がら考えたくはない。しかし少なくともこの家族に限っては、明らかにそうと言わざるを得ないのであった。

こうして鮮やかな変貌をとげた家族ではあったが、ひとつだけ、彼ら自身誰ひとり気に止めずに伝承している貧しい時代の風習があった。

それは彼ら三人が、だだっ広い邸内で決して距離をとらぬことである。リビングに座ってテレビを見るときは、肩をぶつけ合いながら寄り添って座る。しばしば長い廊下や吹き抜けの階段を、電車ごっこのようにつながって歩く。夫妻の寝室も、床の間・水屋つきのクソでかい座敷の中央に小さなフトンを一枚敷いて、アツいのキツいのと文句を言いながら寝るのである。

そうしなければ、どうとも落ち着かないのであった。四畳半一間の生活習慣は、今もこうして豪邸の中に生きていた。

夕食の風景はことさら象徴的である。二十畳敷ウッドフローリングのダイニングで、彼らが北欧製の巨大なテーブルを囲むことはない。当初はムリにそうしていたのだが、全員たちまち消化不良を起こしてしまった。で、何となく捨てられずに収《しま》っておいた折りたたみ式のチャブ台を物置から出し、フローリング床の上に置いて飯を食ってみた。この試みは成功した。以来、家族はチャブ台を囲んで、豪華な夕食をとることになったのである。それはトップライトから覗くお月様も思わず微笑むような、ふしぎな家庭の一景であった。


「パパ。そう言えば、きょうおじさまがいらしたわ」

チャブ台の上で銀のフォークを操りながら、さやかが思いついたように言った。

おじさま、と言えば、ナゼか縁遠い警察官の兄しかいない。福島は食事の手を止めた。

「ほら、いつだったかいらしたことのある、音楽家のおじさま。ウィーン・フィルでギターを弾いていた……」

父と母は同時にのけぞった。

「健兄ィが……」

「やあね、パパ。アニイなんて、まるでヤクザみたいじゃない。下品だわ。その健太おじさまが玄関までいらして、パパは会社、ママはテニスって言ったら、あ、そうか、って帰っちゃったの。なんだかソワソワして、ふつうじゃなかったみたい」

ソワソワしてふつうじゃなくなったのは父の方である。娘はそんな父親の顔色など一切意に介さず、報告を続けた。

「そうだ。おじさま、メロンを持ってきて下すったわ。食後のデザートに、みんなで食べるようにって」

さやかが暖炉の上を指さしたのと、父がチャブ台をひっくり返して立ち上がったのは同時であった。福島は銀座千疋屋《ぎんざせんびきや》の包装紙にくるまった木箱を摑むと、テラスに走り出て庭先の藪に投げ込んだ。

「伏せろ！」と、福島は両腕に妻と娘を抱え、応接セットの陰に打ち伏した。

「あれ……爆発しねえ。そうか、毒だな。青酸カリだ」

「パパ、何言ってんの？　もうジョンが食べてるわよ」

水銀灯に照らされた芝生の上では、飼主に似て偏食癖のあるシベリアン・ハスキー犬が、ガツガツとメロンを食い散らかしているのであった。

「あ、いかん、気の毒に。なんて忠義な犬だ、身がわりで死ぬ気だな。いいか、見てろ」

しかし予想に反して、ジョンは思いがけぬ大盤振舞いをペロリと平らげてしまうと、もっとくれとばかりにテラスを前足で叩くのであった。見映えもいいが、性格まで飼主に似ていた。

「ん……おかしいな。まちがいねえと思ったんだが」

「あなた、お疲れなんじゃないですか。健太さんが、どうかなさったの？」

「そうよパパ。どうかしてるわ」

家族は立ち上がって、散らかった食事の後始末を始めた。

その時である。ふいにジョンが、金木犀の垣根に向かって激しく吠えた。ほとんど同時に、銃声が三発、間近で炸裂《さくれつ》したのである。テラスに面したガラスにピシリと亀裂が走った。

家族は再び床にへばりついた。エンジン音が猛スピードで遠ざかって行った。

「なによ！　なんなの、パパ」

福島は妻と子を両腕に抱いたまま、呆然と呟いた。

「人ちがいだよ。近所にヤクザの親分の家でもあるんだろう」

ピスケンは長い間、多摩川《たまがわ》の土手に腰を下ろしていた。ふたたび嵐の予兆を感じさせる夜空には、雲の間を翔《か》けるように満月が輝いていた。

「そんなはずはねえよな。克也は、そんな奴じゃねえよ。会って話さえすりゃ、わかるさ……」

夕方からずっとそうして、同じ言葉を何度くり返したことであろう。水かさを増した川面も、頭上の満月も、立ち騒ぐすすきも、答えてはくれない。冷えきった体の中を風が吹き過ぎた。

ピスケンの胸には、渺々《びょうびょう》と果てしのない曠野《あれの》が広がっていた。また出直そうと、よろめくように立ち上がった。

そのとき背後の多摩堤通りに、石川五右衛門のようなパンチパーマの極道を乗せた車が逃げ去るのを、傷心のピスケンが気付くはずはなかった。

――苦悩と戸惑いの数週間が過ぎて行った。再び月の五日が巡ってきても、ピスケンの心は重かった。眠れぬ夜が続いたせいで、朝の寝覚めも悪くなっていた。

「おはよう、ケンちゃん。お楽しみの本が届いておったぞ。ん？　どうした、どうも近ごろ体調が悪そうだな」

軍曹はそう言ってタワシのような眉をしかめ、「俠道通信」十二月号をベッドの上に投げた。ピスケンはやつれ果てた顔をチラと向けたなり、封筒を胸に抱いてまた目を閉じた。

「ケンちゃん、どうもキサマらしくないな。殺《と》った殺られたも稼業のうちだとか、はりきっていたではないか。なんならキサマの命を狙っている福島とかいうヤクザ、てっとり早く俺がシメ殺してきてやろうか？」

「うるせえ」

「これはしたり。うるせえのは五月の蠅。俺はキサマの相棒《バディ》だぞ。マジメに心配しておるのだ」

「てめえなんざ歌舞伎座《かぶきざ》でも行け。顔見世興行で役者が足らねえらしい」

ピスケンは寝返りを打って顔をそむけた。

「ヤレヤレ、始末におえんな。朝飯ができておる、起きてこい」

軍曹が出て行くと、ピスケンは封筒を開いた。表紙の代紋に頭を下げる気にはならなかった。ベッドから身を起こし、ペラペラとページを繰った。

「最終回か。こうして律義に届けてくるんだ、やっぱりあれァ、デマにちげえねえ」

もう気にするのはよそうと、ピスケンはタバコをくわえた。「伝説のヒットマン・ピスケン一代記」。相変わらず胸躍らせる物語だ。

「ええと――『ピスケンは寝室の隅に追い詰めた総長の額に、静かに銃口を突きつけた。

それを押し戻すように差し出された両手は力なく慄えていた。総長はやがて虚空に手を組むと、命ばかりはお救けとピスケンに懇願した。しかし彼は少しも動ずることなく、むしろ微笑みさえ浮かべて撃鉄を起こしたのであった』――ううん、まるで見てきたようじゃねえか。てえしたもんだなあ」

一文字ずつを嚙みしめるように読み進むうち、ピスケンの唇からポロリとタバコが落ちた。

「げ。な、なんだこいつら。変なのが大勢できやがった。え？　えっ！　ちょっと待て、やめろ、やめてくれ、命ばかりはお救け……アアッ！」

ピスケンはベッドから転げ落ちた。しばらく死んでから、やおら蘇生したピスケンは雑誌を投げ捨てて廊下に走り出た。階段を駆け上がりながら、腹巻から拳銃を抜き出した。

ラウンジでは豪華な朝食が始まっていた。テントのようなオムレツと山脈のようなフランスパンに、思わず腹がグウと鳴った。しかしそれどころではない。ピスケンは叫んだ。

「てえへんだっ！　ピスケンが死んじまった！」

向井と軍曹と広橋は、一瞬オムレツをくわえたまま振り向いたが、すぐにまた元の姿勢に戻って顎を動かし始めた。

広橋が言った。

「食う物も食わずに毎日酒ばかり飲んでいるからああなるんだよ。かまうなかまうな」

「そうじゃねえって！　この俺が路地裏のポリバケツに頭を突っこんでよ、残飯まみれで死んじまったんだ！」

軍曹がセロのような声で言った。

「バカか、キサマ。ポリバケツならキッチンにあるぞ。勝手に使え。あ、勝手にキッチンへ行け、これはウマいシャレだな」

「ちっとも受けねえぞ。それどころじゃねえ、そいで、野良猫が俺の死体の背中に乗っかってよ、うらめしげにニャーと鳴きやがった」

向井権左ェ門は悲しげにピスケンを見つめた。

「とうとう来たか。あれでけっこう内向的な性格だからな。どうでえみんな、今度ばかりァ医者に見せた方が良かねえかい。警察病院なら紹介するぜ。お巡りにもノイローゼは多いからな、あすこの精神科は優秀なんだ」

「そ、そうじゃねえって。よおし、向こうがその気ならしようがねえ。おうっ、みんな、後は頼んだぜっ！」

後は頼んだぜ、と叫んでとりあえず駆け出すのは、ピスケンのクセであった。しかしその後ろ姿を見て、向井権左ェ門はハッと立ち上がった。

「いけねえ、野郎、道具持ってやがる。おいっみんな、追っかけろ！」

その夜――またしてもしつこい借金取りのようにやってきた嵐の中を、三人の男たちを乗せた車は本牧《ほんもく》埠頭へとひた走っていた。

死を決意したピスケンの懐には一丁のコルト・ガバメントが収《しま》われている。助手席の軍曹と後部座席の広橋も、それぞれコートのポケットに拳銃を忍ばせている。もちろん彼らの拳銃には援護だの護身だのという不粋な目的はない。

とり押さえた友人が正常だと判明したのち、彼らは少しも迷わず車に乗り込んだのであった。深夜のＦＭ放送が甘いストリングスを奏でる車内は、十分な侠気と熱とに充たされていた。

埠頭は荒れ狂う嵐の闇であった。くろぐろと肩を並べる倉庫群の前に車を止め、彼らは待った。

やがて沫《しぶ》き立つ桟橋の上を、一条のヘッドライトが近づいて来た。

「行こうか？　ケンちゃん」

リアシートから身を起こして、広橋は訊ねた。

「いいや、加勢はいらねえ。この車が救急車になるか霊柩車《れいきゅうしゃ》になるか知らねえが、後の始末だけァ頼んだぜ」

ピスケンはそう言ってドアを開けた。同時に、埠頭の上で向き合った車のドアも開いた。

「ケンちゃん、傘」

軍曹は窓ごしに、傘の柄を差し出した。ピスケンは黙って受け取ると、用をなさぬ横殴りの雨に向けて傘を開いた。

二人の男は、それぞれの背を照らすヘッドライトの中で、ゆっくりと歩み寄って行った。十歩ほどの間合いをとって立ち止まると、福島克也は濡れそぼった髪を後ろに撫でつけながら頑丈な顎を振った。

「アニキ、車の中の若い者には決して手出しはさせやせん。もういっぺん話し合っちゃもらえやせんか」

ピスケンは傘の中で答えた。

「俺ァ今ほど、十三年の懲役が長過ぎたと思ったこたァねえ。俺にァどうしてもおめえの肚が読めねえ」

福島は背広の腰に手を回すと、拳銃を抜き合わせた。

「こっちの言い分は、電話で言った通りです。もう物を言うのは、こいつしかいねえようだ」

「どうしても俺の言うことが信じられねえか」

「それはこっちも同じです。信じてえのはヤマヤマだが、アニキ。一万人の若い者を路頭に迷わせるこたァ、万に一つもできねえんで」

ふと考え深げに、ピスケンは足元の水溜まりを蹴った。

「そうかい……どうやらおめえの方が苦労したようだな。俺が、させちまったんだ」

「抜かねえんですか」

ピスケンは淋し気に笑いながら、傘を左手に持ちかえた。

「おめえが引金を引いてからだって、遅かねえよ。ピスケンの二《ふた》ツ名《な》はダテじゃねえ」

リボルバーを両手で構えたまま、福島克也は言った。

「西部劇じゃねえんですぜ、アニキ。俺を殺《と》るにゃ今しかねえ」

「どうした克也。高え体の者ンが安い体の者ンを撃つのに、何の遠慮がいるものか。さあ、やってみろ」

ピスケンはそう言うと、一歩前に出てこころもち体を開いた。

「そうじゃねえぞ克也。腹を狙え、腹を。頭を狙って外したらどうする。ここだ」

ピスケンはそう言いながら下腹を叩いた。コートのポケットから大げさに抜き出した手で、まるで福島の決心を誘うように、そうした。

すんでのところで福島克也は指の力を抜いた。アニキは本気で撃たれようとしていると気付いたのであった。

「どうした、てめえ根性までカタギに成り下がりやがったか。男になるのァ、今しかねえぞ」

「俺ァ、男になんざなりたかねえ」

「甘ったれんな。義理の人情のと言うほど、極道は甘かねえぞ。音に聞こえたピスケンを殺ってこそ、てめえは天政会一万人の跡目だ。てめえが頭に立てば、もう二度と俺みてえな鉄砲玉を出さずに済む。さあ、肚をくくれ」

ひとなぐりの雨が沫《しぶ》いた。福島は拳銃を構えたまま顔をそむけ、濡れた背広の肩に額を埋めた。

「克也！　俺の命を高く買えるのァ、てめえしかいねえんだぞ」

福島は唇を嚙みしめながら、もう一度ピスケンの腹に銃口を向けた。

(アニキは俺に殺されるために出所してきたのだ。そして俺の拳銃に大義名分を授けるために、挑発し続けてきたのだ)

福島は引金を絞った。

「おれァ——俺ァ極道だな、アニキ」

一発の銃声が、嵐の闇に轟いた。

緋色の闇

佐久間忠一警視正が自宅で電話を受けたのは、風の鳴る深夜であった。仕事がら、そうした時間に急用が入るのは珍しいことではないが、その日に限って彼はコードレスホンの受話器を自室のデスクに置いて、ある報告を待っていたのである。

「ああ、あたしです」と、福島克也の声が、暗い闇の涯《はて》から聴こえてきた。

「――予定通り、ケリはつけました」

佐久間は眉ひとつ動かさずに報告を受けると、少し間を置いて答えた。

「そうか、ごくろうだった。で、ホトケはどうした」

「はい、とりあえず車で運んで、中華街のあたしの店に置いてあります」

「紅華楼《こうかろう》、だな」

「ご足労ねがえますか」

「身替わりも、そこにいるな？」

「はい、まちがいのない若い者です」

「よし、すぐ行く。県警のパトロールの目につかぬように出入りはするな。一時間、待て」

電話を切ると、佐久間は折り返し四課の当直刑事に緊急指令を下した。すべては彼の計画どおりに運んでいた。

「コロシだ。天政会の福島がやった。これから現場に打ち込んで福島を捕《と》る。機捜と神奈川県警にも連絡しろ。現場は横浜中華街《ちゆうかがい》の紅華楼——」

警視庁捜査四課と一課、機動捜査隊、神奈川県警本部のおびただしい車両が、中華街の外周をひそかに包囲したのは、わずか一時間の後であった。

天政連合会の若き指導者、あの福島克也を検挙する——百数十名の警察官は、この大捕物の重大性を一人残らず理解していた。

降り沫《しぶ》く嵐の中で、佐久間警視正は淀みなく捜査陣の指揮をとった。

「いいか、福島克也を挙げる絶好の機会だ。失敗は許されない。幸い俺と福島は面識がある。まず俺が一人で入って説得する」

彼一人の生命の危機を別にすれば、最上の策にちがいなかった。指揮車の中の刑事たちはみな、その勇気に感銘し、気魄に圧倒された。

防弾チョッキに身を固めてあちこちの物陰にひそむ警官たちに目くばせしながら、佐久間はただひとり、深夜の街路を進んだ。

「たいしたもんだなあ」

指揮車の中で息を殺して見守りながら、ひとりの捜査官が呟いた。

「なんだか、マムシの権左を思い出すな」

佐久間は玄関脇の闇にひそむ警官たちに向かって軽く手を上げると、シャッターを引き上げて店内に姿を消した。

顔見知りの若者が、腰を割って佐久間を出迎えた。

彼には自信があった。死体と凶器を確認し身替わりの組員を紹介されることだろう。しかし福島克也が現場を去ろうとするその刹那、玄関と裏口から武装警官隊が突入する。福島は逃れようのない殺人現行犯として逮捕される。もちろん佐久間の陰謀など、実証することはできない。そして、天政連合会は壊滅する。

「鍵はかけんでいい。すぐに終わる」

若者の下ろしかけたシャッターの裾に靴先を入れ、佐久間は言った。

夜目にも鮮やかな金色の獅子と龍とをレリーフした紅華楼の玄関に、佐久間忠一の姿が消えたとき、ふいに指揮車のフロントガラスを遮《さえぎ》って、一台の乗用車が止まった。灯火を消したまま、嵐の中を滑るように黒塗りの公用車が横付けされたのである。

指揮班の警部が窓から顔を出して舌打ちをした。

「まったくしょうがねえ奴だな。県警の覆面車《メンパト》か――オイコラ、どかんか」

――しかし、停止した公用車から降り立った恰幅《かっぷく》の良い紳士をひとめ見たとたん、刑事たちは我さきに雨の中を転がり出た。

運転手のさしかける傘を手にとって、紳士は言った。

「やあ、ご苦労さん。状況はどうかね」

先任の捜査官が直立不動の姿勢で答えた。

「ハッ。現場付近の包囲を完了し、現在佐久間課長が単身、容疑者を説得中であります」

「そうか。では配備を解いてよろしい」

花岡警視総監はこともなげに、そう言った。

「え、配備を解く?……と、申しますと」

「これは訓練だ」

「ゲ、訓練!――いや、まさか」

「新法の施行に備えての抜き打ち訓練だ。第一報から配備完了まで一時間十二分。警視庁と神奈川県警の連繋《れんけい》もおおむね良好である、ご苦労だった」

指揮班の幹部たちは呆然としながらも、腰を折って敬礼をした。

「では解散。付近の住民に迷惑のかからぬよう、すみやかに撤収せよ。外周の警戒線を出るまで車両は無灯火、私語は禁止」

「了解しました、総監」

無線を通して撤収命令が伝達されると、街路のあちこちに配置されていた車両や、武装警官は音をひそめて動き出した。

やがて周囲に人影がなくなると、花岡総監は車に乗った。

「こんなもんでいいかな、ゴンさん」

リアシートに深く身を沈めたまま、向井権左ェ門は言った。

「ああ、おめえにしちゃ上出来だぜ、キンちゃん——それにしても、人間一人の皮をむくってのァ、おおごとだな」

濃緑色の蛇紋石《じやもんせき》を敷きつめたロビーを若者に先導されて、佐久間警視正が歩み込んだ広い客室は緋《ひ》色の闇であった。

中央の巨大な円卓の上にだけ、ぽつんと灯りがともっている。しかし低いランプシェードが赤い薄絹に覆われているせいで、周囲の闇はかえって深い。

佐久間は灯りに向かって歩き、冷えびえとした紫檀《したん》の椅子に腰を下ろした。若者が熱い紹興酒《しょうこうしゅ》を捧げ持ってきた。氷砂糖を敷いたグラスに、血の色の酒を注ぐと、湯気とともに甘い香りが立ち昇った。

「若頭《かしら》は？　福島はどうした」

「へい、今おみえになりやす」

若者はそう言い置いて慇懃《いんぎん》に頭を垂れ、闇の中に消えた。

耳に残っていた風の音がようやく拭われると、周囲の暗闇は少しずつ輪郭を整え始めた。

朱の壁に彫りめぐらされた細密画。通路を被《おお》ったビロードのカーテン。豪壮な調度類に象嵌《ぞうがん》された夜光貝の細工が妖しい輝きを放つ。見上げれば、中二階の桟敷《さじき》と吹き抜けになった格天井《ごうてんじょう》には、無数の龍が牙を剥いている。高欄《こうらん》は磨き上げられた真鍮《しんちゅう》である。深い、黄金と赤の淵に、紫檀の椅子ごとゆっくりと沈んで行くような気分であった。

突然、背後から両肩を羽交いじめに抱きすくめられて、佐久間は声を上げた。身じろぎできぬ力であった。鋼のような太い腕が、椅子の背もたれごとしっかりと、佐久間を抱きかかえたのである。

低い、セロのような声が耳元で囁いた。

「なんならこのまま地獄へ堕とそうか。キサマの毛の生えた心臓をアバラごと押し潰すのはわけもないが」

「だ、誰だ……」

　男の声は耳朶《じだ》をなめるように続く。

「地獄の廷吏《ていり》に名なぞないわ。キサマ、俺の仲間を殺したな。鬼を殺す人間とはいったいどんな悪者か、顔を見てみたいものだ」

　懸命に首だけ捻じ曲げた佐久間の視界に、いきなり紛れもない鬼の顔が突き出された。ランプシェードの赤い灯をうけて、鬼は螺鈿《らでん》を並べたような歯を剝いた。佐久間は悲鳴を上げた。

「福島！　福島はおらんのかッ」

　へい、と緋色の闇が答えた。声を合図にして、壁際のランプシェードがひとつ灯った。

「な、なんだおまえ、そこにいたのか」

「へい、はなからここにおりやした。血を吸った背広が、あたりの闇に紛れておりやしただけで……」

　福島克也は紫檀の椅子にもたれ、肘掛けに彫られた亀の頭を弄《もてあそ》びながら、そう言った。

「そちらさんの謀《はか》り事たァつゆ知らず、今しがた盃を分けた兄貴をこの手にかけやしたんで……さあて、このオトシマエ、キッチリとつけさせて貰《もれ》えやすぜ、旦那」

日ごろの物静かな福島克也とは打って変わった貫禄に、佐久間は慄然《りつぜん》とした。

「なんだ、どうしようというのだ」

「どうもしやしません」と、福島はネクタイをくつろげ、胸の高さに指を組んだ。

「その汚れたツラの皮を、ひと皮ペロリと剝いてさし上げるだけのこって……」

するど、左手奥のランプシェードがぽつんと灯った。ボックス席の隅に、ソフト帽の庇を下げた、背広姿の男が座っている。佐久間が目を凝らすと、男はタバコを挟んだ指先で帽子のつばを押し上げた。

「久しぶりだね、佐久間君」

ひとめ見て佐久間は、その男がかつて内閣官房に出向いていたころの、辣腕《らつわん》の上司であることに気付いた。

「あなたは大蔵省の……尾形《おがた》さん……」

男は赤い灯を映したメガネを外すと、大儀《たいぎ》そうに額を揉んだ。

「覚えていてくれたかね。だが、あいにく今はもう尾形じゃないんだ」

「どうして、なぜあなたがここに」

「警察官僚きっての利《き》れ者の君が、どんなふうに成り下がったのかを見ておきたくてね」

「バカな。あなたにはもう何の権威もないじゃないか」

広橋秀彦《ひでひこ》は瞼をふと上げると、焦点の定まらぬ澄んだ近視眼を佐久間に向けた。

「権威、か――あいにく僕は他の役人たちとは違って、生まれつきそういうきらびやかな鎧《よろい》は着ていなかったからね。だから、あんなことになった。だが、後悔はしていない。権威主義にはほとほと愛想がつきていたんだ」

広橋は立ち上がると、佐久間のテーブルに向かってゆっくりと歩き出した。

「自分で言うのも何だが、百年前の中国ならトップ入省の僕は〈状元《じょうげん》〉とかいう選良中の選良さ。そして君はその三年後の〈状元〉。確かに国家の権威的人材だったに違いない。しかし、ここは百年後の日本だ。科挙《かきょ》制度とも、王権下の官僚主義とも無縁なはずだ。権威という言葉の存在自体、君はおかしいとは思わないか？」

軍曹の腕力に抗《あらが》いながら、佐久間は答えた。

「私は、権威主義者なんかじゃない」

「いいや、君は警察官という職権の威を借りて、政事《まつりごと》を私《わたくし》したじゃないか。読んで字の如く権威主義者だ。民主主義国家において、これにまさる犯罪はないぞ」

広橋は福島克也と並んで、佐久間の向かいに腰を下ろした。

「では君に、もうひとり僕の仲間を紹介しよう」

広橋がそう言って手を上げると、右手の通路を被うビロードのカーテンが開き、闇の中から四人目の男が姿を現わした。

濡れたトレンチコートが灯りを吸って、高貴な赤いマントのように男の肩を隠している。

「阪口……生きていたのか」

「生きていたかたァ、ごあいさつだな、旦那。命の綱の切れたのを、いってえどう取り止めたんだか、知りてえかい——なあに、ひとっつもむつかしいことじゃねえ」

と、ピスケンはテーブルにつくと椅子をくるりと返し、背もたれに肘を置いて座った。

「おめえのそのカラッポの頭より、俺のオツムのほうがちょいとばかりマシだっただけのこった」

軍曹は腕の力を抜くと、佐久間の背広の内側から、奇術のように拳銃を抜き取った。

「ニューナンブ三八口径か。こうして見ると、お巡りさんの道具はずいぶんチャチだな。ま、しかし、キサマのキンタマを吹き飛ばすぐらいの役には立ちそうだ。ケンちゃん、これでいいか」

と、軍曹は円卓の上に拳銃を置き、料理を回すようにくるりとピスケンの前に回し送った。

ピスケンは佐久間の拳銃を手に取ると、慣れた手付きで弾丸を抜き取り、改めて一発を弾倉に装塡《そうてん》した。

「さあて、お立ち合いだ。嵐の晩のチャイナタウンに、こうも名だたる悪党が顔を揃えたとあっちゃあ、大川端《おおかわばた》の白浪五人男《しらなみごにんおとこ》も形なしだあな。こちとらも命がけの舞台《ぶてえ》をつとめにゃ、大向うだって納得できめえ」

すでに声も出せぬ佐久間にかわって、軍曹が言った。

「命がけの舞台だと？——あれ、ケンちゃん、何をする気だ」

ピスケンはリボルバーの弾倉をカラカラと回した。

「ほら、ハードボイルド小説に良くあるじゃねえか。ロシアン・ルーレットとかいうやつ。俺ァいっぺんやってみたかった」

「ちょっと待てよ。やるって、誰が？」

台本にはまるでない展開であった。広橋はきょとんと顔を上げた。

「あたぼうよ。バクチはみんなでやる方が面白えに決まってるじゃねえか」

「ゲッ、オ、俺もか！　おいケンちゃん、話がぜんぜん違うではないか」

と、軍曹は自分の胸を指さした。

「いいじゃねえか。計画てえのは柔軟性がなくちゃいけねえ。どうせみんないっぺんは死んじまった体だ。まあ座れ、面白えぞォ」

「面白くない！」

四人は口を揃えて叫んだ。ピスケンは不敵な三白眼をぐるりと巡らせた。

「へえ、そうかい。てめえら怖えのかい。ヤクザも役人も兵隊もお巡りも、てえしたもんじゃねえなあ。そんならこれをシオに、俺の子分に直ってもらおうじゃねえか。てめえら明日から俺のドレイだ、何せ男の世界は命の軽さこそが貫禄だからな」

「な、なんてムチャクチャな論理だ。おいケンちゃん、いくらアドリブにしたって限界があるぞ」

と、広橋はムキになった。

「キサマ、思いつきで台本を変えるな！」

「アニキ、十三年たってもまるきり昔のまんまじゃねえか。何でそう話がコロコロ変わるんだ」

「まあ聞け」、とピスケンは声を低めた。

「今しがたフト考えたんだが、台本どおりにこいつをオカマにしたところで、人間の本性はそうそう変わるもんじゃねえ。第一《でえいち》、俺にしてみりゃ傷害罪でムショに逆戻りするぐれえなら死んだ方がマシだ。みんなはそうは思わねえか。おい軍曹、わかるな。むつかしいこっちゃねえぞ、おめえがわかりゃ、みんなわかったってえこった」

軍曹はオロオロと全員の顔を見渡した。

「わ、わかる。ゼンゼンわからんが、何となくわかる。わかったことにしておこう」

「ま、本来なら克也と旦那のサシでやらすところだが、ご愛嬌でカタギの旦那にゃハンデをさしあげようてえ胴元の心配りだ」

思いがけぬ成りゆきにはさすがの福島若頭も焦った。

「ちょっと待ってくれアニキ。いくらなんだって、そいつァハンデのやりすぎじゃねえですかい。これじゃ西武《せいぶ》だってロッテに負けちまう」

「るせえ！　ロッテもヘッテもあるけえ。四の五の言わずに、さあ、どいつからやるんでえ」

ピスケンはそう一喝すると、佐久間の拳銃をドンとテーブルの上に叩き置いた。その気魄に一同は沈黙した。まさしく「ひとごろし」の迫力であった。

「タマは六連発の弾倉に一発。命は五つ――」

そう言いながらピスケンは最初の一発を天井に向けて空撃ちした。ガシャリと撃鉄が落ちた。

「これで、誰かが死ぬぜ。いずれにしろ克也を捕りぁ天政会は終《しめ》えだ。てっとり早くご本人がいっちまうかも知れねえし、おめえに当たりゃ名誉の殉職。どうだ佐久間、悪い話じゃあるめえ。それとも何か、当初の予定通り、てめえのキンタマを吹っ飛ばして手打ちにするか?」

佐久間はテーブルの下でチラと腕時計を見た。すでに十五分が経過している。ほどなく警官隊が打ち込んでくるだろう。

「わ、わかった……」

と、肯いて、ピスケンの血走った目に出会ったとき、佐久間ははっきりと思った。

(やはり阪口は天政連合会を心の底から憎んでいる。自分の命と代えてでも壊滅させようとしているのだ。そうに違いない)

ピスケンは口元を歪めて笑った。

「よし、後がいいか、先がいいか」

「後だ。最後にしてくれ」

佐久間はにべもなく答えた。

「そうかい。バクチにアトサキはねえんだけどなあ。ま、そういうご要望なら——軍曹、おめえからやれ」

「えっ! 俺、俺からか。俺はアトでいい。早生まれだから注射はいつもアトだったし」

「じゃ、ヒデさん。おめえから。ガキの頃から何だって一番だったろう」

テーブルが回った。広橋はピスケンを見つめた。ふと、三白眼の底が微笑んだように思えた。

（そうか——弾は入っていないんだな。器用な奴だ……）

少しでも時間の欲しい佐久間は、順番を訊かれれば最後と言うに決まっている。しかしどの順序で回っても途中で弾丸が発射されることはないのだ。その間、佐久間は緩慢《かんまん》な死の恐怖を体験することになる……。

広橋は目で笑い返した。

撃鉄を起こし、目を閉じて引金を引いた。卓を囲んだ男たちの口から、一斉に溜息が洩れた。

「さすがにエリートはちがうぜ。五分の一であの世に行くてえのに、眉ひとつ動かさねえ——さ、これで四分の一になった」

卓が回った。広橋は拳銃を見つめる福島克也の足を、テーブルの下で二度、蹴った。福島はその合図について少し考えるふうをし、やがてピスケンに向かってわずかに笑い返した。

（ハハァ、アニキ、手品を使いやがったな。空包を一発用意してやがったんだ。よし、名演技をしてやろう）

福島は表情をこわばらせ、慄える手に拳銃を取った。息を荒《あら》らげながら銃口をこめかみに当てる。左手を添えて、気合もろとも引金を引いた。

「おう。どうやら神様はまだおめえにもやらせることがあるようだな。さて、これで残る三人のうち一人は確実に地獄行きだぜ」

佐久間警視正は唇を紫色に変えていた。額には脂汗が玉をなし、眼尻《まなじり》からは涙が溢れていた。

「なあに、どうせ生まれついて運のねえ俺が大当たりに決まってらあ。後のこたァ頼んだぜ。じゃ、みんな、さいなら」

ピスケンはそう言うと、自分でテーブルを回し、拳銃を手にした。目をかっと見開いて佐久間を見据えたまま、引金を引いた。

とっさに顔を被ったのは佐久間の方である。カチャンと鈍い音を立てて、撃鉄が落ちた。

「おや、酔狂な神様もいるもんだぜ。イキな死に様だと思ったんだがなあ。へヘッ、こいつァ面白え、二分の一になっちまった。二分の一っていやァおめえ、軍曹か佐久間のどっちかがくたばるってえわけだ。まあ、どっちが死んでも世のため人のため、と……」

ピスケンはテーブルを回した。すっかり緊張しきった軍曹の目には、広橋の目配せも映らない。頭の中を物凄い勢いで、一個連隊ぐらいの思考が駆け巡った。しばらくの間、軍曹は拳銃を前にして腕を組み、心を静めた。

（二分の一の確率で俺は死ぬ。しかしケンタは友の死を見過ごすような男ではない。とすると、間一髪のところで拳銃を叩き落とすつもりか。よし、ともかく友情を信じよう）

軍曹は銃口を側頭部に当てた。かつての学習効果により、こころもちそれを斜めに向けることも忘れなかった。これなら仮にピスケンの制止が遅れたところで、弾丸は皮一枚を裂き、頭蓋骨の外周を巡って通り過ぎるはずである。しかもそこには、かねてよりレールも敷かれている。せっかく完治した古傷を再び弾丸がえぐるのは考えただけでも痛いが、すでに命に別状のないことは実証済みであった。

「では、ゆくぞ。ケンちゃん」

「ああ、やれよ」

「…………」

「早くやれよ」

「……やりますよ、ケンちゃん」

「いいから早くやれって」

「……？……。では、これから五つ数える。いいな、ケンちゃん」

「もったいぶるな、セーノでいけ」

「えっ！　セーノ、か？　なんだかそれだと間違いが起こりそうな気がするな……」

軍曹は弦のゆるんだセロのような声で、「セーノ」と怒鳴った。と、ピスケンが椅子から立ち上がって銃に手を添えた。

「おい、ハジキが曲がっているぜ、軍曹。これじゃまた痛え思いをするだけだ」

銃口がゴリンとこめかみに押し込まれた。

「キ、キサマ……」

「なんだ、おめえ。シビれてやがるな。よおし、じゃ俺が介錯《かいしゃく》してやらあ」

ピスケンはそう言うや、軍曹の頭を抱きかかえて一気に引金を引いた。

「わっ！」と軍曹はのけぞり、紫檀の椅子もろともどうと後ろに倒れた。

「なんでえ、この野郎。気絶しちまいやがった。案外みかけ倒しだな」

佐久間警視正は卓をゆるがして慄えていた。端整な顔は汗と涙とよだれとで見るかげもない。卓が回ってくると、佐久間はたまらず、蛇紋石の床の上に音を立てて失禁した。

「さあ、旦那。どうやら命がけで天政会を滅ぼすチャンスが巡ってきたようだな。デカ冥利に尽きるじゃねえか。さ、スッパリとやってもれえやしょうかい」

ピスケンは拳銃を取ると、佐久間の胸に押しつけた。泣きながら佐久間は腕時計を見た。

「旦那。いくら待ったって、誰も来やしません。とうに皆さん、お帰りになりやしたよ」

福島克也はそう言って、ポケットから拳銃を抜いた。

「そんな、まさか……」

「仕方ないね。君のことなんか誰も考えてはいないんだから。日頃の思いやりのなさが、こういう結果を生むんだよ」

広橋も拳銃を抜いて、正面に構えた。

「さあ旦那。どうする。咽の奥にこいつを押し込んで引金を引きゃあ、たいして痛かねえ。それともジタバタ騒いでハチの巣になりてえか」

ピスケンは佐久間警視正を椅子から引きずり倒すと、馬乗りになって口の中に銃口を押し込んだ。

「やい佐久間！　どだいてめえの器量で俺や克也をどうこうしようなんて、十年早えんだっ！　覚悟しやがれ、おあつらえ向きの嵐の晩で、東京湾にゃ船もねえ。さ、一足先に地獄へ行け！」

佐久間は白目を剥いて、唇の端からはげしく汚物を吐いた。

――その時、ホールの灯りが一斉にともった。中二階の桟敷から、神々しい声が降り落ちてきた。

「よおし、ケンタ。そのぐれえにしておけ。すっかり皮も剝けたろうぜ」

向井権左ェ門は紺色の作業ジャンパーのボアを立ててタバコに火をつけながら、ゆっくりと階段を降りてきた。

ピスケンが離れても、佐久間は仰向けに転がったまま動かなかった。男たちがぐるりと囲んだ。

「ゴンさん……」

佐久間は身を起こすと、向井の腰にすがりつき、声を上げて泣き出した。

「フン、ばかやろうが。ここまでせにゃわからねえのか」

佐久間は頭に置かれた向井の掌の下で、しきりに肯いた。赤児が懸命に非を詫びるように、言おうとする言葉は何ひとつ声にならなかった。

「佐久間。お天道様の下で堂々と世直しのできるのァ、この中じゃおめえしかいねえんだぞ。ちったァシャンとしねえかい」

佐久間はハッと顔を上げ、膝を折ったままにじり退がると、男たちに向けて床に頭をすりつけた。

「そうだ。明日っからその調子で、誰にもちゃんと頭を下げろ。てめえの乗るミコシの下にゃ、いつも百人の担ぎ手がいるってことを決して忘れるんじゃねえぞ。権威てえのァ、そういうもんだ」

シャッターを上げると藤色の朝であった。

街路には嵐の名残りが吹き、空はごうごうと鳴っていた。

散り惑う落葉の中を、佐久間警視正は男たちに見送られて去って行った。

「あ、あの野郎、忘れ物だ」

右手に持ったままのニューナンブに気付いて、ピスケンが呟いた。

「ああ、そいつなら俺が届けてやるさ。よこせ」

向井の手に拳銃を渡しかけて、ピスケンはふと思いついたように、銃口を嵐の空に向けた。

まさか、と、誰もが思った。

ピスケンは広橋と軍曹と福島克也の顔を悠然と見渡してから、頭上に両手を添えて腰を落とし、引金を引いた。タアンと小気味よい銃声をこだまさせて、実弾が発射された。

「マムシの旦那。あんたの浪花節も悪かねえが、おいらァもう、聞きあきたぜ」

ピスケンは向井権左ェ門の胸に拳銃を投げると、コートの襟をかき合わせて歩き出した。

「な、なんだ。なんて危ないヤツだ」

広橋はそう呟いたまま、よろめいて街路樹にもたれかかった。

「やはり本気だったのだ」

軍曹は首すじを撫でた。

「変わらねえ。ちっとも変わっちゃいねえ」

福島克也はふらふらとその場にうずくまった。

「どうりでヤロウ、気合が入っていやがった。それにしてもおめえら——揃いも揃って運が強えな」

向井はひとりひとりの体を見渡しながら、ほうっと大きな溜息をついた。

同時にゴクリと生唾を呑み込んで見送る仲間たちをよそに、ピスケンは中華街のけばだたしい色の門をくぐると、流しのタクシーに向かって手を上げた。

血まみれのマリア

死体到着《デッド・オン・アライバル》

六本木《ろっぽんぎ》の交差点から溜池《ためいけ》通りを下り、路地を折れた西麻布《にしあざぶ》の裏街に、昔と少しも変わらぬたたずまいでその店は建っていた。

ピスケンは夢見ごこちで銅細工の軒灯《けんとう》を見上げ、煉瓦《れんが》を積み上げた壁に手を触れた。

剥げかけた金文字の残る窓に額を押しつけ、店の中を窺う。

古ぼけた木のテーブル。壁に架かった舵輪《だりん》と、煤《すす》けた紅白の浮輪。低い天井からいくつもぶら下がった青いガラス・ブイが、燭台《しょくだい》の灯を照り返して、店内をぼんやりと水底《みなぞこ》の色に染めている。

土曜日の夜だというのに、ガランと客のいないことまで、十三年前と同じだ。

建て付けの悪い扉を開くと、古いジャズがピスケンを押し包んだ。かつて二十七歳の彼を迎えたものは、このしわがれた唄声と、美人だが偏屈な女主人の説教であった。

しかし、カウンターにその姿はない。口髭を生やした見知らぬバーテンダーが、笑いもせずにチラとピスケンを見やったなり、「いらっしゃいませ」、と呟いた。

止まり木に腰を下ろし、バーボンを注文する。なにげなく棚を見上げ、あるはずもない自分のボトルを目で探した。

「ママは？」

グラスを引き寄せながら、ピスケンは訊ねた。

「ママ？　ああ、前の人ね」

バーテンは面白くもおかしくもない顔で答えた。

「お客さん、昔の方でしょう」

ずいぶんな物言いだが、的は射ている。

「良くいらっしゃるんですよ、昔のお客さんが思い出したようにね。で、ぼんやりと十年前のボトルを探してから、ママは？　って訊く」

「そうかい。そいつァ知らなかった。不調法なことを訊いちまったな。……にいさん、お身内かい？」

「いえ、他人です。実はそれも良く訊かれるんですよ。似てるんですか？」

グラスを拭きながら、店主は口髭を歪めて苦笑した。

「そういうわけじゃねえが――ぶっきらぼうなところが、あのママに似てるっていやァ、似てるな」

「そうですか。それじゃ私も、地下鉄に飛び込んで死にますかね」

笑いかけて、ピスケンはふとグラスを持つ手を止めた。

「それ、ジョークか？」

「いえ……ああ、ご存知ないんですね」

「死んだのか、ママ」

つとめて平静にバーボンを飲みながら、ピスケンはそう訊ねた。

「客商売で口にすることじゃありませんけど。パトロンとゴタゴタしたとかで、まあ愛憎のもつれ、とかいうヤツでしょう。詳しいことは知りません」

それ以上は訊くなとでもいうような口ぶりであった。ピスケンは口を噤《つぐ》んで、昔と少しも変わらぬ店内を見回した。

カウンターの端にうつ伏していた女が、倦《だる》そうに身を起こした。巻襟《ケープ》のついた黒いコートを羽織り、艶のない長い髪を伏せていたせいで、そこに客がいたことさえ気付かなかった。

女は手の甲に顎をのせたまま、空のグラスを振った。

「そう……思い出すわよねえ。やっぱり気の早いジングルベルが鳴る寒い晩でさあ。新米の救急隊員が、青い顔して飛び込んできたっけ。心停止！　って叫ぶから、あわてて担架《ストレッチャー》に股がってね、心臓マッサージをしようとしたわけ。そしたら笑っちゃうじゃない、毛布の下に下半身がないのよ。心停止どころか、完璧なD・O・A。ここは火葬場じゃないわよって、隊員の横ッツラ張り倒してやったわ。なにしろ忙しい晩だったからね」

「なんでえ、そのD・O・Aってのァ？」

女は片方の髪を耳の後ろにかき上げると、化粧気のない乾いた顔をピスケンに向けた。

「DEAD《デッド》・ON《オン》・ARRIVAL《アライバル》。死んでご到着、ってこと。でも、ママ、いい顔してたわよ。ストレッチャーの上でグニャリと尻餅をつくまで、それが死体だなんて誰もわからなかったんだから」

どこかで見覚えのある顔だと、ピスケンは思った。考えながら、女のために注文したグラスをカウンターの端まで滑らせた。女は白い手を少しも動かさずにそれを受け止めると、目を細めてピスケンの顔を窺った。

「おにいさん、どこかで会ったね。患者さんだっけ」

患者と訊かれて、ピスケンは思い当たった。夏の初め、天政連合会の総長を見舞ったときに会った、やたらと元気のいい看護婦――密室のカーテンを勢いよく開いた、あの看護婦だ。

「ああ、思い出したぜ、あんた大学病院の婦長さん」

「なあんだ、あの時のヤクザか……」

女はつまらなそうに、バーボンをひと口飲んだ。

「良くわかったわね。やだやだ、白衣を脱げば別人になったつもりなんだけど」

女は時おりまどろむように薄い瞼を閉じた。ハッと気を取り直しては、せわしなく指先で髪を梳《す》く。ピスケンは見かねて声をかけた。

「ねえさん、ちょいと飲み過ぎなんじゃねえのか。たいがいにしておかねえと……」

女は前髪を摑んだまま、フンと鼻で笑った。

「ちっとも酔っちゃいないわよ。まだ水割り一杯。ねえ、マスター」

店主は無愛想に肯《うなず》いた。

「飲めねえ酒を飲むのも、あんまりほめたこっちゃねえよ。第一、女盛りのねえさんが宵の口からそうへべれけじゃ、どんなまちがいだって起こらねえとも限るめえ。見てるこっちがハラハラすらァ」

女はグラスを頰に当て、乾いた笑顔を向けた。

「女盛り――そう、当年とって四十歳の女盛りよ。ねえおにいさん、まちがい起こそうか」

「え？――いや、何もそんなつもりで言ったわけじゃねえけど……」

ピスケンは口ごもった。出所して以来、素人の女とはこうして親しく話すことさえ初めてであった。しかも、女盛りという言葉にはいかにも不似合いな、端整で硬質の美しさを女は持っていた。一種の近寄りがたい気高さである。

「ハラハラしながら、見てるだけ？」

と、女は椅子を回して、気倦《けだる》そうに向き直った。

「からかうのはやめてくれよ。俺ァ十三年の懲役で、カタギの女とはとんと縁がねえんだ」

店主は何も聴こえぬように、黙ってグラスを拭き続けている。

「カタギの女ねえ――」と、女はピスケンの狼狽《ろうばい》ぶりを見すかすように笑った。「そのカタギの女っていうのも、悪かないわよ」

言いながら女がにじり寄ったような気がして、ピスケンは思わず止まり木の床に片足をついた。

「よしなよ、ねえさん。俺ァ、十三年前ェに二人の人間を殺した極道だ」

女はよろめきながら、ピスケンのかたわらに肘をついた。

「ふうん。それが、どうかしたの？」

「どうしたって、だからよ、つまりあんたなんかにゃ似合わねえんだって」

「そうかなあ。お似合いだと思うけど。あたしもこの二十年で、ざっと五、六千人は殺してきてるんだけどねえ」

「ご、ごろくせんにん！」

「そうよ。なにせ業界じゃ、泣く子も黙る救急救命センターの看護婦長。血まみれのマリアっていえば知らないドクターはいないわ」

「ち、血まみれのマリア！」

ピスケンはゾッとした。ピストルのケンタでは、名前だけでもかないそうになかった。

マリアはおののくピスケンに肩をぶつけながら続けた。

「ようやくこの春、病棟勤務になったのよ。それも十六階の特別病棟。天国だったわ。大ゲサなだけのビップの面倒を見てりゃいいんだから。そこにあの札束事件。たちまち地獄の野戦病院に逆戻りよ。ねえあんた、関係ないとは言わせないよ」

「か、関係ねえ。俺ァ、そんなの関係ねえぞ」

女はグラスの底でカウンターを叩きながら、ギロリと充血した目を剝いた。

「とぼけんなよ。あんたが木箱入りのメロンを担いできたのは知ってるんだ。おかげでこっちは十六階の雲の上から引きずり下ろされて、また毎日ザブザブと血の海の中をはいずり回っているんだぞ。このオトシマエ、どうつけてくれるのよ！」

店主が黙って二枚の伝票をピスケンの前に滑らせた。

「しょうがねえな、まったく。とんでもねえヤツに会っちまった。おい、それじゃ俺ァどうすりゃいいんだ」

マリアはピスケンの肩にしなだれかかった。

「そんなの決まってんじゃない。きっちりオトシマエをつけてもらうわ」

「わ、わかった。なるたけ平和的にな、なんたって話し合いだ。ええと、ともかく表へ出よう」

「裏から逃げないでよ」、とマリアはピスケンの腕を引き寄せた。

勘定を払うと、店主は相変わらず面白くもおかしくもない顔で、「ありがとうございました」、と言った。

引きずられるように店の外に出た。寒い夜であった。街灯の下に、赤いミニバイクがぽつんと主《あるじ》を待っていた。

「乗りなよ、おにいさん」

座席の下から取り出したヘルメットを冠《かぶ》ると、女はエンジンを吹かしながら言った。

「乗るって、二人でか。そいつァあぶねえ。原付《げんつき》に酔っ払いが二人乗りたァ、おめえ、捕まったらたぶん死刑だぞ」

「あたしゃ酔っちゃいないったら。まる二晩、寝てないだけよ」

「まる二晩！　そいつァなお悪い」

「うるさいわね。グダグダ言わずに、乗れったら乗れ！」

「はい」、とピスケンは素直に答えて、小さなシートに股がり、いちど掌を眺めてからマリアの腰を抱いた。

「行くわよ。三十秒で着くからね」

「いや、そんなに急ぐこたァねえ。おめえが救急車に担ぎ込まれるんじゃ、シャレにならねえぞ」

「いっぺんお客になるってのも、悪かないわ。しっかり摑まってるのよ」

バイクは一度立ち上がるようにして、夜の路地を走り出した。

「おい、ちょっと待て、もう逃げも隠れもしねえから、ウワッ、こえーッ」

「おまわりに捕まるぐらいなら、死んだ方がマシよ」

「そ、そんなステバチな……ウワッ、ウワッ、おっかねー！」

ピスケンはマリアの背中にかじりついた。黒いコートには消毒薬の匂いと、生温かい血の匂いがこびりついていた。

女のアパートは青山《あおやま》通りにほど近い、墓地下《ぼちした》の閑静な一角にあった。

ピスケンの手を引き、鉄の階段をはい上がるようにして部屋の鍵を開けると、眩しい光が溢れ出た。

「誰か、いるのか?」

光とともに、甘い女の部屋の匂いが闇を染めた。

「いないわよ、誰も。電気をいつも灯けっぱなしにしてあるだけ。私には昼も夜もないからね。さあて、寝るぞお」

「そうだ。なんたって寝不足が一番毒だからな。寝な寝な」

「寝不足? そんなのじゃないわ。ぜんぜん寝てないのよ……おにいさん、帰っちゃいやよ……帰っちゃ……」

女はふいに気の抜けたように壁にもたれかかった。支える男の手を突き放してキッチンを歩き、奥の一間のベッドにどうと倒れこんだ。

「おい、寝る時ァちゃんと寝ねえと、風邪ひいちまうぞ。じゃあな」

いったんドアの外に出て帰りかけ、ピスケンは思い直してもう一度、部屋に入った。マリアはハンドバッグを片手に握ったまま、ベッドの上にうつ伏せて寝息を立てている。

「まったくしょうのねえ奴だな。オイ、起きろババァ。風邪ひくぞ。おめえが心臓マヒ起こして死んじまったらよ、この俺が疑われるんだからな。なにしろ赤坂署の管内じゃ、ただでさえ疑わしい人物なんだからよ。ヒトの迷惑も考えろ」

マリアは豊かな髪の中から唇だけを出して答えた。

「帰んないでよ……あたし、このまま死んじゃうかも知れないから……ひとりぼっちで死んでくの、やだから」

「冗談じゃねえ。過労死のご臨終を看取るなんてごめんだぜ。だいたいよ、こんなになるまで働くてえ、おめえの方がどうかしてる」

「しょうがないじゃない……看護婦が足りないんだから……」

「手が足んねえのは、ヤクザも自衛隊も同じだ。あいつらだって今どき死ぬまで働きゃしねえぞ。やめちまえバカバカしい」

「おねがい。帰らないで。ストーブつけて、テレビ見てて。何でも勝手に使っていいから。好きなようにして」

「好きなようにしたくたって、肝心のモノがこのザマじゃしょうがねえじゃねえか。なめんなよバカヤロウ」

ブツブツと不平を言いながらも、ピスケンはマリアを抱き起こすとコートを脱がせた。

「ダメよ。ちょっとだけ寝かせて」

「そんなんじゃねえ。ねまき、どこだ」

マリアが力なく指さした部屋の隅に、花柄のパジャマが畳んであった。セーターを脱がせると、いましめから解かれたように、豊潤な女の匂いが溢れた。

なすがままに袖を通された腕が、そのまま男のうなじを抱き寄せた。マリアは胸を合わせてきた。

「これも、取ってよ。苦しい」

「えっ。これもか……まいったな、ハハハ」

「まいることないでしょ。笑ってごまかさないで」

「いや、まいった。俺はふつうじゃねえからな。なにしろ立体感のあるのは久しぶりで」

「早く、ああ苦しい。心臓止まりそう」

「えっ、えっ。待て、ガンバレよ。ええとどうだったけかな、こうか」

腋から手を回して不器用にブラジャーのホックをはずすと、マリアは形の良い乳房をひとしきり膨らませ息をついた。

「抱いてもいいよ……おにいさん」

今にも止まりそうなのはピスケンの心臓であった。童貞を喪《うしな》ったときでさえ、これほどには焦らなかった。

「ちょっと待ってくれ。まだ心の準備ができてねえ」

「体の準備ができてればいいわ」

「ええと――実はそいつもできてねえ。ともかくひと眠りしろや。その間に俺も準備しとくから」

ピスケンはパジャマの前ボタンをそそくさと掛けると、マリアをベッドに横たえた。蒲団を掛け、襟元を整え、乱れた髪を払うと瞼に口づけをした。

「ありがとう。帰っちゃ、いやよ」

マリアは微笑みを浮かべたまま、たちまち深い眠りに落ちていった。

「即死だな、まるで」

そっとベッドから下りる。カラッポの冷蔵庫から冷え切ったビールを出し、キッチンの小さなテーブルセットに腰を下ろした。二脚あるもう片方の椅子には、夏物の衣類が積み重ねられていた。

殺風景な部屋である。一枚の絵も、一輪の花もなかった。古い鎌倉彫の鏡台には、藍染《あいぞ》めの覆いがかかっていた。スチールの書棚に、ぎっしりと医学書が並び、小さな石膏《せっこう》のマリア像が、とりちらかった台所の隅に置かれていた。

ビールを飲みながら、ピスケンは鴨居にズラリと掛けられた表彰状を見上げた。

「へえ――けっこう偉いんだな。表彰状、阿部《あべ》まりあ殿、か。阿部まりあ……どっかで聞いた名前だけど」

体が温まってくると、少しずつ緊張が緩んできた。十三年間、たまりにたまった欲望が、小さなテーブルを押し上げた。

「いけねえいけねえ。なにもアセるこたァねえんだ。もうちぃと寝かしてやらにゃ。なんたって十三年間もガマンしたんだからな、あと二、三時間ガマンできねえはずはねえ」

ピスケンはテーブルを肘で押し返しながら、クックッとブキミに笑った。

それからの三時間は、かつて経験したことのない至福の時であった。

やがてテーブルが押しとどめようもない高さにせり上がったころ、男は思わずヨダレをたらしながら、おもむろにベルトをはずした。椅子から立ち上がり、神々しいブリーフの山頂を見つめた。

「ヨシヨシ、おめえにもずいぶんと淋しい思いをさせちまったなァ。すまなかった。こんなおとっつぁんを堪忍してくれろ。クッ、クッ、クッ」

と、その時である。ふいに女のハンドバッグの中で喧《けたたま》しくベルが鳴った。

マリアは墓場から甦ったゾンビのようにはね起きた。わずか三時間の仮眠にもかかわらず、まるで百年の眠りから覚めたような生気がみなぎっているのであった。

「さあ、おいでなすった。寝てる場合じゃないわ！」

「な、な、なんだ！　どうしたんだ」

マリアはハンドバッグの中からポケットベルを取り出すと、ディスプレイを確認した。パジャマを脱ぎすて、すばやく身支度を整え、腕を返して時計を見る。

「三時間、寝たわね。よおっし、仕事するぞお！」

「ナニ、仕事！　おい、そんなバカな仕事があってたまるか。夜中の二時だぞ、やめとけ、おめえの方がどうかなっちまうぜ」

「どうかなるのは承知の上よ。もうどうかなっちまってるヤツがあたしを呼んでるんだから、こっちも体張るのよ。あんた、帰ってくるまで待っててよ、いいわね」

マリアはそう言って、ピスケンのパンツめがけて鍵束を投げた。

「そんな、セッショーな……」

「そうよ、殺生よ。人間一人、生かすも殺すも、あたしの腕にかかってるんだから」

マリアは後ろ手に髪を束ねながら、ドアの外に駆け出した。

呆然とズボンをはきながら、ピスケンはまたひとりごちた。

「すまねえ……おめえにも苦労をかける。こんなおとっつぁんを堪忍してくれ……」

甲高いミニバイクのエンジン音が、闇を裂《さ》いて遠ざかって行った。

野戦病院の夜

冴えた星空の中で、大学病院は白い墓標のように聳《そそ》り立っている。

サーチライトに照らし出された救命救急センターの玄関に、阿部婦長のバイクが滑り込むと、若い看護助手が白衣とナースキャップを抱えて駆け寄ってきた。

「すいません、婦長さん。どうしても手が回らなくって」

「いいのよ。ドクターのメンバーは？」

「小柴《こしば》先生のチームです」

白衣の袖を通しながら、阿部婦長は早足で歩き出した。黒線の入ったナースキャップをうやうやしく差し出す看護助手の手は慄えていた。

「あんたは、何やってんのよ」

「あの、私、すっかり気分が悪くなっちゃって、どうしていいかわからなくって。そしたら小柴先生が、これ持って迎えに行けって」

「甘ったれんじゃないわよ」、と阿部婦長はナースキャップを髪に止めながら駆け出した。

「ナースがいないのよ。日本中どこへ行っても。病棟だってみんな月に十回の夜勤をこなしていけるんだからね。しっかりしなさい」

初療室の扉が開いて、チームリーダーの小柴医師が顔を出した。白衣の胸は鮮血に染まっている。

「悪いな、阿部さん。収拾がつかないんだ。たて続けにバイクとクモ膜下と飛び降りだって」

平静を装ってはいるが、ベテランの脳外科医の顔には明らかに動揺のいろがあった。

阿部婦長は舌打ちをした。しまった。やはり今日も帰るべきではなかったんだ。十二月の土曜日の寒い晩。事故も自殺も急病も多いのはわかりきっていたのに。

初療室は戦場であった。大都会のただなかの野戦病院である。

三床のベッドには、チューブやワイヤーをスパゲティのようにからめつけた救急患者が横たわり、剝ぎ取られた衣服やガーゼが四散する血の海の中を、看護婦たちがあわただしく走り回っていた。

「高木《たかぎ》君に付いてやってくれ。僕はこっちで手一杯なんだ」

阿部婦長は最も若い高木医師の担当する、右端のベッドに駆け寄った。

患者はすでに気管内挿管を施され、看護婦が踏台に乗ってはげしく心臓マッサージを続けている。

高木医師は鉗子《かんし》を握ったまま、ちらりと阿部婦長を見た。

「強心剤《ボスミン》、早く！　血圧はどうだ」

モニターに向かって看護婦が答えた。

「六〇・四〇です。下がります」

「輸血、輸血！　もう一本静脈とろう。昇圧剤《ノルアド》くれ」

「輸血二千cc入りました。血圧五五です」

体を押しかぶせるようにして心マッサージを続ける看護婦の手元で、ボキリと鈍い音がした。肋骨が折れたのだ。若い看護婦はハッと手を引いた。

「続けて！　休んじゃダメ」

消毒した手を拭いながら、阿部婦長は叫んだ。

マスクの中の目をハートスコープに向けて、高木医師は額の汗を拭った。

「家族、入れようか……」

阿部婦長は白衣のボタンを掛けながら医師の脇に立つと、不規則に波打つ患者の胸に聴診器を当てた。

「ひどい血胸《けつきよう》だよ先生。開けよう」

「開けるって、開胸するのか」

高木医師はふと、不安げな目を上げた。三人の患者がたて続けに担ぎこまれた初療室はハチの巣をつついたような騒ぎである。

「あなたしかいないわよ。外科医でしょ、やりなさい」

「助教授、呼ぼうか」

「間に合うわけないじゃない。ほら、止まるわよ、早く。開胸セット！」

モニターに見入る看護婦に向かって、阿部婦長は命令した。

患者は若い娘である。十七、八歳であろうか、すでにくろぐろと死斑《チアノーゼ》の浮き出た体を、切りさかれた衣服の上に横たえていた。輸液ボトルを調べながら、阿部婦長はベッドをめぐった。

両足のかかとから、堅い、華やかな花蕊《かしん》のように、骨が突き抜けていた。下半身は血圧を維持するための黒いショックパンツに覆われているが、これでは骨盤骨折も疑いようがない。

「何階から？」

「マンションの六階です」

心マッサージを続ける看護婦が答えた。

「きびしいね」、阿部婦長は唇を嚙んだ。長い経験上、建物の六階以上からの転落は、たとえ頭を打たなくとも、まず救《たす》からないことを知っているのだ。

ペンライトで瞳を覗き込むと、すでに対光反射はなかった。脈も触れない。それでも腕の内側を強くつねると、わずかに反応した。

「やっぱり家族を入れよう、婦長」

「ダメ。できることはみんなやるのよ。家族が何を望んでいるか、考えなさい」

高木医師は電気アイロンのようなカウンターショック装置を両手に持って少女の胸に当てた。二百ボルトの電流が通されると、少女の体は一瞬はね上がった。全員の目がハートスコープに注がれた。

自発呼吸なし。脈拍なし。血圧五五。体温二八度。すでに生命兆候《バイタルサイン》は何もないといってよかった。

「開けよう、高木先生」

若い医師はマスクを下ろして、阿部婦長の耳元で言った。

「阿部さん、オレ実は、開胸マッサージやったことないんだ。助教授に電話してくるよ」

婦長は医師の腕を摑んで引き戻すと、伸び上がるようにしていきなりその頰を叩いた。

初療室が一瞬沈黙した。

「殺すのが怖いんだろ。どうせ死ぬんなら、あんたが殺してやりなさい」

阿部婦長は救急カートを引き寄せ、ステンレスの小箱のふたを開いた。メスを差し出しながら、立ちすくむ高木医師を睨んだ。

「あんた、この子は勝手に自殺したんだって、考えてるね」

「そんなことはないけど」、医師は婦長の視線をかわすように、あやうい数値を示すハートスコープに目をやった。思わずマッサージの手を止めた看護婦に向かって、「続けて！」と、婦長は命じた。

「自分の命を勝手にどうこうするのがどんなに悪いことか、この子に教えてやるのよ」

「ダメだよ婦長。死人を生き返らせるようなものだ」

「そうよ。それが蘇生術よ」、と阿部婦長は医師の手にメスを押しつけた。

「この子を生き返らせて、あんたはこの子と結婚する。あんたはこの子を愛している。そう思いなさい」

体温を失った少女の額に、婦長は片手をのせた。

「いつだってそう思っていなけりゃ、一人も救けることはできない。さあ、やるのよ」

阿部婦長は自分を見つめる医師や看護婦たちの視線に気付くと、大声で怒鳴った。

「みんな、何してんのよ！　ボンヤリしないでやることやんなさい」

初療室はまた元のあわただしさに戻った。阿部婦長は手袋をはめると、少女の左胸の乳房の下に、すばやく切開線を記した。

「大丈夫よ、ドクター。あたしがついてるわ。いい、あれもこれもやろうとしない。冷静に優先処置を判断する。ハデな開放骨折なんかに気をとられちゃダメ。多発性外傷の場合は、まず胸部のタンポナーデと心肺破裂、血胸、気胸を考える。次に腹腔内の出血、頭蓋の内出血と骨折、それから骨盤。順序よく考える」

早口でそう言いながら、阿部婦長はビッシリと鳥肌の立った少女の胸に赤茶色の消毒液《イソジン》を塗りたくった。

「よし、いいわよ」

看護婦がマッサージの手を放した。高木医師はひとつ肯くと、切開線に沿ってメスを下ろした。

「そう、もっと。クーパー、つかって」

婦長の差し出した手術鋏《クーパー》で、胸筋が断ち切られる。大胸筋、前鋸筋、広背筋が切り離されると、バックリと胸膜が開いた。袋を裂いたように、おびただしい血液が溢れ出た。高木医師の手が慄えだした。

「落ち着くのよ、まちがってないわ」

阿部婦長はとどめようもないほど激しく慄える医師の手からクーパーを奪い取った。

「指でやりなさい。引き裂くのよ」

言いながらベッドの反対側に回ると、婦長は両手を開胸部に入れて、肋間を上下に押し開いた。異様な音を立てて肋骨が軋み、肉が裂けた。

「手を入れて。指を立てちゃダメよ。揉むんじゃなくって、心臓を胸骨に向かって押さえつける。そう、そうよ、リズミカルに。おい、開胸器とって！」

看護婦がすばやくF字型の開胸器をセットした。阿部婦長は血まみれの手を抜き出すと、再びベッドをめぐって医師の隣に立った。

「さあ、ここからはファイトだけよ。ガンバレ、高木。代わるわ、つぎ、動脈を縛って」

阿部婦長は医師に代わって開胸部に手を入れると、直接マッサージを開始した。マスクの中の目は枕元のモニターに注がれている。高木医師は動脈を引き出すと、絹糸で縛り上げた。

「よし、うまい。いいぞ高木」

心臓直下の大動脈を縛って、血液を上半身だけ有効に還流させようというのだ。婦長は振り向いて掛時計を見た。

「大動脈遮断《クランプ》！　二時四十五分。いいわね、一時間が勝負よ」

一時間は大動脈遮断の限界であった。下半身への血流が長時間止まれば、腎不全などの致命的な合併症を起こすからである。

マッサージを続ける阿部婦長の指先にわずかながら拍動が伝わった。

「よし、いいぞ、がんばれ。硫アト入れて！」

看護婦の手渡した硫酸アトロピンの注射器を、高木医師は逆手に握って心臓に打ち込んだ。再び全員の目がモニターに注がれる。

「血圧五〇、体温二六度です。下がります」

引き抜いた注射器を握ったまま、高木医師は「ああ」、と呻いた。

「ああ、死んじゃったあ。婦長、ステッちゃったよ」

「死《ステルベン》んだかどうかはあたしが決める。あんたは言われたとおりにしなさい」

「僕は医師だ、僕がそう判定するんだ」

「えらそうなことを言うんじゃない。ここではあたしが法律よ！」

阿部婦長はせわしなく心臓を揉み続けながら振り返った。

「おいっ、吸入気加温。温生食《おんせいしょく》とって。もっと、あるったけ持ってきなさい」

看護婦が温められた生理食塩水を開胸部に注ぎ込んだ。

「もっと！　ザブザブ入れるのよ」

温生食で満たされた胸腔内で、まるで洗濯でもするように、婦長の手はさらにはげしく動いた。すさまじい生肉の匂いが立ち昇った。

高木医師はふいに顔をそらしたと思うと、サンダルを鳴らして駆け出した。壁際の洗面所に倒れかかるようにして嘔吐した。婦長は怒鳴った。

「バッカヤロー！　吐くならここで吐け！」

クモ膜下出血の患者を一段落させたチームリーダーの小柴医師が走り寄ってきた。

「婦長、俺が代わろう」

「ダメじゃないの、あんなボウヤに任せて」

「あっちは俺の専門だからな。まったく、何て晩だ」

吐き捨てるように言いながら、脳外科医の小柴医師はペンライトで瞳孔を照らした。

「左右七ミリ。いかんな」

と、小柴医師が婦長を見上げたときである。

突然、少女の鼻に射し込まれた吸引チューブから、音を立てて鮮血が噴き上がった。チューブは生き物のようにのたうち、阿部婦長の顔面を直撃した。

「わあっ、肺不全！」

一斉に悲鳴が上がった。阿部婦長は目をしばたたき、浴びせかけられた鮮血を左手の甲で拭った。

「そんなヒマないわ。生きてる証拠じゃない、先生、右も開けよう。右肺がやられてるんだ」

阿部婦長の右手はかたときも休むことなく心臓を揉み続けていた。

「よし、開けよう」

小柴医師はメスを執ると、右胸の第五肋間をすばやく切り開いた。

「うわあっ、右肺破裂だ！」

黄色い脂肪層をひたして、どっと血が溢れた。小柴医師はひるまずに鉗子を使うと、真紅の花のような右肺をまるごと腹の上に引きずり出した。肺門の亀裂からブクブクと血泡が噴いていた。

「先生、テーピングして。おいっ、何してるの、急速輸血、静脈もう一本とって」

阿部婦長は立ちすくむ看護婦を叱咤した。

「ちきしょう、何てザマだ。男にふられたぐらいで、何でこんな恰好しなきゃなんないんだ」

すっかり胸腔を開いた少女の顔をいまいましげに見ながら、小柴医師はテーピングを続けた。

「洗ってこい、婦長」

高木医師がマスクを片耳にぶら下げ、血の海の中をはうようにして戻ってきた。

「婦長、どうすればいい、何をすれば……」

阿部婦長の顎の先からは、返り血がぼとぼとと滴っていた。温生食と血液で満たされた胸腔内で手を動かしながら、婦長は言った。

「名前は」

「高木、高木慶太郎《けいたろう》」

「おまえじゃない。この子の名前だよ」

「タグチ・ヨシコ。十七歳です」

かわりに看護婦が答えた。

「呼びなさい」

「え？　家族を入れるのか」

「そうじゃない。おまえが呼ぶんだよ。この子の名前を呼ぶんだ」

高木医師は血だまりにひざまずくと、下顎を突き出して気管内挿管されている少女の頭を抱いた。

「おい、ヨシコ――」

「もっと、もっと大声で、呼び戻すのよ」

「ヨシコ、ヨシコッ！　聞こえるかヨシコ、死ぬなよ。死ぬんじゃないぞ」

呼びながら、高木医師は死斑《チアノーゼ》の浮いた少女の頬に、ぼろぼろと涙をこぼした。

全身から滴る鮮血を振り払うように、阿部婦長はかかとで床を蹴った。目をしばたたかせて顎を振り、部屋じゅうにこだまするほどの声を張り上げた。

「死なれてたまるかよ！　あたしが救けてやる！」

聖母の誓い

鉄階段を打つけだるい靴音に、ピスケンは目覚めた。

寒い。小さなストーブは油を切らせて消えている。

肩に羽織ったコートの襟をかき合わせ、ふとここはどこだろうと考えた。時計は一時を差し、レースのカーテンからは午後の白い光が溢れている。テーブルに頭を預けたまま、ぐっすりと眠りこんでしまったらしい。

靴音はよろぼうように近づき、最後の一歩をようやく引き寄せるようにして部屋の前で止まった。不穏な重みがドアにのしかかった。

把手を引くと、マリアはヘルメットを冠ったまま、ピスケンの腕の中に倒れこんだ。

「ただいま。待っててくれたのね――」

「ただいまじゃねえだろう。何時だと思ってやがる」

ぐったりともたれかかるマリアの顔からヘルメットをはずして、ピスケンは金切声を上げた。

「ヒエッ！　ど、どうしたんだ、おめえ」

マリアはにかわを浴びたように返り血で固まった髪を振りほどき、乾いた顔に白い歯を覗かせて、ニタリと笑うのであった。

「ついに、やったわよ」

「えっ、そうか、ついにバイクでコケたか」

「そんなのじゃないわ」、とマリアはハンドバッグを床に投げ、靴を脱ぎ捨てた。

「また、奇跡を起こしたのよお。このマリア様がね」

力なく笑いながら、マリアは壁をつたって歩いた。

「ともかく救急車だ。一一九番だ」

「冗談はやめてよ。こっちはせっかく一仕事おえたんだから。もう働かねえぞお、死にたい奴は勝手に死ね」

「そうじゃねえ。おめえ、アタマやられたな。気をしっかり持てよ」

「アタマ?……ああ、私は平気よ。死にそうなのは確かだけど、ケガはしてない」

「だっておめえ、その血ァ……」

「これは、他人の血」

「ゲッ、た、他人の血!」

「シャワー浴びる。脱がせて」

コートを脱ぎ捨てると、マリアは壁にもたれたまま両手を挙げた。

「なんでえ、おめえの血じゃねえのか。まてよ、しかし何だ、だとするといよいよ尋常じゃねえ」

ピスケンはおののきながら、セーターを脱がせ、スカートを下ろした。マリアは目を閉じて立ち尽くしていた。

「おにいさん、ずっと起きてたの?」

「いや、そこで居眠りしてた」

「ベッドでちゃんと寝ればいいのに」

「知らねえうちに寝ちまったんだ。酔っ払ってたから」

「ウソ。イライラして待ってたくせに」

「そんなこたァねえ。女を働きに出して高鼾《たかいびき》で眠るほど、俺ァゲスじゃねえ。ほれ、足上げろ」

ストッキングを抜き取ろうとして、ふと足元から見上げたマリアの、彫像のような美しさにピスケンは息を吞んだ。化粧気のない、疲れ果てた四十女の裸体にはちがいない。しかし台所の隅に置かれた石膏のマリア像が、ふいに立ち上がったような気高さに、ピスケンは目をしばたたいた。

「おめえ……いってえナニやってきたんだ」

マリアはピスケンの頭に手を乗せて体を支えた。

「仕事。私の仕事。キツくて、キタナくってキケンな、私の仕事――」

「なんでえ。それじゃまるで長距離トラックの運転手みてえじゃねえか。3Kとかいう」

「3K？　そんなにマトモじゃないわ。ケッコンデキナイ。コドモウメナイ。キュウリョウヤスイ。クスリヅケ。キュウカナシ。合わせて8Kの仕事。おまけに終点のない仕事よ」

ピスケンは顔をそむけた。漠然とマリアの「仕事」について思いめぐらすと、理由もなく憤りが胸にこみあげてきた。

「くだらねえ仕事だな」

「そう。くだらない。九つめのKね」

「せいぜい頑張るんだな。お客はどんどん回してやるぜ」

マリアをバスルームに押し込むと、ピスケンは妄想《もうそう》を打ち払うように、自分もシャツを脱ぎ捨てた。

呆《ほう》けたようにタイルの上に座り込み、マリアはうつろな目を上げて、鏡の中の男の裸を見つめた。

「なんだその目ァ。モンモンがそんなに珍しいか」

ピスケンはシャワーの湯を、乱暴にマリアの髪に注いだ。

「このザマを見て、親が泣くのァおたがいさまだぜ。偉そうな目で見るんじゃねえ。シャンプー、どれだ」

マリアは力なく手を伸べて、棚を指さした。髪から溶け出た血液が、白い背を薄桃色に染めて流れた。

「俺が怖かねえのか」

「怖くなんかないわ」、とマリアは呟いた。

「俺ァ、ひとごろしだぞ。二人もブチ殺した十三年の懲役だぞ」

「怖くないわ。物を言う人なんてちっとも怖くないもの。私が怖いのは、目を閉じて、息を止めて、血だらけで私を待っている人だけ」

ピスケンは荒々しくマリアの髪を泡立てた。死の匂いが立ち昇った。

「ああ、くせえくせえ。マリア様がこんなにくせえとは知らなかったぜ――おい、起きろ、寝るんじゃねえ。何かしゃべってろ」

「もうダメ。倒れちゃう」

「じゃあ、歌でも唄え」

「あたし……歌なんて知らないもの……」

「ともかく起きてろ。人に頭洗わせといて居眠り始めるたァ、いってえどういう了簡《りょうけん》だ」

ピスケンは手桶でマリアの背中を叩いた。ふと体を立て直すと、マリアは目をつむったまま背を伸ばし、呪文《じゅもん》のように口ずさみ始めるのであった。

「……われはここに集《つど》いたる人々の前に、おごそかに神に誓わん。わが生涯を清く過ごし、わが任務《つとめ》を忠実に尽くさんことを……」

「な、なんでえ、そいつァ」

「われはすべて毒あるもの、害あるものを絶ち、悪《あ》しき薬を用いることなく……」

「やめろよ。俺ァそういうの、好きじゃねえ」

「われはわが力の限り、わが任務《つとめ》の標準《しるし》を高くせんことをつとむべし……」

「やめねえか、このやろう」

「われは心より医師を助け、わが手に託されたる……わが手に託されたる人々の幸のために身を捧げん……」

「ケッ、まったく色気のねえババァだぜ。歌の文句も知らねえのか」

ピスケンはシャワーの湯を叩きつけるように注ぎながら、大声で十八番《おはこ》の「兄弟仁義」を唄い出した。ひと節を唄って、たちまち口ごもった。

マリアは言葉が途切れればその場に倒れて死んでしまうとでもいうふうに、ナイチンゲール誓詞をくり返し唱え続けるのであった。

「なあ、ヒデさん。近頃あいつ、少し変だとは思わんか？」

浴室のパウダールームで湯上がりの体を拭きながら、軍曹は広橋に囁いた。

ピスケンは新調したカタギの背広姿で、髪の手入れに余念がない。広橋は鏡の中を覗きこんだ。

「ヘアスタイルを変えたせいじゃないかな。――しかしヤツにはやっぱり革のコートとパンチパーマが似合うと思うけど」

「いや、ミテクレばかりではないぞ。まず言葉づかいが変わった。あいつに標準語を使われると、なんだか英語をしゃべっているようで、実に気持が悪い」

言いながら軍曹は腕組みをし、胸の筋肉をピクピクと動かした。

「言われてみれば、そうだね。それに行動が不可解だ。真夜中に出て行ったり、夕方とぼとぼと帰ってきたり——もともと時間の概念には徹底的に欠けているヤツだが、それにしても……」

「もっと怖ろしいことにはだな、ヒデさん。あいつ、自分の部屋にカセットを持ちこんで、しじゅうわけのわからん宗教音楽を聴いておるのだ。何かこう、チンウツな……」

「ああ、それなら僕も聴いた。あれは確か、アヴェ・マリアだ。ミッシャ・マイスキーのチェロ独奏で、ひどく暗いやつ」

「まさか、とは思うが……」

「ついに改心したのか……」

ポマードでベットリと髪を撫でつけ、カタギの背広をバリッと着て、ピスケンが近寄ってきた。二人は避けるようにソッポを向いた。できれば関わり合いになりたくない一心であった。

「よう、テメエら。じゃなかった、やあ、君たち。僕はちょっと青山まで出かけてくる。夕メシ、じゃなかった、ディナーはいらないからね。じゃあ」

「おい、待てケンタ」、と吐き気を催しながら、軍曹はピスケンの前に立ちはだかった。

「キサマ、何かヨコシマなことをしておるな」

「ヨコシマ?――いや、そんな遠くじゃない。青山です」

「行き先のことではない。キサマ、その青山に、毎日なにをしに出かけるのだ」

「なにをって、そんなのァ説明することァないでしょう、大河原クン」

「ゲ。気持悪い……頼むからそのパンチパーマの中分けだけでもやめてくれぬか。限りなくワイセツだ……ともかく、挙動不審である。おい、隠し事は許さんぞ、われらは苦悩も快楽もともに分かち合おうと誓った義兄弟ではないか」

一歩進み出たはずみに、軍曹の腰からバスタオルがパラリと落ちた。ピスケンは虚を突かれて後ずさりながら、さらけ出された特別天然記念物をマジマジと見た。

「え?――分かち合う。あ、そりゃダメだ。それだけァ分かち合うわけにはいきません。第一、サイズが違いすぎるのです」

「わかった!」、と広橋が手を打って立ち上がった。

「ケンちゃん、さては女ができたな。そうだ、女だ」

「な、な、なんと!」、と軍曹は太い眉を吊り上げ、印籠《いんろう》を見るようにクワッと目を見開いた。

「女ができた! おいケンちゃん、それはマコトか。いやいやそんなはずはないぞ。キサマの下品さは俺が一番よく知っておる。おかげでキサマと行ったソープランドには二度と行けないのだ。二輪車・三輪車のバカッ騒ぎは朝メシ前、強制フェラにアナル強姦、駅弁ファックで廊下をヘラヘラと歩き回ったのはどこのどいつだ。この狼藉者《ろうぜきもの》め、キサマに女ができたなどと、誰が信じるものか！」

「軍曹……」、と思いがけぬ過去をあばかれて、ピスケンは絶句した。

「頼むから、金輪際そんなこたァ言わねえでくれ。俺ァ……俺ァマジなんだ。真底、マリアに惚れちまったんだ」

突然の告白であった。

広橋の脳裏に、安田《やすだ》講堂《こうどう》陥落の衝撃的場面が甦った。軍曹は大韓航空機《だいかんこうくうき》撃墜の第一報を思い出し、とっさにシャンデリアに飛びつくと十字懸垂から脚前据《きゃくぜんきょ》の荒ワザをキメた。

「で、あ、相手は誰だ。やっぱり女か」

広橋は気を取り直して訊ねた。

「あたりめえだ。しかも、いいか、聞いておどろくなよ」

「うん、愕《おどろ》かない。これ以上おどろいたら血管が切れる。ソープか、ヘルスか、キャバクラか？」

「いいや。看護婦だ」

一瞬、世界は停止した。永遠とも思える十秒後、広橋は絶叫した。

「うわっ、うわっ！　ナニ、看護婦。あの、病院にいる？　白衣の？」

ソファに崩れ落ちた広橋のかたわらに、軍曹は一回転半のヒネリをキメて着地した。そのまま天窓に向かって胸を張り、両手を上げて呟いた。

「聞いたかエリツィン。ボタンを押すなら今だぞ……」

「おめえら、愕かねえって言ったじゃねえか。俺に女ができたのが、そんなに珍しいか」

軍曹は振り向いてピスケンを指さした。

「おお。これを珍しいと言わいでか。イリオモテヤマネコのスキヤキ、ツチノコのツクダニ。ふん、誰が信じるものか」

「べつに信じてくれなんて、言ってねえ」

「ううう」、と軍曹は頭をかきむしった。

「ウソだ、ウソだ！　俺は知っておるぞ、キサマがマトモな性生活を営めぬことぐらい。ソープのサユリが泣いていた。正常位でアナルに入れられたって。それにキサマ、真珠を七つも入れておろうが！」

ピスケンは嫉妬に狂う友人たちに向かって、少年のような目を向けた。

「なにも、そんな言い方しなくたって……俺ァ、マリアにまだ何もしちゃいねえんだから」

「いよいよ信じられん。俺の目に狂いがなければ、かれこれ二週間になるぞ。夜な夜な通いつめて何もしておらんとは……あっ、わかった。アナルをしておらんのだろう。そうだな、白状せい」

「いや、本当だ。毎日メシを食わせて、髪を洗ってやって、頭を撫でながら寝かしつけて、帰ってくるんだ」

ひええ、と二人は怖れおののいた。現実に起こりうることと仮定したにしても、ツチノコのツクダニの方がまだマシであった。

「マリアは忙しいんだ……」、とピスケンは柱に中分けのパンチパーマをもたせかけて言った。

「奇跡を起こすんだ。死んだ人間を生き返らせる。だから毎日、寝るヒマもねえ」

軍曹はゴクリと喉を鳴らして、おそるおそる訊ねた。

「と、すると、超能力者か。まるでギボ・アイコのようだな」

「一緒にするな、あんなのメじゃねえ。そればかりじゃねえぞ。マリアは作曲もするんだ」

「作曲？　なんだ、それ」

アングリと口を開ける広橋に向かって、ピスケンは我が意を得たり、とばかりに胸を張った。

「そうだ。偶然、俺ァ見つけちまったんだ。パルコのワゴンセールで売ってた。アベ・マリアと書いてあったからまちがいねえ。あれァ名曲だぞ。ギボ先生どころかバッハもシューベルトもメじゃねえ。ジッと聴いているだけで、何だか胸がいっぱいになるんだ」

広橋は猛然と反論しようとしたが、ピスケンの真剣なまなざしに出会って、言葉を呑んだ。

ピスケンは三白眼を細めて、まるでクリント・イーストウッドのような、眩しげな目をした。

「今日てえ今日は、俺ァスッパリ思いのたけをウタッちまおうと、肚をくったんだ」

「いらぬセッカイだと思うが――いつのまにかまたヤクザ言葉になってしまったようだから、この際、標準語で言ってみろ」

軍曹は唇を慄わせて、そう忠告した。

「あ、そうか。ええと――今日という今日は、僕はきちんと愛の告白をしようと、心に決めているのです」

二人の友人の胸に、グッとこみ上げてくるものがあった。

「では、諸君。僕らの愛を、祝福してくれたまえ」

ピスケンがそう言い残して去ってしまうと、二人はグッとこみ上げてくるものをこらえきれず、洗面器を手にしたのであった。

アヴェ・マリア

早朝会議《モーニング・カンファレンス》を了えたあと、阿部婦長は原田《はらだ》助教授に呼び止められた。

金魚の糞のように、この救急医学の権威の尻をついて回る若い医師たちをアゴで遠ざけて、助教授は阿部婦長を窓辺に誘った。

「実はね、阿部君。キミに良い報《しら》せがあるんだ」

「はあ、何でしょう助教授《アスプロ》。またお見合いですか」

指先でメガネの縁を押し上げて、助教授は乾燥した笑い方をした。

「そろそろ、キミを病棟に戻そうと思うんだが。すでに教授の内諾も得ている。例の札束事件のホトボリもさめたことだし、どうだね」

いかにも感謝の言葉を待つような、恩着せがましい口ぶりであった。阿部婦長は窓の外の冬枯れた街を見ながら、少し考えた。

「それは、私のためですか、あなたのためですか、助教授」

「え？　それは、決まっているじゃないか。キミのためさ」

「でしたら、お断りします」

阿部婦長は踵《きびす》を返して会議室《カンファレンス・ルーム》を出た。助教授は追いすがるように、肩を並べて廊下を歩いた。従順な弟子たちもゾロゾロとつき従ってきた。

「ハハァ、キミ、この間の見合いを根に持ってるんだな。そうヘソを曲げるな。すまんすまん、やはりハゲ頭は先に言っておくべきだったか」

「ハゲはべつに嫌いじゃありません。無気力な男がイヤなんです。あの人、開業医はラクだって、そればっかり言ってました」

「それは、だね。キミにもう忙しい仕事はさせない、という意味だよ」

「医者の仕事がラクなはずはありません。厄介払いできなくておあいにくさま。失礼します」

婦長は身をかわして歩き出した。助教授はエレベーターホールで追いつくと、もういちど肩越しに訊ねた。

「では、ナゼだね。十六階の特別病棟だよ。キミにとっては願ってもない異動だと思うが」

「なぜって、救急には私が必要だからです。例の一件で病棟から戻されて、センターにはやはり私が必要だって、はっきり感じました」

「それは、確かにキミは必要な人材さ。なにしろ二十年以上も第三次救急に従事したナースなんて、世界中どこを探したっていないからな。しかしな、阿部君、ナイチンゲールだって死ぬまで戦場を駆け回っていたわけじゃないんだよ。僕の親心がわからんかね」

「はっきりおっしゃって下さい」、と阿部婦長は振り返った。

「私がセンターにいると、救命率が下がる。そうおっしゃりたいんでしょう」

助教授は若い医師たちをチラと振り返り、ホールの隅に婦長を引き寄せた。

「キミ、ちょっと疲れていやしないか。発言は慎重にしてもらわなければ困る」

「なんなら教授会に直訴しましょうか。原田助教授は、教授の椅子のために患者を見殺しにしてますって」

「な、なんだそれは。どういう意味だ」

「私が病棟勤務している間、あなたの指示でどんなことが行われていたか、良く知っています。あなた、重篤患者やD・O・Aを片っぱしから日赤《にっせき》に回していたでしょう。満床だってウソをついて」

「そ、そんなことはない。あるわけないじゃないか。僕はただ適切な医療のために……」

「適切な救命率を維持するために、でしょう。日本最低の救命率は、あなたの権威を脅かすから」

「バカなことを言うな！」

逆上した助教授は、あたりもはばからずに怒鳴った。

「バカ？」

と、阿部婦長は助教授に胸を合わせ、ゆっくりと首から聴診器を外すと、白衣のポケットに収《しま》った。

「バカはどっちよ……おい、原田。二十年前、開胸マッサージもロクにできずに、真ッ青になって慄えていた研修医は誰だ。なんならもういっぺん、気合入れてやろうか、ええっ！」

婦長に詰め寄られて、助教授は壁を背にした。取り巻きの弟子たちはみな、声を失って後ずさった。

「待て、落ち着け阿部君。話せばわかる」

「話してわからないから怒鳴ってるんじゃないか、バカヤロウ。そればかりじゃないぞ、昇圧剤と降圧剤をまちがえるわ、人工心肺のカラ回しはするわ、ビビッて動脈を切っちまうわ、まったくどうしようもないボウヤだったよ、あんたは」

「ウソだ、ウソだぞ、みんな」、と助教授は弟子たちに向かって言った。

「このナースは疲れているんだ。もう頭の中がゴチャゴチャで……」

「あんたより疲れてないわ。余分なことは考えないからね。いつだって人の命を救けることしか考えないもの」

「それは僕だって同じですよ、阿部君」

「気やすくクン付けで呼ぶな。阿部婦長と呼びなさい。偉そうにしたって、あんたのメスはとっくに錆《さび》ちまってるんだから。おい、原田。ものはためしだ、バクスター法を言ってみろ」

「バ、バクスター法！」

原田助教授が不意をつかれて叫ぶと、弟子たちはどよめいた。

「ほおらみろ。忘れちまったんだろう。教授のタイコ持ちばっかりやってて、現場に出ないから忘れちゃったんだ」

「わかる。わかるぞ。そんなの常識だ。重度火傷の輸液公式じゃないか。ええと……そうだ、乳酸加リンゲル四ml×受傷面積×体重。それを受傷後八時間に二分の一量。クックッ、これでどうだ！」

「二十四時間以降の処置は？」

「えっ！　二十四時間以降――」

「わかるわけないよね。夜中に電話をすれば居留守つかうようなドクターに。おい、誰かわかるヤツいるか」

　口ごもる助教授と青ざめる医師団を、阿部婦長は充血した目でぐるりと睨み渡した。

「なんだ。誰もわからないの。ヤブの弟子はヤブだわね――いい、あんたらが医学書をひっくり返してるヒマはないのよ。そんなことをしている間に、ヤケドした子供は死んでしまうのよ。ショック、呼吸障害、腎不全、敗血症。この二十年の間に数え切れない子供が死んでいったんだ。私の、この手の中でね」

　婦長は医師たちの間をイライラと歩きながら、早口で続けた。

「バクスター法・パークランド公式、そう、重度火傷の救急措置の常識よ。熱傷後二十四時間以降四十八時間の処置。新鮮凍結血漿《プラズマ》投与、受傷面積四〇％から五〇％は二五〇から五〇〇ｍｌ。五〇％から七〇％は五〇〇から八〇〇ｍｌ。七〇％以上は八〇〇から一二〇〇ｍｌ。そして五％ブドウ糖を二〇〇〇から六〇〇〇」

　医師たちの中から溜息が洩れた。

「わかった、阿部婦長、わかったよ。ド忘れしたんだ」

「ド忘れでも、人は死ぬわ」

助教授は婦長の肩を抱いて、周囲の視線からのがれるようにエレベーターに乗りこんだ。弟子たちの最敬礼を尻目に扉が閉まると、冷汗を拭いながら、助教授は言った。

「あんまりじゃないか、婦長。胃が痛くなった」

ふん、と阿部婦長は鼻で笑った。

「おまえなんか、ストレス潰瘍《かいよう》で死んじまえばいいんだ。いい、助教授《アスプロ》。ひとつだけ言っておくわよ。私たちは病気やケガを治すんじゃないの。死人を蘇生させるのよ。日本最低の救命率こそ、わがセンターの誇り、あんたの誇りよ。わかった？」

「はあ――」、と助教授は肯いた。

「以後勝手に私をどうこうしようなんて考えるんじゃないよ。ここでは私が法律なんだからね――まあ、いい見合いの話なら、別だけど」

エレベーターを一階で降りると、阿部婦長は早足で救急救命センターに向かった。

廊下の突き当たりの自動ドアを隔てると、外来病棟の喧騒とはうらはらな静けさである。

そこには何もない。老人たちの身の上話も、赤ン坊の泣き声も、入院患者の溜息も、何もない。ただ生と死の厚い扉が、魔物のように立ちはだかっているだけである。

集中治療室《I・C・U》のガラス窓の中で、高木医師が手を挙げた。マスクの中の目は微笑んでいる。

婦長は室内に入った。

「聞こえるか、ヨシコちゃん。この婦長さんが、君を救けてくれたんだぞ」

体中にチューブをからみつけたまま、少女ははっきりと瞬いた。阿部婦長はベッドに寄ると、生気を取り戻した少女の手を握った。酸素マスクを付けた顔を、こころもち倒して、少女は指先を動かした。

「なあに、ここに書いてごらん」

開いた婦長の掌を、少女は爪の先でなぞった。

「何だって？」

訊ねる高木医師に、婦長は満面の笑顔を向けた。

「アリガトウ、って言ってるわ」

阿部婦長は肯きながら、少女の乾いた髪を撫でた。

「もっと強くならなくちゃダメよ。いい、人生は長いの。あなたはこれから、もっともっとたくさんの人と出会って、たくさんの恋をするのよ」

少女の指先が答えた。

〈ア・イ・シ・テ・タ・ノ〉

婦長は少女の手を胸に抱き寄せた。

「わかるわ。でも命を粗末にしちゃいけない」

少女のうつろな瞳を、婦長はガーゼで拭った。

「婦長、まるで精神科医だね」

高木医師が感心したように腕組みをした。

少女は再び指先を動かして、婦長の掌を求めた。

「わかったわ。誰もあなたを叱ったりしない。さ、お休みなさい。早く元気になるのよ」

ふと、愕《おどろ》くほどの強い力で、少女は婦長の掌を摑んだ。眼尻《まなじり》から、とめどなく涙が溢れた。そして爪の先で刻むように、文字を記した。

〈ア・イ・シ・テ・タ・ノ・シ・ヌ・ホ・ド〉

婦長は少女の言葉をあわてて収《しま》い込むように掌をポケットに入れ、集中治療室を出た。

廊下の長椅子から母親らしい女が立ち上がって、ナースキャップの黒線に目を止め、深々と頭を下げた。自分が歪んだ微笑を返していることに気付いた。少女の言葉の一文字一文字は、決して消えることのない傷痕のように、阿部婦長の白衣の胸に刻みつけられていた。

「おかえり、マリア。ちょうどビーフストロガノフができたところだ。うめえぞお」

料理テキストを片手に持ったまま、ピスケンが言った。マリアはエプロン姿の男の背中を、黙って見つめた。

「まずァひとッ風呂あびて、じゃなかった、とりあえずバスを使ってきたまえ」

ハンドバッグをベッドの上に投げ、マリアは壁に背を預けた。

「いつ来たの、あんた」

「ええと。ゆうべ」

「ゆうべの何時？」

「夕方、だったかな」

「それからずっと、そのビーフなんとかを煮てたわけ」

「煮込むほどうまいって、この本に書いてあったから」

マリアは午《ひる》近くを差す時計を見上げ、大きな溜息をついた。

「あたし、それ嫌いよ。お茶漬け食いたい。鮭茶漬け」

「え？　そうか……嫌いだったのか。じゃあちょっと待っててくれ。シャケとミツバ、買ってくる」

ピスケンはポマードで撫でつけた髪を掻きながら、そそくさとエプロンを解いた。

「待ちなさいよ」、とマリアは男の腕を掴んだ。

「毎日毎日、そうやって食べもしないごちそうを作って、あんたいったいナニ考えてるの？」

「べつに——何も考えていやしねえけど。いつもロクなもの食ってねえだろうと思って」

「ママゴトしたいわけ？　お掃除して、あたしのパンツまで洗濯して、あんたそれでも男か」

　ピスケンは恥じ入るように目を伏せた。

「そうじゃねえけど。俺、人助けなんてしたことねえし、せめてこのぐれえしとかにゃ、地獄の法廷で情状酌量の余地がねえから」

「理屈はよしてよ。正直に言ってみなさい」

「ええと。おめえと出会ってから、何だか世の中が変わっちまったみてえなんだ。うまくは言えねえが、その、なんだ、丸いものがまあるく見えて、赤いものがマッカに見える」

「うまく言うじゃないの」

「詰めちまって無《ね》えはずの小指の先も、どういうわけか痛え」

「もっとうまく言いなさい」

　ピスケンは玄関口でマリアに背を向けたまま、言葉を探すように天井を見上げた。

「ええと。ぼくは、キミを愛して……キミに恋して……その、あの、なんだ、やっぱりうまく言えねえ。パス」

「パスじゃない。あんたの言葉で言えばいいのよ」

言い尽くせぬおびただしい言葉が、振り向いたピスケンの瞳から溢れ出るのを、マリアは見た。

「俺ァ、おめえに惚れちまった！」

もう余計な言葉は何も聞きたくないと、マリアは思った。そう思ったとたん、爪先立って、ピスケンの口を乾いた唇で塞いだ。

「抱いてよ」

むさぼるように男の口を吸いながら、マリアは言った。

「抱いてよ。体がバラバラになるくらい」

「えっ、それじゃあ死んじまう」

「かまわない。死ぬほど愛してよ」

「いけねえ、いけねえよ、俺ァそんなんじゃねえ。前科八犯のひとごろしで、十三年の懲役帰りだ」

「上等じゃない。あたしは前科五千犯のひとごろしで、二十年の懲役だわ。文句あんの」

二人は不器用にガチガチと前歯をぶつけ合いながら、山のようなバラの花束で埋もれたベッドに倒れ込んだ――。

目覚めたのは夜更けであった。

青山通りの遠いネオンが、レースのカーテンをぼんやりと染めている。マリアを抱いたまま眠りに落ち、マリアを抱き続ける夢を見た。

痺《しび》れた腕を抜くと、寝息が止んだ。

「起こしちまったかい」

睫毛《まつげ》がピスケンの肩の上で、愛らしい昆虫のようにうごめいた。夢の中でそう言ったのと同じ言葉を、ピスケンは口にした。

「もう仕事やめて、俺と所帯を持たねえか」

一瞬、刃物を向けられたように、マリアの体がすくんだ。そうしてしばらくの間、じっと男の腕にかじりついていた。目に見えぬ呪符に縛《いまし》められたように、細い肩が慄えた。

「昔、なんかで読んだわ。終わったあとに言う男の言葉にウソはないんだって」

「俺ァウソは言わねえ。ウソとグチとオセジは生まれてこのかた言ったことがねえ。いつだってそうしてきた」

「カッコいいね、そういうの」

「ああ、カッコいい。だけど、おかげでみっともねえ人生になっちまった。世の中、そんなもんだ」

「答えを出さなきゃ、ダメ？」

「考えて答えを出すほど、俺たちゃ若くあるめえ」

「あたし、今ね、あんたとその所帯を持った夢を見てたの。仕事をやめてね、エプロン掛けて、ビーフストロガノフを作ってた」

マリアはピスケンの腕を抱き寄せて、少女のようにころころと笑った。

突然、ハンドバッグの中でベルが鳴った。ピスケンはマリアを抱きすくめた。

「ほっとけ」

「でも、止めなきゃ」、とマリアは起き上がり、ポケットベルのスイッチを切った。白い背中を折り畳むようにして、マリアは大きな溜息をついた。

「変ね。なんだか二人の男に、同時にプロポーズされたみたい」

とっさに引き戻そうとした男の手をすり抜けて、マリアは立ち上がった。

「まだ答えを聞いてねえぞ」

「みちみち考えるわ……ともかく、行かなきゃ」

二人は身じたくを整えると、真夜中の町に出た。タクシーの中で、マリアはずっと黙りこくっていた。

　車は眠らぬ光の渦を突き抜けて、大学病院の闇に滑り込んだ。煌々《こうこう》と光を吐き出す救急救命センターの玄関から少し離れて、タクシーは止まった。

「お部屋で待ってて。朝には帰るから」

「いいや、俺ァハンパは嫌えだ。おめえの返事によっちゃ、二度と敷居はまたがねえ」

「どうして？」

　ピスケンは部屋の合鍵をそっとマリアの膝の上に置いた。

「もう、昨日までの俺たちじゃねえんだ」

「あんた、いい男ね」、マリアは呟いた。

　横顔を隈取《くまど》って、築山の樅《もみ》の木《き》が無数の豆電球を点滅させている。引金をしぼるように緊密な時間が、ピスケンの胸を過ぎた。

　答えるかわりに、マリアは男の拳を掌でおおった。

　築山をめぐって、サイレンを消した救急車が轍《わだち》を軋《きし》ませて走ってきた。

「来たわ。死ぬほど恋をして、本当に死んじゃったヤツが」

「俺だって、死んじまうかも知れねえぞ！」

　ピスケンの拳を突き放して車から降りると、マリアは満天の星座に誓うように、きっぱりと答えた。

「やってごらん。きっと救けてやるわ」

マリアは駆け出した。呆然と見送るピスケンの耳に、毎夜あかずに聴き続けた「アヴェ・マリア」の旋律が、ありありと甦った。

看護助手が玄関から走り出る。マリアは白衣を受け取ると、かわりにハンドバッグとコートを投げ渡す。

夜空に弧を描いて、白衣の袖が通される。

ナースキャップを、口に含んだヘアピンで止めながら、マリアは走る。救急車のランプが頬を染める。

ドアがはね上げられ、血まみれの患者が降ろされる。マリアは白衣の裾をひるがえすと、救急隊員を押しのけて、ストレッチャーの上に飛び乗る――。

「ショックカウンター、セットして！　強心剤《ボスミン》、早く！　ドクター、ドクター！」

叫びながらあわただしく心臓マッサージを開始する阿部婦長を乗せたまま、ストレッチャーは救命センターのまばゆい光の中に吸いこまれて行った。

「銀座――」

運転手の背中に向かって、ピスケンは呟いた。

クリスマス・ロンド

若頭《かしら》の逆襲

差入屋のシャッターも開かぬ早朝だというのに、その日の東京拘置所の門前は時ならぬ喧騒に満ちていた。

四代目天政連合会若頭・田之倉五郎松が、晴れて保釈の朝を迎えたのである。

それはずいぶんと急な話であった。

アルツハイマー病の老総長を傀儡《かいらい》として巨大組織の実権を握る田之倉若頭は、当局にとって許すべからざる日本一の悪人であった。しかもその悪事の数々は、てっとり早く「おでん」に喩えて言うなら、簡単明瞭な関西風みそおでんとはちがい、大鍋の中で複雑怪奇な具を炊き合わせた関東風の趣《おもむき》であった。

その巨悪の権化《ごんげ》がさること半年前、次期首相候補に大枚五億円のワイロを渡す現場をスクープされ、逮捕されたのである。警視庁と東京地検にとっては、近年マレに見る快挙であった。まさに「ここで会ったが百年目」であった。

誰がどう考えたって、田之倉若頭の保釈が認められるはずはなかった。勾留中に星の数ほどの余罪を立件されて、そのまま五年やそこいらは打たれるにちげえねえと、末端《エダ》の暴走族《ゾク》だって考えていた。

翌《あく》る正月から始まる公判を前にして、五度目の保釈申請を裁判所に認めさせたのは、ひとえに悪い時代を生き抜いてきた老若頭・田之倉五郎松の強運と執念であろう。もちろん東京弁護士会にとっても、近年マレに見る快挙であった。

田之倉ほどの大物が放免になるとあっては、出迎える側も大ごとである。傘下一万二千人を数える天政連合会の親分衆は、とるものもとりあえず、保釈当日の東京拘置所に駆けつけねばならない。頃は師走《しわす》、クリスマス・イブの朝である。師匠が走るのだから親分だって走り回っていた。キリストが生まれたこととは余り関係がなかったが、天皇誕生日の翌日ということとは少なからず関係があった。そのうえ、バブル崩壊のまっただなかで迎えた年の瀬は、金貸しを正業とする多くの親分たちにとって、猫の手も借りたい忙しさなのであった。

と、そんな事情で、黒ずくめの礼装に身を固めた群衆の顔は、どれもひどく苦渋に満ちていたが、ひとたび通用口の鉄扉が開かれると、たちまちどの顔も礼装になった。

「ごくろうさんです!」

労をねぎらう声が一斉に湧き起こった。張りつめた朝の空気の中に、田之倉五郎松はその長身痩軀《そうく》をのそりと現わした。

耳を隠すほどに伸びきった豊かな銀髪をかき上げ、黒貂《くろてん》の大きな襟のついたコートを肩から羽織って、田之倉はひどく不機嫌そうに側近の耳元で囁いた。

「めんどうな挨拶は抜きだ。来てねえヤツをチェックしておけ。ただじゃおかねえ」

群衆を睨み渡したなり、田之倉は大股で歩き出した。

「そうは言ってもカシラ。なんかひとことおっしゃった方が、良かないですか」

「うるせえ。俺ァそれほど安かねえ。おめえがテキトウに代弁しとけ。カシラは肝臓の調子が悪いって」

「へ？　カシラ、具合がお悪いんで？」

「バカ。半年間、禁酒禁煙禁色禁バクチ。おかげで肝臓もすっかり軟らかくなっちまったよ。ともかく俺ァ忙しい。ああ忙しい」

人垣の先にはクジラのようなリムジンが待っていた。運転手の胸を押しのけるようにして、田之倉は車に乗りこんだ。

革張りの対面シートの後ろ向きに、少しもヤクザに見えぬ男が座っている。年は若いが地味な背広の襟には組織の最高幹部を示す金バッジが輝いていた。

「おお、克也か。面倒かけたな」

「へえ。田之倉のおじさん、思いがけねえ早いお戻りで、まずはおめでとうさんです」

福島克也はそう言って、ブランデーグラスを田之倉に差し向けた。

「まったくおめえは頼もしいヤツよなあ——ところで、岩松の兄弟はどうした」

「へい、あいにく急な用事が入《へ》えりやして」

福島は振り向いて、運転席を隔てるガラスを叩いた。リムジンは船のように揺らぎながら走り出した。

「そうかい。俺の放免にも来れねえ急な用事かい。おい、克也。俺のいねえ間に、岩松の兄弟はずいぶん偉くなったんだなあ」

福島は答えずに、グラスに酒を注いだ。

「まあ俺にしてみりゃ、あのクサレ外道《げどう》の出迎えなんざいらねえがよ。あれが分け盃の兄弟だってえのァ、いまだ合点がいかねえ。そうは思わねえか、克也」

「いじめないで下さいよ、おじさん。そうは言っても、私にとっちゃ親分なんで……」

「おめえも苦労よなあ。なまじ岩松なんぞの盃を貰っちまったばかりに、いつまでも泥っかぶりでよ」

「いえ、泥っかぶりだなんて。ケツ拭いてるだけです」

グラスをなめながら、田之倉は豪快に笑った。葉巻をくわえ、体を屈めて火を受けながら、田之倉は上目づかいに福島克也を見た。

「な、克也。いつまでも二代目金丸組若頭でもあるめえ。俺ァ内心、本家の五代目はおめえをおいてほかにゃいねえと思ってるんだぜ」

「跡目だなんて、そんな。おじさんや岩松のオヤジをさしおいて、私なんぞが……」

「俺も岩松も、いまさら跡目なんてえ年じゃねえ。おめえの上にだって、跡を取るような器量はひとりもいねえじゃねえか。おめえだけが俺とここにこうしている、それが何よりの証拠だ」

田之倉は防弾ガラスの窓ごしに移ろうシャバの景色を、なつかしげに眺めながら続けた。

「それにゃあまず、いったん岩松に盃を返して、本家の直参に直ってもらわずばなるめえ。総長の盃を受けて執行部入りすりゃ、おめえはたちまち若頭補佐筆頭だ。で、俺と岩松が退《ひ》いて、おめえが若頭になる。誰も異存はねえぞ」

明晰《めいせき》な福島克也には、田之倉の肚の中がはっきりと読めていた。早い話、若い福島の安定的長期政権の陰で、強力な院政を執ろうとしているのだ。田之倉が合理的なナンバー・ツー理論の実践者であることを、福島克也は良く知っていた。

「さて、おじさん。放免祝にはまだ時間がありますが、どういたしやす?」

「保谷《ほうや》へやってくれ」

へい、と福島克也はインターホンに向かって命じた。

「若頭《かしら》はいったんご実家へ戻られる。保谷へやってくれ」

田之倉はシートに沈みこむと、老人らしい溜息をついた。

「それにしても、あぶねえところだったぜ……くわばら、くわばら」

「え？　何のこってす、おじさん」

田之倉は銀髪を耳の後ろにかき上げながら、ちらりと福島を見、薄気味悪い含み笑いをした。

「いや、何でもねえ……ともかく、ひと安心だ」


「な、なんだと！　田之倉が釈放《パイ》」

報告を受けた花岡警視総監は、執務机を揺るがせて立ち上がった。

「いったい検察はナニをやっとるんだ。天政会を壊滅させる絶好のチャンスだというのに」

日ごろ温厚な花岡総監が怒りをあらわにするのは珍しいことであった。佐久間四課長は思わず直立不動になった。

「なにぶん共犯の山内《やまうち》代議士がカンタンに保釈されてしまいましたので、裁判所としてもこれ以上、田之倉の身柄を拘束しておくわけにはいかなかったのでしょう」

総監は鋳物《いもの》の灰皿のまんなかで、長いままのタバコを押し潰した。

「そんなことは当たり前だ、いったいキミはこの半年間、何をしていた。別件ならいくらでもあるとか、生きて再びシャバの空気は吸わせないとか、自信満々だったじゃないか」

「ハッ、誠に申しわけありません」

「田之倉五郎松を捕るのは頂上作戦以来の懸案なんだぞ。それをムザムザ保釈だなどと」

「すべて、すべてこの佐久間忠一の不徳と致すところです」

「バカモノ！　ごめんですむなら警察はいらんのだ！」

シャレている場合ではなかった。総監は後ろ手を組みながら、イライラと執務室を歩き回った。

「しかし、四課の鬼サクと異名をとったキミのことだ。それなりの言いわけはあろう。どうだ」

「はい。ご高察ありがとうございます、総監」

佐久間警視正はぶ厚い捜査資料を机の上に広げた。付箋《ふせん》を付けられたページを繰りながら、花岡総監は唸った。

「田之倉逮捕と同時に、天政連合会は信じがたい速さと正確さで別件に対処したのです。捜索《ガサ》を入れた事務所や関係先からは、覚醒剤《シャブ》の一袋《パケ》も、拳銃《チャカ》の一丁も発見されませんでした。内偵中のあぶない連中は一斉に国外に出ました。どうやら非常事態に即時対応するスクランブル・システムがあったようです」

「信じられん……スクランブル・システムだと？……司令塔は、あの福島克也だな」

「そうです。何が怖いといったって、マジメなヤクザほど怖いものはありません。不良銀行員と同じくらいの脅威なのです」

佐久間警視正は眉根に深いシワを寄せて、資料を指した。

「福島克也は日ごろから組織内の法的な危険因子を、洩れなくコンピュータにインプットしているのです。たとえば、どこそこの事務所に何がどれだけあるとか、誰それはこういうヤマを抱えているとか、そうした犯罪因子のすべてを十数段階の数値に置き換えて、データ化しているのです。傘下の事務所はすべてオンライン化されていて、ひとたび緊急事態が発令されれば、端末のモニターにはそれぞれの対応コマンドが表示される。エマージェンシィ・ランク８、組員番号４２８３は所管外地域に脱出せよ。物件番号８２４９はトイレに流せ、とか」

総監はアングリと口を開けたまま、佐久間の顔を見上げた。

「しかしだね、佐久間君。そこまでわかっているなら、ガサ入れに打ちこんだとたんに、まずコンピュータを押さえてしまえばいいじゃないか。そのデータソフトを押収すれば、てっとり早く一万二千人をパクッたようなものだろう」

「いえ」、と佐久間は細い指先でメガネの縁を押し上げた。

「データはボタンひとつで初期化《イニシャライズ》されるシステムになっているのです。しかも複製《バックアップ》は、国外の支部が管理しています」

総監は返す言葉もなく、呆然と立ちすくんだ。コンピュータを「電子計算機」としか翻訳できない昭和ひとけたの頭脳では、話だけでも対応できないのであった。

佐久間警視正は資料を閉じ、ポマードべったりの前髪をサッと上げると、落胆する総監を励ますように言った。

「しかし総監、力を落とされてはなりません。不肖、佐久間忠一、この事態に備えてとっておきの隠しダマを用意しております」

「ナニ、隠しダマ」

「そうです。起死回生、最後のカッパギ、究極のクロスカウンター、九回裏の大逆転です」

「ほ。なんだ、なんだねそれは」

佐久間は執務机をめぐって総監の脇に立つと、耳元で声を絞った。

「田之倉は保谷の自邸に、五キログラムの純正ヘロインを隠し持っているのです」

「ナニッ、五キロの純正ヘロイン！　なぜ早く挙げんのだ」

「良くお考え下さい。田之倉の留守中に押収したところで、部屋住みの若い衆が罪を被るに決まっています。田之倉は保釈そうそう、あわててそれを処分する。ヤツがそれを手にした瞬間に挙げなければ、立件はむずかしいのです」

「できるのか、そんなことが」

「はい、もちろん」、と佐久間は薄い唇の端を吊り上げるようにして、不敵に笑った。

「とっておきのピンチヒッターを起用します。すでに昨日から、庭師にまじって邸内に潜入させております」

「とっておきのピンチヒッターか。誰だ、それは」

「麻薬捜査官、銭形《ぜにがた》佐七《さしち》――」

おおっと、総監はのけぞった。

㊟《マルボウ》の切り札

武蔵野《むさしの》の冬空は青く澄みわたっている。

三千坪の広さを誇る田之倉邸の庭園は、新年を迎えるあわただしい手入れに追われていた。

遠州《えんしゅう》流の名庭のそこかしこに、腕利きの職人が数十名も、得意の鋏《はさみ》をふるっている。つつじの壮大な植込みを刈る者、孟宗《もうそう》の藪《やぶ》に沿って伸びる光悦垣《こうえつがき》を組み直す者、東屋《あずまや》の檜皮《ひわだ》を葺《ふ》く者。

どの指先も暦に追われるように忙しいが、その中でただ一人、邸内を俯瞰《ふかん》する赤松の枝の上で、ぴくりとも動かぬ人影があった。

腹掛けに藍染めの半纏《はんてん》、黒の股引《ももひき》に手甲脚絆《てっこうきゃはん》のいで立ちはどう見ても熟練の庭師だが、太い幹にしっかりと片腕を回したその姿勢は、どことなく覚束《おぼつか》ない。

「よう親方、何を見ているんだい」

松の根方から見回りの若者に声をかけられて、職人は大時代な遠めがねを縮めると懐に収《しま》った。

「いえね。こうして枝の張り具合を、遠目に見てるんでさあ。おっと、やっぱしあの欅《けやき》の枝ァ、ちょいとうるせえなあ」

「へえ、大したもんだなあ。ま、ひとつ気張っておくんなさいよ。うちのオヤジもじきにお戻りになる」

若者が去ってしまうと、樹上の男は額のねじり鉢巻を押し上げ、ホッと溜息をついた。

足腰は定まらぬが、頬骨の張ったいかつい顔は硬く、眼光は鋭い。眉根に大きなほくろがあった。

この男——銭形佐七が古今無双の職人であることにかわりはない。かれこれ四半世紀、麻薬の摘発だけを業としてきた職人である。

まことしやかな伝承によれば、あの銭形平次《へいじ》の末裔《まつえい》だという。曾祖父は明治の初年に十手を譲り受けたが、親に似ず根っからの不器用だったので投げ銭の命中率が悪く、ムダな銭を投げすぎて破産した。

しばらく不遇をかこっていたところへ、かつての同僚である二代目人形《にんぎょう》佐七が見かねて、一人娘を嫁にやり、できた伜《せがれ》が初代の銭形佐七、つまり当代の祖父である。

この祖父もやはり手先が不器用であったが、幸い並はずれて鼻が良かったので、草創期のアヘン捜査にたずさわり、名を挙げた。以来三代、銭形佐七の名は麻薬捜査の職人として斯界《しかい》に知られるようになったのである。

当代の銭形佐七も不器用であった。平次の血はどこかに消えてしまったようであった。チョウチョ結びの結び目はいつも直角におっ立っており、手錠を打つ時はことさらジタバタと格闘せねばならず、もちろん射撃の弾なんぞ、撃てば撃つだけムダであった。拳銃をいったん分解すると、苦心惨憺《さんたん》の末たいてい別の機械にしてしまうのであった。

もう片方の血筋である人形佐七の遺伝子もどこかに消えていた。そのことには格別の説明はいるまい。

――銭形は頰骨の尖った、原人類的な顔をキリリと振り向けて、再び遠めがねを構えた。丸いレンズの中で、表門の巨大なシャッターが上がり、黒塗りのリムジンがすべり込んできた。

「来たな田之倉。四の五の言わずに、とっととブツを出しやがれ……」

銭形佐七はそう呟くと、腹掛けの下の手錠と捕縄を左手でまさぐった。

「それじゃおじさん。私ァ放免祝の段取りがありますんで、ここで失礼させてもらいます。今日の今日で申しわけありませんが、なにぶん年の瀬てえことで」

福島はそう言ってリムジンの窓ごしに頭を下げた。

「おう。何から何まで面倒かけるなあ。上がって行けと言いてえところだが、おたげえ忙しい体だ。ま、宜しく頼んだぜ」

手を挙げて車を見送ると、田之倉五郎松はふいに笑顔を吹き消して玄関に駆けこんだ。

あがりがまちの両側にズラリと正座した子分たちが、一斉に頭を下げた。田之倉は靴を脱ぎ散らかして三和土《たたき》に飛び上がると、豪壮な二間廊下を踏み鳴らして歩いた。

「まったく克也の野郎、上がりこむんじゃねえかとハラハラしたぜ。こっちはそれどころじゃねえんだ」

「と、申しますと？」

背中から訊ねる側近を肩ごしに振り返り、田之倉は舌打ちをした。

「まったくどいつもこいつも気の回らねえやつばっかりで、俺ァ情けねえよ。ああ、岩松の兄弟がうらやましいぜ。せめてあの福島の半分ぐれえの器量が、一人でもいたらなあ」

田之倉はグズグズと愚痴を言いながら、長い回り廊下をめぐり、奥まった一間の障子を荒々しく引き開けた。

「ええと、親分。私ら、何か粗相《そそう》がありやしたでしょうか。私ァ克兄ィの指示どおりに、緊急事態Aランクの対応はしましたが」

田之倉は怒るのも忘れて、ポカンと口を開いた。二人の側近はわけもわからずに立ちすくんでいる。

「ああ、情けねえ。克兄ィだって……てめえらいつの間に福島の下《しも》に立ったんだ、あ？」

「いえ、上《かみ》の下のってワケじゃありやせんが、克兄ィ、いや福島さんは何たって間違いのねえ人ですから……」

「わあ、信じられねえ。福島よりか十年も多く天政のメシ食ってるおめえらが……わあ、情けねえ。そんなことだからあの岩松のヤロウが俺をコケにするんだ。俺はなんて不幸なヤクザなんだ。四十年も極道やって、こうも子分に恵まれねえなんて」

田之倉は銀髪をかきむしって地団駄を踏んだ。

「ええと、ところで親分。いってえ何をそうあわてていらっしゃるんで？」

ふと目覚めたように顔を上げ、田之倉は眉を開いた。

「あ、いけねえ。泣いてる場合じゃねえんだ。おめえら、この金庫の中味、さわったか？」

「いえ、滅相《めっそう》もねえ」

と、二人の子分は声を揃えた。田之倉は身の丈ほどもある金庫に歩み寄り、鋳物の扉に向かって苦しげにガツガツと頭突きをくれた。

「あのなあ。俺ァこの中味のことが気がかりで、拘置所じゃロクロク飯もノドを通らなかったんだぜ」

「と、申しますと？」

「ああ、やだやだ。まったく俺ァ不幸なヤクザだ――いいか、この中にはよ」

と、田之倉は金庫のダイヤルを回し、そおっと厚い扉を開いた。桐の中扉を開けると、紫色のフクサで包まれた箱がポツンと置かれていた。

「何です、それ？」

田之倉は体中の空気を抜くように、ほうっと深い溜息を洩らした。

「ナニって、忘れちまったのかよお。気が利かねえばかりじゃなくって、記憶力もねえんだよなァ、おめえらは。タダのバカだ」

「ええと、何でしたっけ……ヒント」

「ヒント？　そうか、ヒントか。はい、ではヒントです。台湾マフィアの陳《チン》さんに関係があります」

二人の子分はたがいに肩を抱き合って後ろを向き、何ごとかボソボソと相談した後でにこやかに振り向いた。

「さあ、わかったろう」

「へい」、と二人は金庫を指して口を揃えた。

「ヘロイン！」

「ピンポーン――バカヤロー！　ヨタ飛ばしてる場合じゃねえんだ。おめえらそれがわかっていて、何でこいつを始末しなかった！」

「そ、そりゃ親分、そいつァせっかくの陳さんからの贈り物で、親分だってたいそう喜んでらしたから……それに、本家のコンピュータにも登録してなかったんで、まあいいかと思って」

「ちっとも良かねえ。ああやだ、やだやだっ」

やだやだと二十回も連呼しながら、田之倉五郎松は上等なフクサでくるんだ段ボール箱を金庫から引きずり出した。

「こういうものはな、売り買いしなくたって、こうして持ってるだけで罪になるんだ。そのくれえのことは知ってるよな。しかも、そこいらにある調味料やメリケン粉を混ぜたシャブなんぞたァ、わけがちがうぞ。百パーセントピュアの純正ヘロインだ」

「へい。そいつァ何べんも聞きやした。だからこそそんな何億もするもの、捨てるわけにもいかねえし」

もう一人の子分が口を挟んだ。

「いえね親分。そりゃ何億だって親分の体にゃ代えられませんから、始末しようとは思ったんですが、いってえどこにどうすりゃいいものか」

田之倉は子分たちの言いわけなど聞く耳もたぬとでもいうふうに、床の間に積み上げられた歳暮の山を突き崩して、ころあいの箱を選び出した。

「まったくよォ、こんな時、克也ならどうしたかなあ。オヤジさん、例のブツならあっしが預かっておりやすんでご安心下さい、とか言うんだろうなあ。まさか堂々とてめえの家の金庫に置きっぱなしたァ、夢にも思わなかったぜ。つるかめつるかめ」

田之倉は言いながらていねいに贈答品の包装をはがすと、中味の洋酒を卓の上に並べた。

「ともかく、この木箱に詰めかえて、と。おいボサッとしてねえで手伝え」

子分たちは手分けして、羊羹《ようかん》ほどの大きさのヘロインの包みを、洋酒の木箱に詰めかえた。

「しかし親分、克兄ィが知ったら目クジラ立てますぜ。総長のお達しで、覚醒剤《シャブ》や麻薬《ペイ》は組内じゃご禁制、手にすりゃ破門ということになって……」

「そんなこたァわかっていらあ。あのな、俺ァ天政会の若頭だぞ。誰が俺を破門にするってえんだ。克也か？　ボケ総長《オヤジ》か？　笑わせんじゃねえ」

田之倉は作業をおえると、デパートの包装紙で寸分たがわず包み直した。若い時分からの懲役の成果で、手作業には自信があった。

「ん？……待てよ」、と田之倉はノシ紙を貼る手を止めた。

「それにしても、何でここだけ捜索《ガサ》が入《へ》えらなかったんだろう」

「ハハハッ、そいつァ親分、言わずと知れたこって。親分は並はずれて運がお強えから」

「バカヤロー！」と田之倉は子分を殴り倒した。

「運の強え者がパクられるものか。そうだ、ワナだ。こりゃ検察のワナだぞ」

田之倉は黒檀の座卓を踏み越えて、すばやく障子を閉めた。

「陳のヤロウが自白《うた》ったにちげえねえ。で、サツはいったん俺を泳がせて、何たって言いのがれのできねえタイミングでパクろうってえ寸法だ。なにせヘロイン所持はグラム一年――」

「グラム一年？　てえことは……」

「ええと、十グラムで十年だろ、百グラムで百年、と」

「するてえと、一キロで千年。五キロですから……」

三人は顔を見合わせ、同時にゴクリと生唾を呑んだ。

「親分、てえへんだ。チョーエキ五千年！　ツルカメ、ツルカメッ」

「冗談じゃねえ、ツルやカメじゃあるめえし、そんなもんにハマッてたまるか！」

「どうしよう、親分、どうしよう」

「どうしようって、おめえ。今すぐここにガサが入えるかも知れねえんだぞ。そしたらおめえ行け、行けよな」

「やだっ、そんなの。懲役五千年なんて、オレ自信がねえ」

「自信のあるヤツなんているか。仙人じゃねえんだぞ。ま、これも孝行のうちだぜ、なあに、七割がたツトめりゃ仮釈放ってこともあらあ」

「七割ったって親分、三千五百年ですぜ。あっ、いけねえ気が遠くなってきた」

「いや、待てよ……」、と田之倉はへたりこむ子分を支えながら、少し考えるふうをした。

「てことは、こいつを持っていてパクられりゃ、まず再起不能ってことだよな」

「へえ。まちがいなく」

「そうか。うん、やっぱり俺ァ天才だ。かねがねそうじゃねえかと思っちゃいたが、やっぱり天才だった」

「へえ。サツの旦那たちも皆そうおっしゃいます。田之倉のオヤジは悪事の天才だって。で、何か名案が？」

「そうさ、禍転《わざわいてん》じて縄《なわ》をなう、とか言うじゃねえか。変に捨てたり隠したりしねえで、そっくりイヤなヤツに持たしちめえばいいんだ」

ううん、二人の子分は感心した。

「で、親分。そのイヤなヤツってえのは？」

田之倉五郎松はクックッと笑うと、子分たちの顔を招き寄せた。

「イヤなヤツっていやあ、ただ一人——あの岩松円次の他にいるか、あ？」

銭形佐七は赤松の枝の上から、伝家の遠めがねをジッと玄関に向けている。やがて腹掛けをまさぐって無線機を取り出すと、小声で指示をした。

「こちら銭形。ホシはいま、ブツを詰めかえた。デパートの包装紙にくるんだウイスキーの木箱。車が玄関に待機している。セガレの赤いポルシェだ。門を出たら止めてくれ。了解か」

「了解」、と国道にひそむ覆面パトカーから返事が戻ってきた。

すべてはモクロミどおりに運んでいた。門前でヘロインを押収したら、その足でドッと踏み込んで一網打尽だ。

無線機を懐《ふところ》にしまうと、銭形は早くも手錠を取り出した。遠めがねはジッと玄関に据えられている。

やがて田之倉が自ら箱を抱え、玄関に現われた。助手席に乗り込む。赤いポルシェはリヤエンジンの唸りを轟かせて、玉砂利の道を滑り出した。

「バカめ。本人が持って出て来やがった。手間が省けるぜ。飛んで火に入る田之倉五郎松、と」

表門のシャッターが開き、車が国道に走り出たその時、すかさず二台の覆面パトカーが前後を挟んだ。停止したポルシェに、バラバラと捜査員が駆け寄った。

遠めがねの中の田之倉は妙に落ち着き払っている。刑事たちに向けてにこやかに笑いかけ、膝の上の包みを差し出した。

「さすが天政の若頭ともなると、往生際もてえしたもんだ……」

田之倉は捜査員に言われるままに、膝の上で包みを解いた。取り囲んだ人垣の動きが静止した。

次の瞬間、銭形佐七はわが目を疑った。笑いながら刑事たちを睨み渡す田之倉の両手には、ウイスキーのボトルが握られていたのである。

「やられた！」

銭形佐七は広大な邸内に遠めがねを振り戻した。立てこんだ住宅地に面した裏門から、軽いうなりを上げて一台のバイクが走り去って行く。その荷台には、同じデパートの包装紙にくるまれた箱が、しっかりとくくりつけられているのであった。

「くそっ、待ちやがれ！」

銭形佐七は赤松の枝から腕を解いた。その動作は不器用な男にしては機敏であり、そうと自覚してる分だけ正確であった。手錠をとっさに腹掛けの中にねじ込み、十分にキャタツの足場を見ながら、駆け下りたつもりであった。しかし、ひとつだけ忘れていた。遠めがねを目から離すのを忘れていたのである。

確実な一歩を踏み出したとたん、銭形は真っ逆様に松の木から落ちた。

密告者たち

小鳥のさえずりを模したドアチャイムの音に、岩松円次の愛妾・しのぶは目覚めた。お地蔵様の帽子のような頭をグラグラと揺らしながら、ベッドから下りる。インターホンの受話器を二、三度とり落としてから、しのぶは言った。

「誰よ、こんな朝っぱらから。ファーッ、ねむい」

「四谷の姐《あね》さんですね。旭川《あさひかわ》の北極会《ほっきょくかい》の者ですが、岩松の親分は？」

テレビモニターの中の男は、見知らぬ顔である。

「ボスならいないわよ。ファーッ、なに？　急用なの」

「へい。急ぎのお届け物で」

しのぶは一応、護身用のベレッタをドレッサーのひきだしから取り出して、大あくびをしながら玄関に向かった。

「旭川のエダか。急用じゃなかったらブチ殺してやるからね。ファーッ」

ドアを開けると、デパートの包装紙に金色のリボンをかけた、四角四面の箱が差し出された。

「メリークリスマス。岩松の親分にお渡し下さい」

ズシリと重い箱であった。メッセンジャーは顔も見せずに廊下を走り去った。

拳銃をパンツの中に差し込み、しのぶは箱を耳に近づけた。

「まさかバクダンじゃないわよねえ。旭川の北極会。知らねえな。きっとブランド志向の新参だわ」

ふと、しのぶの脳裏に、ある仮定が浮かんだ。旦那の岩松円次は、今や田之倉若頭にかわって天政会最大の実力者である。新参の地方組長から、暮れのつけ届けがきても不思議ではない。そして、プレゼントは何よりも、貰う側の趣味に叶ったものでなければならない。だと、すると……。

「現ナマ。そうよ、まちがいないわ」

しのぶはネグリジェの胸にダラリとこぼれたヨダレを拭おうともせず、廊下に座りこんで包みを解いた。

「こりゃすごいわ。きっと億のカネよ。北極会さんありがとお、ラッキー！……？」

木箱のフタを開けたとたん、しのぶの目は点になった。

「ヤバイッ！」

ドアに飛びついて錠を下ろす。箱を抱えたまま広いリビングに駆け込むと、カーテンを引いた。コードレスホンの受話器を握ってウロウロと歩き回りながら、心当たりを片っぱしからコールしたが、岩松も福島克也も捉《つか》まらなかった。

「どうしよう、どうしよう」

しのぶはお地蔵様の帽子を引きちぎり、逆毛を連獅子《れんじし》のように振り立てて吠えた。

「どうしよう。旭川の北極会なんて知らないもの、きっと謀略にちがいないわ。こんなもの見つかってパクられたら、ボスも私もおしまいよ。どうしよう」

しばらくベッドに泣き伏してから、しのぶは「ん?」、と顔を上げた。

名案であった。苦悩の末、大脳に大量のアドレナリンが分泌されたにちがいなかった。

「そうよ。ジャマなヤツに持たせちゃえばいいのよ!」


「大奥様。四谷のしのぶ様が年末のごあいさつにおいでになりました」

茶屋のくぐり戸を開けて、女中頭が言った。

岩松円次の本妻・多代《たよ》は、まるで水仙の花の風にたゆたうように、白いうなじをめぐらした。

「はあ、四谷のしのぶさん。よくいらした、こちらにお通しして」

還暦を迎えた目元のシワを涼やかに曳《ひ》いて、多代はいつものぼんやりした物言いで言った。

水屋に座ったまま、風の音を聴いた。瞼を上げ、床《とこ》に生けられた一輪ざしの椿をじいっと見つめる。茎がわずかに揺らいだと見る間に、寒椿はボトリと首から落ちた。

ハイヒールのかかとが庭石を踏み、満身の貴金属類をじゃらんじゃらんと高鳴らして、しのぶが現われた。二十数個の指輪を輝かせた十本の指には、大きなリボンをかけた箱が抱えられている。

「奥様、ごぶさたしております」

「おや、しのぶさん。よくいらっした。いつも岩松がお世話になって、ささ、お上がり」

多代は完璧な慈母の微笑を妾に向けた。

「いいえ。奥様のお手前をいただけるような立場ではございません。こちらで失礼させていただきます」

「まったく、なんて控え目な方。さ、そうおっしゃらずに。あなたとはいちど、ゆっくりお話をしたかったのですよ。ご遠慮なさらずに、どうぞ」

「いいえ、私、なんだかこうしているだけでも、お庭をけがしているように思えて……これ、つまらないものですが、おひとつ」

「おやおやごていねいに。ハルさん、ハルさあん。しのぶさんをお引き止めしておくれ。

せっかくおいでになったのに」

「申しわけございません奥様。私、これからお店の仕込みがありますので、ほんのごあいさつだけ。ごめん下さいまし」

しのぶはそれだけを言うと、包みを上がりがまちに置いて、早足で去って行った。

多代は水屋から立つと、目元に微笑をたたえたまま、思いもよらぬ贈り物ににじり寄った。

「大奥様。ナマモノだったら、まずこのハルめが毒味をいたします。ようござんすね」

入れちがいにくぐり戸から顔を覗かせて、女中頭は言った。

「まあ、ハルったら。ひとを疑うものではありませんよ。若いのにご奇特なこと。さあ、何でしょう……何でしょう……何で……」

木箱のフタを開けたとたん、多代はバッと跳びのいた。やおら結城《ゆうき》の前を片膝立てて、懐に手を入れたと思うと双肌を脱いだ。晒《さら》し木綿をきりきりと巻いた胸には、羽衣の彫物が輝いている。

「奥様ッ、こ、これは……」

「おっと、こいつァとんでもねえ小女郎《こめろう》だぜ。さてァ、この羽衣のお多代を嵌《は》めて、とって替わろうてえコンタンか。許せねえ、タタッ殺してやる」

「奥様、お静かに。若い衆に聞こえたら騒ぎになります」

「騒ぎになるもならねえも、売られたケンカは買わずばなるまいよ。ハル、道具を揃えな」

「それじゃ旦那様のお立場が……ここはひとつ、このハルめにお任せ下さいまし。決して悪いようにはいたしません」

多代はフン、と片袖を通すと、小股の切れ上がったキャラコの足袋《たび》のあしうらで木箱を踏んだ。

「任せろって、いったいどうオトシマエをつけるつもりだえ」

老女中は多代の耳元に伸び上がると、何ごとかを囁いた。

「フムフム。そいつァ面白いや。あのクサレ外道の女房を四十年も辛抱してきた甲斐があったてえもんさね。これでとうとう。私《わ》っちも五代目姐《あね》かい。わるかあないねえ」

エレベーターを十六階の特別病棟で降りると、出迎えの幹部がハルを先導した。

「えー、岩松の姐さんのご名代。そそうのねえようにな」

病室の前に立った当番の若者が、「ごくろうさんです」、と腰を割る。老いた細腕には応える重さの箱を、しっかりと袖の中に抱きしめて、ハルは決意を新たにした。

敬愛する女主人を、五代目姐の座に押し上げるのは、今の機会を除いて二度とはあるまい。最大のライバル田之倉五郎松は公判待ちの身である。死にそうで死なないボケ総長が、病室にヘロインを隠し持ってパクられたとなれば、天政連合の跡目は岩松円次で決まったようなものだ。

一代の侠客と謳われた天政会四代目総長・新見源太郎は、頭の洗面器を冠りなおしてハルを迎えた。

「おっ、誰かと思やあ沢村貞子《さわむらさだこ》」

「いいえ、親分。岩松の姐《あね》のつかいでございます」

「おお、こりゃまちがえた。思い出したぞ、お多代の女中頭だな。こっちこい、ズロース脱いでここへ入《へ》えれ」

「いいえ親分。大正の女ははなっからズロースははいておりません。岩松の姐から心づくしのお見舞い、どうぞお受け取り下さいまし」

「おお、ありがとよ。で、中味はきっと、メロンだろうな」

「え？　メロン」

付き添いの若者がハッと気色《けしき》ばんだ。好物のメロンと点滴だけで生きている総長は、他の贈り物をてんで受けつけないのであった。

「あ、そうですよ親分。でも食べごろにはちょいと早いんで、どうぞ一日おいてから召し上がって下さいまし」

若者はホッと胸を撫で下ろした。老女中の目がキラリと光った。

「そうかい。一日おいてからな。そうだそうだ、メロンは食いごろてえのがむつかしい」

「じゃ、お大事になさって。しっかりご養生下さいまし」

病室から出ると、廊下を早足で歩み去りながら、ハルの手は早くも信玄袋の中のテレホンカードをまさぐっていた。

新見総長は重い木箱を膝に抱いたまま、ジッとベッドの上に座っていた。若者が取り上げようとしても、決して手を放そうとはしなかった。

「まだか……」

「親分。タマゴ温めてるんじゃねえんですぜ。そうそう食いごろにゃなりやせん」

「もう、いいか……」

「まだですって。一日おけって、言ってたじゃねえですか」

「ああ食いてえ。メロン、食いてえ」

「だったら、こっちのを出しやすから。さ、寄こしなせえ」

「やだ。これがいい。この重みはおめえ、尋常じゃねえぞ。汁が詰まっている証拠だ。こいつァたぶん、農林大臣賞とか、農協の組合長賞とか、そういうシロモノにちげえねえ。ああ待てねえ、もう待てねえぞ」

総長は包装紙をビリビリと引きちぎると、宝石でも覗くように、ゆっくりと木箱のフタを開いた。と、ひとめ見て、パタリとフタを閉じた。

「あれ、どうかなすったんですか。急に顔にスダレが。ニトロなめた方が良かないですか」

「え、いや、でえじょうぶだ。やっぱし、もう少し待とう」

「そうですかい、そんなに立派なメロンですか、どおれ」

「見るんじゃねえ！」

覗きこもうとする若者の横ッツラを、総長は洗面器で張り倒した。

「見るんじゃねえ……俺のメロンだ。くそっ、岩松のヤロウ……あのヤロウ……」

新見総長は木箱をしっかりと抱いたまま、ベッドに潜りこんだ。毛布の中で、ひそかにくやし涙を拭った。

「おい、ドスはあるか」

「守り刀なら、ロッカーに入れてありやす。ご自慢の重要刀剣、長曾禰虎徹《ながそねこてつ》。近藤勇《こんどういさみ》のセガレが質屋で流しちまったてえいわくのある名刀」

「そうかい。あとで粉でも打とうなあ――俺ァ、ちょいと寝るぜ。おめえらも休め」

新見総長はそう言うと、毛布の中でクワッと目を見開いたまま寝息を立て始めた。


そのころ、クリスマス・イブの大渋滞の中を、西へ東へと右往左往している二台の車があった。

銭形佐七警部の指揮する特別捜査班の覆面パトカーである。

五キログラムの純正ヘロインの所在をめぐって、天政会内部のものと思われる有力なタレコミ情報が飛びかっていた。二転三転する本部の指示に、捜査員たちはすっかりパニクっていた。

「このクソ忙しいのによ。みんな目いっぱいヤマを抱えてんだ。おい、銭形さん、何とか言ってくれよ」

刑事たちのストレスは極限に達していた。ブツを裏口から取り逃がした銭形佐七はグウの音もなかった。

「すまねえ、みんな。面目ねえ……」

タレコミ情報に従って、車は保谷から四谷へ向かい、一転して調布市深大寺《ちようふじんだいじ》の岩松円次邸へとひた走っていた。サイレンなんてクソの役にもたたない大渋滞であった。ようやくの思いで甲州街道調布バイパスに差しかかったころ、再び無線が鳴った。

「えー、只今、女性からの通報。捜査物件は深大寺の岩松円次邸ではなく、お茶の水大学病院十六階に入院中の天政会総長、新見源太郎が所持。至急、急行されたし。了解か」

一瞬、間を置いて、車内の刑事たちは「了解」、と声を揃えた。

誰が命令するでもなく、パトカーは急停止した。

「あれ、どうした。おいみんな、なんでえ、その目は」

「銭形さん。あんた、電車で行ってくれ」

捜査員全員の総意を代表して、一人の刑事が言った。

「え、なぜだ。どうして？」

「どうやらあんたが目のねえクスブリだってえウワサは本当らしい。一緒に動くと、捕まるものも捕まらねえ。さ、降りてくれ」

「だから、さっきからあやまってるじゃねえか。おい、電車で行けはねえだろう。あっ、ナニしやがる、よせっ」

銭形は道路に放り出された。挫《くじ》いた足首をかばおうとして、手首を挫いた。パトカーは荒々しくUターンをすると、走り去ってしまった。

「待ちやがれ、この。まったく何てヤツらだ。よおし、こうなりゃ意地だ。てめえらに先を越されてたまるかい！」

銭形佐七はヨロヨロと亡霊のように立ち上がり、京王線多磨霊園駅《けいおうせんたまれいえんえき》に向かって歩き出した。

消えた総長

救急救命センターの阿部看護婦長は、自殺未遂患者の家族から心づくしのメロンを受け取ったとき、ふと特別病棟のアルツハイマー親分を思い出した。

（あ、これ親分に上げよう……）

顔は怖いが、心根のやさしい女であった。患者の容態はもちろんのこと、趣味嗜好《しこう》についても、いちど目を通した看護記録はことごとく記憶していた。

十六階のナースステーションでは、看護婦たちが忙しく立ち働いていた。人手不足は彼女たちの顔色にも明らかなほど深刻であった。

一六〇二号室に患者の姿はなかった。付き添いの若者たちが三人、ソファに頭を並べて眠りこけている。開いたままのロッカー。脱ぎ捨てられたピンクのパジャマ。

永年のカンで、阿部婦長は異変を察知した。

「起きなさい。……おいっ、起きろ三ン下《さんした》！」

婦長がソファをゆすって怒鳴ると、三人の若者は奇声を上げてはね起きた。

「やっ、こりゃ婦長さん。回診ですかい」

「何やってんの！　ここじゃ看護婦だって三交替制なんだ。あんたら三人で寝ちゃってどうするの」

「いえね、親分がみんなで昼寝しようって。寝ねえと破門だって言うから」

「その親分はどこへ消えたのよ」

一斉にベッドを振り返って、三人はみるみる青ざめた。

「いけねえ、アニキ。ドスもねえ！」

「発作だ。ひとりでどこかにカチコミに行っちまった」

阿部婦長はメロンを放り出して、病室から駆け出した。

婦長は走った。町じゅうに溢れるクリスマス・ソングのメロディーも、彼女の耳には入らなかった。血走った眼には、アルツハイマーの親分の天使のような微笑だけが、ありありと灼きついていた。

街路にも、喫茶店にも、親分の姿はなかった。

地下鉄駅の改札口はクリスマス・イブの人出でごった返していた。

複雑怪奇な路線図の下に自然とできる人垣は東京の風物であるが、とりわけ長い間ジッと立ちすくんだまま、脂汗を浮かべている老人がいた。どんなヤツだって、たいして目立たぬ師走の雑踏であった。しかし、この老人の出《い》で立ちだけは、どうしても人目をひいた。

立派な大島の着流しに筒袖のコートを羽織っている。それは、良い。素足に雪駄《せった》ばきの足元には、ボロボロの包装紙にくるまれたプレゼントらしき箱が置かれている。そして老人のたもとからはチューブが伸び、やせさらばえた左手はしっかりと点滴スタンドを握っているのであった。さらによく見れば、三尺帯に差された日本刀の柄が、コートの胸から覗いている。決定的なことには、ナゼかアルミの洗面器を冠っているのであった。

「親分、さ、帰ろうね。どこへ行こうとしてたの？」

息を荒らげながらも、教本どおりのケアトークで、阿部婦長は患者の手を握った。

「あ、婦長さんか。明けましておめでとう」

「おめでとう、おめでとう。今年も宜しくね。さ、帰りましょ、親分」

新見総長は点滴を打ったままの手の甲で、しきりにしわだらけの瞼をこすった。

「見えねえなあ。婦長さん、赤坂ってどう行きゃいいんだ。タクシーが止まんねえから、地下鉄で行こうと思ったら、何だかアミダクジみてえでわからねえ」

総長が糖尿性の眼底出血でほとんど視力を失っていることを思い出し、阿部婦長は悲しくなった。

「赤坂？　赤坂に何しに行くの、親分。わかった、好きな人に会いに行くんだ」

小さな、ふしぎなくらいに澄んだ目を向けて、総長は呟いた。

「カカァは俺を置いて死んじまった。もうどこにもいねえんだ。ヤボなこと聞くな」

「そう。ゴメンネ、親分」

総長は見えぬものを見ようと、しきりに瞼をこすった。

「田之倉も岩松も、みんなカカァが育てたようなもんだ。ゴロちゃん、エンちゃんって、そりゃてえへんな可愛がりようで、てめえが食わなくたってヤツらにゃきちんと三度の飯食わしてた。だから俺ァ、こんな体になっちまって、何の役にも立たなくなっちまっても、あいつらは許せねえ。カカァはきっと泣いてるから」

「わかった、わかったわ親分。良くなったら一緒に岩松さんを殺しに行こうね」

「やだっ！」、新見総長はその場にしゃがみ込んだ。

「看護婦が助ッ人だとあっちゃ、渡世の笑いものだ。俺ァ行く。岩松の外道《げどう》をブチ殺してやる」

阿部婦長は溜息をついて、駆けつけた若者たちに目を向けた。

「そうだ、じゃ、こうしようよ親分。誰かにかわりに行ってもらって、ブチ殺してもらおう。ね」

総長は子分たちの顔をチラと見上げた。

「ふん。どだい田之倉や岩松の下《しも》に立つヤツらに、タマ上げる度胸なんざあるもんか。役者が足んねえ」

人混みの中にペタリと座りこんだまま、みごとな白髪の坊主頭を膝の間に伏せて、新見総長はジッと考えるふうをした。

「待てよ――そうだ、ケンタだ。俺の代参てのァ、あいつを置いて他にはいねえ。ヤツは森《もり》の石松《いしまつ》とおんなじバカだから、返り討ちになるかも知れねえけど、ま、いいっか」

ピスケンは舞い上がった。

受話器からマリアの声が聞こえたとき、世界中が桃色のファインダーに被われたように感じた。小鳥のさえずりが聴こえ、お花畑に蝶々が飛んだ。

かくかくしかじかなんて理由はどうでも良かった。この際、田之倉若頭の放免祝だってどうでも良かった。てっとり早く礼装に着替えたところだったので、おめかしする手間も省けた。

（お願い、ケンちゃん。すぐ来て）

お願いされなくたってすぐ行くに決まっていた。ピスケンはスキップも軽やかに、大学病院へと向かうのであった。

バクチ打ちの習性として、ちょいと目を持つと見ず知らずの他人に話しかけるクセのあるピスケンは、みちみちしゃべり続けにしゃべってタクシーの運転手を辟易《へきえき》させた。

阿部婦長はピスケンの姿を認めると、青ざめた顔で駆け寄って来た。腕を摑み、ひと気のないトイレに連れ込むと、検尿棚にピスケンの肩を押しつけた。

「お願いよ、ケンちゃん」

「ち、ちょっと待て。いくらなんだって、ここじゃまずいんじゃねえか。第一不衛生だし、院内感染の恐れもあるぞ」

「バカ。誤解しないで」

大便所から出て来た患者が、うろんな目つきで睨んだ。二人は思わず検尿棚から手近なコップを取り、匂いをかいだ。確かに臭い仲ではあった。

「あのね、今さっき警察から連絡があったの。捜査員がそっちに着くまで、親分の病室に誰も出入りさせるなって」

「何かあったのか」

「ありもあり、大ありよ。親分、麻薬持ってる」

「ゲッ、まさか……」

「そのまさかなのよ。若い人たちはブルッて逃げちゃうし、もし親分が捕まったら、三日で死んじゃうわ。だから何とか持ち出して、おねがい」

ピスケンは廊下に駆け出した。

病室では鎮痛剤を打たれた総長が、高鼾《たかいびき》をかいて眠っていた。胸の上に抱かれた四角四面の箱をそっと奪うと、ピスケンは冷静に窓の外の景色を窺った。

外濠《そとぼり》通りはひどい渋滞である。これならそうそうパトカーだって飛んではこれまい。タカをくって廊下に出たとたん、ピスケンは「ヤベェッ」、と呟いて病室に戻った。

確かにそのころ、パトカーは渋滞の中で立ち往生していた。しかし、ヒョンな事情から京王線の通勤急行と中央線の特別快速を乗り継いで先着した、ひとりの捜査員がいたのである。

ナースステーションの前で、阿部婦長と押し問答をしている男は、出で立ちこそ異様だが、険しい目つきは明らかに刑事のそれだ。

「まったく、話のわからねえ婦長だなあ。ホレ、こうして警察手帳だって見せてるじゃねえか」

「そんなものアテになるものですか。この間、王様のアイデアで売ってたわよ。第一、警察官がなんで植木屋の格好をしてなきゃなんないの。挙動不審よ、あんた」

「だから、これには深いワケがあって、ワケを話すにゃ紙が足らねえ」

「ともかく、ここを通すことはできません。あなたが仕事なら私も仕事です。裁判所へ行って捜査令状を持って来なさい」

阿部婦長は制止を振り切って病室に向かおうとする銭形佐七の腕をムンズと摑んだ。

「おっ、てめえ、手ェ出しやがったな。公務執行妨害だぞ」

「ふざけんな植木屋。ここじゃ私が法律よ！」

阿部婦長は思わず手元の血圧計を振りかざした。殴る気はなかったが、よけたつもりの不器用な頭の方が勝手にぶつかってきた。銭形はもんどり打って床に倒れた。ポキリと鈍い骨折音がした。あわてて救け起こすと、銭形は苦痛のあまり白目を剝いた。

「あれ、手首折れちゃった」

「足、足」

「え、足も？　あらやだ。左足根骨《そくこんこつ》骨折、アキレス腱断裂、おまけに大腿二頭筋損傷。ボロボロじゃないの、何してきたのあんた。おおい、ストレッチャー持って来て。救急センターに下ろさなきゃ」

呻き声を上げながら、それでも立ち上がろうとする銭形を、婦長は押さえつけた。

「ダメ、動いちゃ。外傷性ショックで死んじゃうわよ」

「えっ、死ぬ？　わあ、救けてくれ」

「言われなくたって救けてやるわよ。私が誰だか知ってんの。さ、目をつぶって」

阿部婦長はそう言いながら、後ろ手でピスケンをまねいた。

パンドラの箱

放免祝の会場は、伝説のヒットマン・阪口健太を迎えて、沸きに沸いた。

それは当人にとっても、全く思いがけない事態であった。エレベーターのドアが開き、バンケットルームに歩み込んだとたん、誰かが「ピスケンだ！」と叫んだのである。一瞬、会場は水を打ったように静まり、周囲の人混みが丸く開かれたと思うと、どっと輪が縮まった。

古い親分衆は我先に握手を求め、同年輩の幹部たちは名刺を握って殺到し、若い者はサインペンと手帳をワイワイと差し出した。フラッシュが炸裂し、マイクが何本も向けられた。

福島克也が人垣を押し分けてたどりついた。

「こりゃアニキ。来て下さったんですね。ごくろうさんです」

天政連合会内では今や飛ぶ鳥も落とす勢いの福島克也が頭を下げるのを見て、場内の興奮はイヤが上にも高まった。

「おお克也か。全く教育が行き届いちまって、こっぱずかしいったらありゃしねえ。人間、有名になるもんじゃねえなあ」

なるたけ伝説のような顔をしようと、ピスケンはコートの襟を立て、三白眼を細めてニタリと笑った。あちこちで感嘆の声が上がった。

「シ、シブイ！」

「克也か、だって。克兄ィを呼び捨てにしたぞ！」

「すげえ。すげえ貫禄だ」

ピスケンは手刀で道を切りながら、ゆっくりと歩いた。物腰には悠揚《ゆうよう》迫らざるものがあったが、本人はけっこうアガっていた。

コインロッカーを探しあぐね、結局ホテルのクロークに預けるのもためらってしまったヘロイン五キロは、いまだ後生大事に抱えられていた。握手をするにもサインをするにも不都合であった。

「ええと、困ったな。おい克也、これ預かってくれや」

「あ、こりゃごていねいに、ビンゴの景品まで持って来て下さって。へい、確かに」

福島の言葉は、歓声とブーイングにかき消された。

「まったくすげえ人気だ。せっかくの景品がボロボロになっちまった。おい、ボーイに言って包み直させろ。ちゃんとリボンもかけてな」

福島は木箱を進行係の若者に渡した。

「おっと、ずいぶん重てえものですね、アニキ」

「あたりめえだ。まあ、三千万ってとこかな」

興奮する群衆に目を細めながら、福島は言った。過去の恩讐《おんしゅう》を捨て、ピスケンが田之倉への義理を果たしてくれたことが、福島には何よりも嬉しかった。

「ええっ、三千万。現ナマですかい」

「声がでけえ。いいか、健兄ィってえお人はな、そんじょそこいらにいる渡世人たァ格がちがうんだ。おめえらの秤にかかるようなお方じゃねえ」

すっかり感心した若者は、三千万円の重みを確かめるように、木箱をカタカタと振った。

それはまさしく伝説の重みであった。

優等生の常として、福島克也は判断力に優れてはいたが、発想の柔軟性に欠けていた。

しかもそのカリスマ性によって、誤てる決議をも異論なく採択させてしまうあたり、優等生の学級委員長とどこか似ていた。

「そうですかい、それじゃもちろん、ビンゴの一等賞はこれで決まりですね」

「あったりめえだ。世の中、なんたって現ナマだからな」

「じゃ、予定通りこれが田之倉のオジキに当たるようにする、と」

「そうだ。カシラのビンゴカードのコピー、とってあるよな」

「へい。ぬかりなく。あとはカードの数字をそのまんま読めばいい、と」

「ストレートってのもワザとらしいから、二つ三つちがう数も入れるようにな……」

福島はフルバンドが演奏を始めたステージに目を向けた。そこには緋色のモウセンをかけた雛壇《ひなだん》が据えられ、すでにたくさんの景品が並んでいる。トラの皮の敷物、水牛のツノ、極楽鳥の剝製、新作の鎧甲《よろいかぶと》、五十インチテレビに電話ボックスのような冷蔵庫。

若頭代行・福島克也の命令一下、天政会傘下の親分衆が持ち寄った品々であった。それらは考えれば考えるほど、甲乙つけがたい下品さであったので、福島と進行役の幹事たちはどれを一等賞にするべきか苦悩していた矢先であった。

やがて、新しいラッピングを施され、花輪まで添えられた一等賞の箱が雛壇に据えられた。

岩松円次の本妻多代と愛妾しのぶは、会場へ向かうエレベーターの中で偶然ハチ合わせをした。

多代はまるで百人一首から抜け出したような、ハデな色留袖《いろとめそで》の前を翔《はばた》かせてたまげた。しのぶはブルーフォックスのコートを総毛立て、体じゅうの貴金属をジャランと鳴らしてのけぞった。

「アラ奥様、さきほどは。今日はずいぶんおじみなお召し物ですこと」

「これはしのぶさん。いつも控えめなお洋服ね」

エレベーターの中は、のっぴきならぬ沈黙に満ちた。乗り合わせた人々の額には、玉の汗が浮かんでいた。

バンケットホールの前でエレベーターのドアが開くと、二人は同時に「どうぞお先に」と言った。たがいを見据える目ばかりが、あかあかと燃えていた。ゆずり合った末、二人の姐御は、「ではお先に」と同時に言い、ドアを揺るがせ、肩をぶつけ合いながらホールに立った。

金襴緞子《きんらんどんす》とスパンコールがシャンデリアの明かりをはじき返して、会場をまばゆく染めた。まるでケバケバしい後光をしょった一群の阿弥陀如来《あみだにょらい》が、山を越えて現われ出たようであった。人々は歓声を上げ、さかんに有難がった。この業界ではハデこそ美徳なのであった。

そのころ、一階のエレベーターの前で、もう一組のハチ合わせがあった。今晩の主賓《しゅひん》、田之倉五郎松と、その兄弟分、岩松円次である。

二人の敵対感情はすでに半世紀に及ぼうとしていた。朝日・読売の遺恨にはかなわないが、米・ソの緊張関係より長い歴史を持っていた。

「おお、兄弟。ご苦労だったな」

と、岩松円次は紫色の紋付袴《もんつきはかま》の胸を反り返らせて言った。

「おお、兄弟。世話をかけたな」

と、田之倉五郎松は純白の紋付袴の胸をもっと反り返らせて答えた。

エレベーターの中は、また不穏な沈黙に包まれた。バンケットホールまでの道のりはひどく長く感じられ、ドアの外では核戦争が始まっているのかも知れないという妄想が搭乗者たちの脳裏によぎるのであった。

しかし、ドアの外に茫々たる廃墟はなかった。幻想を打ち破って、拍手とファンファーレが彼らを迎えた。

田之倉と岩松は競って先に立とうとするものだから、自然と駆け足になった。ホールの中ほどで岩松が後れをとったのは、なにも田之倉に先を譲ったからではない。群衆の中でバチバチと火花を散らす、本妻と妾筆頭に気付いたからである。

「やべえ。何てこった……」

福島克也が岩松に駆け寄った。

「すまねえオヤジ。忙しくって、ついうっかり姐さんたちの調整を忘れちまってた」

「バカヤロウ、うっかりで済む問題か。ああどうしよう最悪だ」

いわゆる「姐さん調整」は、若い時分から福島克也の任務であった。彼は持ち前の計画性と如才なさとで、岩松親分をめぐる女たちの交通整理をかれこれ二十年も続けているのであった。

「兄弟。おめえもなにかと忙しいなあ。それにしても、いまだにオヤジのケツ拭きたァ、克也も気の毒だ」

壇上に用意された席につきながら、田之倉はそう言って岩松に笑いかけた。

「フン、余計なお世話だ。克也の使いみちはオヤジの俺が一番知ってらあ」

田之倉が返す言葉を失ったのは、それが一面の真実だからである。岩松円次という人間の恐ろしさは、いわば才能を手玉にとる無能さであった。

しかし、その岩松円次の遠からぬ先の運命を想像すると、田之倉の口元からは再びこらえようのない笑みがこぼれた。

同時に会場の人混みの中で、しのぶは多代の横顔を盗み見ながら笑っていた。そして多代は新見総長の顔を思い出して、ひそかにほくそ笑んでいた。

このクリスマス・イブを境にして、世界が自分の手の中に入るのだと、誰もが信じていたのである。

そのころ——新宿《しんじゅく》副都心のペーブメントを爆走する一台の車椅子があった。

片手に点滴を提げ、片手に手錠を握ったミイラ状の患者が叫んだ。

「急げ、間に合わねえぞ。あっ痛え！」

車椅子を押してひた走る看護婦が言った。

「大丈夫よっ、ほら、しっかりボトル握って」

「てっ、痛え。ホネに響く」

「もうそれ以上は折れないわ。ホネが折れるのはこっちよ」

「すまねえ、世話をかける。どいた、どいた、アッ痛えっ、メリー・クリスマス！」

「それより、約束は守ってよ。病人とケンちゃんは関係ないんだからね」

「おお、わかっていらあ。狙いは田之倉の首ひとつでえ！」

「さ、行くわよ。どいてっ、どけどけっ、メリー・クリスマス！」

高層ビルの窓に描き出されたクリスマス・ツリーの光紋様を目ざして、車椅子は走った。

とおりいっぺんの演説が終わると、バンケットルームは和やかな交歓の場になった。立食テーブルを囲んで、人々はさかんに飲み、かつ食った。

ころあいを見計らって、進行係の幹部が舞台の袖で言った。

「えー、ではこの辺で、ひとつ堅苦しいお話は抜きにしまして、クリスマス・イブにふさわしいゲームをやりましょう。皆様、どうぞお手元のカードをごらん下さいませ」

人々の目は壇上の景品の山に注がれた。

「わあ、すげえ。虎の皮」

「あの鎧、欲しいなあ」

「一等賞はあの小せえ箱か。何だろう」

「決まってるじゃねえか。現ナマだよ」

もともと物欲の強い集団であった。どこからどう流れたものか、一等賞は現金三千万だという噂が、実《まこと》しやかに伝わっていた。

「カードの数字が、タテ・ヨコ・ナナメ、どれでも五つ並びましたら、大声でビンゴ！と言って下さい。四つ並んだら、リーチ！　と言って下さい。では、始めます。運命の数字は二代目金丸組若頭、福島克也さんに読み上げていただきます」

福島は一礼して正面に立った。無数のボールが小さな球形の籠《かご》に入っている。若者が把手をくるくる回すと、白いボールが一個、ポロリと吐き出された。

「25番！」

オオッと声が上がった。福島はボールの数字を読むふりをして、カンニングペーパーを読み上げている。

「いいですね、カシラ。ありましたか」

福島が振り返って念を押すと、田之倉は「おう、あるある」と言ってカードにチェックを入れた。

「では、続けます」

二個目のボールが落ちた。数字は6番であったが、福島は大声で「16番」と言った。

「おっ、あるぞ。またある」

「ほんとかよ兄弟」

岩松はうらめしげに、田之倉のカードを覗き込んだ。

「つぎ、22番！」

溜息と歓声があちこちで起こった。

「やっ、またある。へへっ、イーシャンテン」

「なんだよ兄弟。イカサマじゃねえのか」

「おい。てめえの目がねえからって、メッタな口は利くなよ。かりそめにもバクチ打ちじゃねえか」

（まあ、いいか）と岩松は思った。克也のやりそうなことだ。あいつは人にお愛想を言うのはヘタだが、花を持たせるのはうまい。

「つぎ、3番です」

言いながら福島克也は、横目で田之倉を見た。

「あれ、今度はねえなあ。おかしいなあ」

「おかしいもんか。フェイントかけてるんだよ兄弟。ストレートじゃワザとらしいだろう」

「あ、そうか。なかなか手が混んでいやがるな。でも、フェイントかけて、もしも誰かが先に揃っちまったら、どうするんだ？　三千万はどこへ行っちゃうの」

岩松の顔色がスッと変わった。

「えっ！　さ、さんぜんまん。なんだよそれ、どういうこった？」

「なんだって、三千万さ。なあ岩松の、おめえは本当にいい子分を持ったよなあ。ケンタのヤロウが、俺に祝儀だって持って来たんだそうだ。それを克也が上手に花を持たせてくれるとよ。まったくおめえは果報者よなあ。クックックッ」

「く、くそっ、あのバカども」

岩松はたまらず立ち上がって、福島に歩み寄った。

「克也、おめえ何考えていやがる。いくら放免祝だって、三千万も投げるバカがいるか。そういうものはだな、いったん世話人の俺に寄こしてから……」

「オヤジさん」、と福島は眉をひそめた。

「もともと健兄ィからの祝儀ですぜ。オヤジさんがカスったんじゃ筋が通らねえ」

「いや、通る。通るぞ克也。子供のカネは親のカネ。考えてもみろ、どこの家だってお年玉は貯金するとか言って、親がパクっちまうもんだ。そんなの常識だ」

「そうですかい。うちはちがいますぜ。うちのさやかは、ちゃんと証券会社に行って中期国債ファンドを買っておりやす。親に似て金銭感覚はバツグンですから。さ、ゲスなことは言わずに、席にお戻りになって」

岩松は苦虫を嚙みつぶしながら席に戻った。福島克也のカリスマ的説得力には、いつも対抗できないのであった。ゲームは再開された。

「つぎ、2番」

田之倉の口元から笑いが消えた。

「おいおい。またフェイントだぜ。大丈夫かよ」

岩松は少し考え、プッと噴き出した。

「克也のヤロウ、利口なようでそそっかしいからな。フェイントで誰かが揃っちまうって最悪のケースに気付いてねえんだ、ククッ、ざまあみろ」

田之倉は聞こえよがしに、エヘンと咳払いをした。福島は気がつかない。

「さて、さて。そろそろリーチがかかっても良いころです。ではいきます、19番！」

進行係の若者が、ビクリとして福島を睨んだ。

「アニキ……そりゃねえよ。ヤバいぜ……」

福島がようやくハッと気付いたときは遅かった。会場の片隅から、「リーチ」という低い声が上がったのである。

「いっけねえ、アニキ。どうしよう」

「しまった。サイテーだ。俺としたことが……ついつい三回続けてマジに読み上げちまった。三千万が、どこかへ行っちまう……」

「こうなりゃアニキ、帰り道の柳の下で待ち伏せるしかねえ」

「バカ、昔の賭場じゃねえんだ。ああ、まいった。健兄ィに殺される」

「アレ、いや待てよ。今のリーチ、その健兄ィですぜ」

「ハ？」、と会場に目を細めて、福島は溜息をついた。

「いよいよ話がわからなくなってきた。いってえどうすりゃいいんだ」

田之倉若頭の目は点になっていた。

「……話がちがうじゃねえか、おい兄弟」

岩松は笑いをこらえながら、ハンカチで涙を拭った。

「そんなの知るか。クックッ、克也のバカ。ナニが金銭感覚が親譲りだ。まったくそそっかしい野郎だぜ、フェイントが嵌《は》まっちまったでやんの」

「ン？」、田之倉は長髪を耳のうしろにかき上げて、複雑な表情になった。

「こいつァ愕いた。今のリーチ、ケンタだぞ。まったく昔からバクチに強えヤツだ。ああ、何だかイヤな予感がするぜ。イカサマやってもあいつにゃかなわねえような気がする」

「ヒヤッ、ヒヤッ、克也もバカだが、ケンタもバカだ。てめえで持って来た祝儀をてめえで持って帰ろうってか。ハハッ、世話ねえや……だが……信じられねえ。なんてヤツだ」

二人は押し黙った。ジッと気弱そうにカードを見つめたまま、田之倉は呟いた。

「兄弟――やっぱ、よその子分をうらやんじゃならねえな。克也もケンタも、ありゃフツウじゃやねえ」

「わかってくれるか兄弟。俺の身にもなってくれ。教祖みてえなのと、超能力者みてえなのだぜ。どっちも科学じゃ解明できねえ性格なんだ。ああ、俺ァこの二十年、いっときも気の休まることはなかった。不幸なヤクザだ」

福島克也はゴクリと生唾を呑んで、数字を読み上げた。

「14番……」

「よしっ、リーチ、リーチだぞ！」

田之倉が両手を挙げた。どよめきの中で、福島と進行係はホッと一息ついた。

「いきます。さあ、二名の方からリーチがかかっています」

福島はしきりにピスケンに向かって目配せを送った。しかし大勢のフリークたちに囲まれたピスケンは、事情なんて全然おかまいなしに、キャッキャッと小躍りしているのであった。

「えーと、お一方は阪口のアニキ。もうお一方は、ややっ、なんと田之倉若頭じゃございませんか！」

マイクの音量をわざと上げて、福島は言った。ピスケンは一瞬、小躍りする足を止めた。

福島の意味深な視線に気付き、口を尖らせた。

「そんなこと言ったたってよ。リーチはリーチだもんな。勝負には親も子もねえもんな。そうだよな、みんな」

そうだそうだと、すっかり酔っ払った取り巻きが肯いた。

「クソ。なんてヤロウだ。おい兄弟、おめえいってえ、どういうシツケしたんだ」

「シツケも何もあるもんかい。シツケて変わるような地味な性格じゃねえんだ。十三年の懲役でなおひどくなりやがった。よし、こうなりゃ兄弟、おめえを応援するぜ。そのかわり、一割よこせよな。ガンバレ、ケンタなんぞに負けるな」

「よおし、こうなりゃ本気出すぞ」

田之倉は本気を出して、カードの右角に残された20番の数字に力いっぱい念をこめるのであった。

「こいこい、20番。とんがれっ！」

べつに気合を入れなくても良いのであった。20番の数字は、カードのコピーにしたがって、次に福島が読み上げることになっていた。奇跡の「同着」はあっても、ピスケンが先着する可能性はあり得ないという、ごく当たり前のことを、田之倉も福島も気が付かなかったのである。ひとり岩松だけが「バカが、一割もらいだ」と呟いた。

「い、いきます――20番！」

「ビンゴ！」

「ビンゴォ！」

奇跡の同着であった。耳にはピスケンの「ビンゴ」の方が、わずかに早く感じられたが、その声を打ち消すように田之倉は「ビンゴ、ビンゴ！」と十回も叫び続けた。叫びながら雛壇に走り寄ると、一等の木箱をしっかりと抱きかかえた。

「きたねえっ、オジキ、きたねえぞ！」

ピスケンは叫んだ。

「きたなかねえ。俺の声の方が〇・一秒早かった。な、克也、そうだよな」

田之倉五郎松は純白の紋付の胸に、気のせいかなつかしい温もりの残る木箱をヒシと抱きしめながら、福島を睨みつけた。福島はすかさず宣言した。

「えー、それにしても偶然とは怖ろしいもので、一等賞はめでたく田之倉カシラと決定いたしました。カシラもいろいろとご苦労の多いお立ち場ではありますが、この一事をもってもわかりますとおり、運気は上々、前途は洋々であります。皆様、盛大な拍手をもってお祝い下さい」

万雷の拍手に応えて、一等の景品を頭上にかざす田之倉を見やって、福島克也は満面の汗を拭った。

さまざまの紆余曲折《うよきよくせつ》はあったが、こうして無事、田之倉若頭の放免祝は終わった。

バンドの奏でるクリスマス・ソングのメドレーに送られて、田之倉と岩松は会場を後にした。

「やったな、兄弟。さ、約束だぜ。三百万」

エレベーターを待ちながら、岩松は掌を差し出した。

「約束？　なんのこった」

「あ。このやろう、とぼけやがって。しっかり応援してやったじゃねえか。一割よこせ」

「知らねえな。妙な言いがかりはやめてくれ。税務署の回し者か、おめえ」

田之倉は冷酷な目で岩松を見下した。二人は睨み合いながらエレベーターに乗り込んだ。

福島克也が実直な顔を銀行員のようにほころばせて乗って来た。

「おおい克也。さっき預けた荷物、返してくれよ」

後を追うように、ピスケンが乗って来た。

「アニキ、冗談はやめてくれ。おじさんもこうして喜んでいなさる」

「いや、おじさんのどうのじゃなくって、ほら、さっき預けた物」

何となく不可解な空気が、どんより四人を包んだ。

「待って、パパ！」

まばゆい輝きを放ちながら、多代としのぶが乗って来た。

「お待ちよ、あんた！」

すげえ顔ぶれであった。定員にはまだ余裕があったが、このメンバーにまじって乗り込む勇気のある者など、他にいるわけはなかった。ドアが閉まると、空気はいっそう不可解なものになった。六人しか乗っていないというのに、ふしぎな猥雑感《わいざつかん》があった。

欲望の重みに引きずり込まれるように、エレベーターは一気に地下駐車場へと落ちて行った。

地下の薄闇の中で扉が開かれると、田之倉は胸にしっかりと木箱を抱えたまま駆け出した。少し行ってから白い羽織をひるがえして振り返り、エレベーターの中で、呆然と見送る五人の男女に向かって、かつて一度もそうしたことのないような、快哉《かいさい》の笑い声を上げた。

「ハッハッハッ、俺はよ、まだまだおめえらにやりくられるほど落ちちゃいねえんだ。ざまあみやがれ」

田之倉の言葉は、ひとりひとりの耳に全くちがった衝撃を与えた。

「あばよ、ごちそうさん」、と田之倉は手を上げ、赤いポルシェの助手席に乗り込んだ。

その時である。闇の中でおびただしい数のヘッドライトが灯《とも》り、車の行く手を取り囲んだ。

　ピスケンはとっさにエレベーターのボタンを叩き、扉を閉めた。

「どうしたんだケンタ。そのツラは」

　岩松円次はぼんやりとピスケンを見た。福島も多代もしのぶも、ピスケンの真っ青な顔を見つめた。

　ドアに背をもたせて目を閉じ、ピスケンはうわごとのように呟いた。

「わからねえ。良くわからねえが、どうやら……オヤジさん、姐さんがた、克也。あんたらの時代が、来たみてえだ」

　エレベーターは謎めいた啓示とともに、再び天の暗闇へと昇って行った——。

　赤いポルシェは光の中に取り残された。深いしじまに風が鳴った。

「田之倉五郎松。そこまでだ」

　パトカーのヘッドライトを背にして、一台の車椅子が近づいて来た。

「ふん。何だってえんだ。税金ならちゃんと払うぜ」

　田之倉は悠然とシートに身をゆだね、袴の上で木箱を叩いた。

「そこまでだ、と？　犬コロどもが笑わせるねえ。さて、どんな難クセつけやがるのか、お手並拝見てえところだ」

後ろの座席に手を伸ばして、田之倉はもうひとつの木箱からウイスキーを一瓶とり出した。ゆっくりと狭められてくる捕方《とりかた》の輪を睨み渡し、カリッと栓を抜いた。咽を鳴らして、純白の羽織に滴るのもかまわず、飲み足らぬ酒を流し込んだ。

「運気は上々、前途は洋々だぜ――」

田之倉若頭はたちまち胸を灼く酔いの中で、あの華やかなクリスマス・ソングと目くるめく喝采を、もういちど聴いたように思った。

カイゼル髭《ひげ》の鬼

一枚のハガキ

全員が申し合わせたように、午前六時の時報とともに目を覚ますからだ。

砦《アジト》の朝は早い。

ピスケンこと阪口健太はタオルと洗面器を抱え、「おいっち、にィ」と声を上げながらバスルームに向かう。

ヒデさんこと広橋秀彦は、ラウンジで熱いコーヒーを入れ、衛星第一放送の国際ニュースに見入る。

軍曹こと大河原勲は、屋上に駆け上がってたったひとりの点呼をし、体力向上運動に汗を流す。

七時になると全員が厨房に集まり、冷蔵庫からてんでに食料を持ち出して、朝食の仕度にかかるのである。

自分の食べる物を、食べる分だけ作るというのが、彼らの間の暗黙の合意であった。

いちど向井権左ェ門・元刑事が、腕によりをかけてこさえた料理をいっしょ盛りにして出したところ、食卓はたちまちパニクった。出自《しゅつじ》・環境にかかわらず、団塊の世代は食い意地が張っているのであった。食いざかりに食い物がなく、しかもおしなべて兄弟姉妹が多く、一学年十クラスはザラであった。家庭の食卓は行司のいない土俵、学校の給食はレフリーなきバトルロイヤルであった。

このようにして幼時から培《つちか》われた弱肉強食の思想は、当然、社会の生存競争では物を言った。しかしいったん食卓でその三ツ子のタマシイが発揮されてしまうと、飽食の時代にあってはただイヤしいだけであった。

食い物の恨みは怖ろしいので、死人の出ぬうちに彼らはめいめいの食事を勝手に作るようになったのである。

団塊は叡智《えいち》であった。彼らは心の中で「狼は生きろ、ブタは死ね」なんて呟きながらも、社会秩序を維持するだけの平衡感覚をちゃんと持っているのであった。

だだっ広い厨房のあちこちで、彼らは全く他人のメニューに干渉することなく、セッセと食事を作る。――「お勝手」とは、元来こういうものにちがいない。

三人揃って胃腸は丈夫である。大食漢の部類に属するが、同年輩の男たちが気にかける肥満はその予兆すらない。

軍曹は肉体で、広橋は頭脳で、余剰カロリーを消費する。ピスケンは体も頭もたいして使わないが、生まれつき食ったものが丸ごとクソになる体質であった。――「便利」とは、元来こうした体質を言う。

　長年の習慣どおりに、お行儀は良い。全員が食卓についてから、一斉に「いただきます」と言い、三十分かけて作ったメシをおよそ一分三十秒内外で平らげる。「ごちそうさま」の後で、グタグタする習慣もない。

　彼らの頭の中には、作業開始の刻限と、国旗掲揚の儀式と、通勤快速の時刻表がいまだに住みついているのである。

　しかし――そそくさと食事の後片づけを終えてラウンジに戻った彼らを迎えるのは、空白の時間である。

　そこで初めて、工場に向かう必要も、国旗に正対して敬礼をする必要も、駅の階段を駆け昇る必要もないのだと知り、突然と芯の折れたようにグタグタとするのであった。

　マジメな男たちがいったん身につけた習慣というものは、怖ろしい。


「おい軍曹。手紙きてたよ」

　英字新聞を読みながら、広橋が一葉のハガキを軍曹に差し向けた。

「なんでえ、手紙だと？　おい、軍曹、誰からでえ。もしやおめえがいつも寝言で言う、アケミってえ女からじゃねえのか――おいおい、とぼけんじゃねえよ。キャバレー・トロピカルのアケミちゃんだよ」

ピスケンはツマようじをくわえて下品に笑いながら、先っぽの欠けた小指を立てる。

「だまれ町人。朝っぱらからくだらんことを言うな」

「ケッ、てやんでい。毎晩、アケミ、アケミィってよお、ヘッヘッ、ちゃあんと聴こえてますぜ、おさむれえさん」
ム、と軍曹は、青々と剃り跡の残る二つに割れた顎の先を振り向けた。
「そ、それは……今さら詮ないことだ。手紙など来るわけはない。からかうのはやめてくれ」

軍曹はそう言うと、葉書に目を落とした。見開かれた瞳が、ふいに力を失った。ピスケンはからかう言葉を呑み込んで、顔を寄せた。

「あれ、なんだよおめえ。急に神妙な顔しやがって。ほんとにアケミからだったのか」

「いや、ちがう」

と、軍曹は葉書をピスケンに手渡した。

「なんでえ、こりゃあ」

そこには二十四ドットの不細工なワープロで、こう書かれてあった。

領置品返却のお知らせ

大河原　勲　殿

公判証拠物件として領置しておりました私物品を返却いたしますので、左記の要領によりお受け取り下さい。期限内に受領されぬ場合は所有権放棄とみなし、当方で処分いたします。

記

領置物件　下着一点（星条旗柄ボクサーパンツＬＬサイズ　使用済）

保管期限　平成三年十二月二十六日

返却場所　東京都新宿区市谷本村町《いちがやほんむらちょう》一　自衛隊市ヶ谷駐屯地内第一〇一警務隊

午後五時

尚、当日は本人確認のできる証明書、及び印鑑を必ずご持参下さい。

陸上自衛隊一〇一警務隊長

一等陸尉　甘勝《あまかつ》　三郎《さぶろう》　印

「まったくよ、お役所仕事ってのァ、くだらねえなあ。パンツ取りにこいってか」

ピスケンの投げ返した葉書を、軍曹は二つに折って胸のポケットに収《しま》い、大儀そうにボキリと首を回して立ち上がった。

その動作が、肉体の不穏なサインであることを、広橋は知っている。

「あれ軍曹。どうするの、まさか取りに行くんじゃないだろうね。やめとけよ、おいケンちゃん、とめよう」

「軍曹、はやまるんじゃねえ。自衛隊にゃまだ先があるんだ。戦争だってしたことねえんだぞ。勘弁してやれ」

広橋とピスケンは、とっさに左右から軍曹の腰にすがりついた。

「はなせ、キサマらには関係ない」

「いや、関係あるぞ、おおありだ。てめえが動くと事件になる」

「そうだ。どうしても返して欲しいのなら、委任状を書きたまえ。ボクが行く」

軍曹は二人をズルズルと引きずったまま歩き出した。

「バディに迷惑をかけるわけにはいかぬ。はなせ」

「そうじゃないって、軍曹。その迷惑をかけないっていうのが、ボクらにとっちゃ一番の迷惑なんだ」

「そうだ。悪いこたァ言わねえから、ヒデに行ってもらえ。な、軍曹」

「うるさい。それほど心配ならば、勝手についてくればよいではないか」

二人はハッと手を放した。

「ついて行くか？　ケンちゃん」

床に座ったまま、広橋はピスケンに訊ねた。

「えっ！　やだやだ、とんでもねえ。まっぴらごめんだぜ」

「ボクもいやだ。ゼッタイいやだ」

ほれ見たことか、というふうに軍曹は二人を見下ろした。

「安心せい。決して手荒なマネはせぬ。あのパンツはな……あのパンツは……俺にとってかけがえのない、思い出のパンツなのだ」


小春日和の、うららかな朝であった。

濠《ほり》ばたの道を大股で歩きながら、軍曹は時おり、抜けるような青空に向かって顔をしかめた。

幸福な者の上にも、悩める者の上にも、この太陽が等しく輝いていることが、今日ばかりはうとましく感じられるのであった。

いろいろと思いあぐねた末、ずっと着る機会のなかった私物の迷彩服を着、防寒用の作業外被《がいひ》を羽織った。帽子は桜の徽章《きしょう》こそついていないが、アメ横で見つけた官品そっくりの物だ。サイズが足らないので、もちろん後頭部を切り開いてゴムを当ててある。

西新宿の作業服屋であつらえた「安全靴」は、官品の半長靴《はんちょうか》よりずっと上等で、頑丈な感じがした。自衛隊の内務作法どおりにアイロンで革の表面をつぶし、キウイのワックスで鏡のように磨きあげてある。どこから見ても自衛官そのものであった。

軍曹は朝日を背負って路上を行進する自分の影を見る。

このいでたちは、あらぬ誤解を招くかも知れぬ、と思った。威嚇《いかく》とか、デモンストレーションとか、あるいはイヤガラセとか。

しかし我らの軍曹に、決して他意はないのである。彼の精神は常に青天白日、一点のかげりすらない。要するに、領置品受領という公務にふさわしい服装はこれしかない、と信じた結果であった。

真摯《しんし》な精神に対する誤解など怖れてはならぬ、と軍曹は思った。

客観的問題は、たったひとりの反乱を起こし、懲戒免職となって、一年を経た今でも、彼が彼自身の存在を公《おおやけ》のものだと信じている点にある。存在が公器なのだから、行為はすべて公務なのである。

ものすげえ思い込みだが、当の本人には郷土の英雄西郷南洲《さいごうなんしゅう》先生を尊敬するあまり、生まれついて「私」という概念がないのだから仕方がない。

で、文書通達にもとづく本日の行為は公務であり、公務なのだから私服を着ずに制服を着る、というのは至極当然の論理的帰結なのであった。

三宅《みやけ》坂を登り切ったあたりで軍曹はふいに立ち止まり、半長靴のかかとをカツンと鳴らして九十度の右向け右をすると、長く、大きな屁をたれた。

それは路上を走る車までが、思わず急ブレーキを踏むほどの音であった。運悪く通りすがったマラソンランナーの呼吸を詰まらせてしまうほどの臭いであった。

しかし、我らの軍曹に他意はない。ちゃんと皇居に正対し、最高裁判所に向けて放った、礼儀正しい一発であった。

「すまぬ。出物ハレ物ところ嫌わず。偶然の出来事である。許せ」

軍曹はそう言って、モロに直撃を浴びて路上にへたりこんだマラソンランナーを助け起こすのであった。

軍曹は征《ゆ》く。ピッタリ七十五センチの歩幅で一分間に百二十歩、両腕は前方へ四十五度、後方へ十五度きっかりに打ち振りながら歩く。耳の奥には陸上自衛隊制式行進曲「抜刀隊」の勇壮な旋律が鳴り響いていた。

軍曹が市ヶ谷駐屯地の表門に姿を現わしたとき、警衛隊は大混乱に陥った。たまたま軍曹の原隊・第三十二普通科連隊重迫撃砲中隊が上番中《じょうばんちゅう》だったのである。

事件の経緯ばかりではなく、大河原一曹の抜群の戦技能力と突出した性情を知りつくしている彼らは、警衛司令の幹部将校から歩哨《ほしょう》の一兵卒に至るまで、ワーワーキャーキャーと怖れおののいた。

「や、こ、これは大河原一曹。ほ、本日はまたなにか？」

隊員たちから押し出されるようにして出てきた若い警衛司令は、意を決して訊ねた。元の階級で呼ばれた軍曹は会心の笑みを浮かべた。急に笑うとたいそうコワい顔であった。警衛隊は一斉に後ずさった。歩哨は思わず六四式小銃を腰だめに構え、警衛司令は拳銃のホルダーに手を伸ばし、分哨内の控《ひかえ》歩哨は緊急連絡用の受話器を取った。

軍曹は警衛司令に向かって敬礼をすると、来意を述べた。

「重迫撃砲中隊大河原一曹。第一〇一警務隊より領置品返却の連絡を受け、受領のため参りました」

提示された葉書を見つめて、若い警衛司令はゴクリと咽《のど》を鳴らした。周囲の緊張を解きほぐすように、軍曹は目を細めた。

「タカハシ候補生ドノ……」

「ハ、ハイ。何でしょう」

「もとい。高橋《たかはし》三尉ドノ。いやあ、見ちがえました。三尉に任官されて、すっかりご立派になられた。まさに青年将校の風格です」

「ハイ。これもすべて大河原一曹の営内教育のタマモノで……」

軍曹はフフッと笑い、若い将校の耳元で囁いた。

「シュウトのムコイビリのタマモノ、ですかな」

「いえ、決してそのようなことは……」

「ま、過ぎたことであります。古参下士官の候補生イビリは我が軍のうるわしき伝統。悪く思われるな」

軍曹は机の上の来客簿に署名をし、約四名分の枠を占領する巨大な拇印をベタリと捺《お》すと、表門を後にした。

ゆっくりと、のどかな光の降り注ぐ坂道を軍曹は登って行った。しばらく行くと坂道はヘアピン状にカーブし、さらに勾配を強めて市谷台上へと向かう。

ふと、表門で栄誉礼のラッパが鳴り響いた。将官の送迎車が到着したのであろう。

「捧《ささ》げェ銃《つつ》ッ！」

「立アてエ、銃ッ！」

小気味良い号令と、小銃の床尾《しょうび》が一斉に地面を叩く音が聞こえた。エンジン音が背後から近づいてきた。

軍曹はいったん立ち止まって振り返ったが、ヘアピンを曲がって現われた黒塗りの車のフロントに、東部方面総監座乗を示す赤地に三ッ星のしるしを認めると、フンと鼻を鳴らして歩き出した。その様子をとがめるように、クラクションが鳴った。

クラクションを鳴らすよう命令したのは、助手席に陪乗する副官である。

「どうした、副官」

と、東部方面総監、つまり昔でいう陸軍大将軍司令官閣下は訊ねた。

「どこの部隊の者でしょうか、こちらを睨みつけて欠礼しました」

「ナニ。けしからん、所属部隊と階級氏名を聞きたまえ」

車は軍曹に並びかけた。副官は窓を開け、きつい口調で問い質した。

「タレか！　所属階級氏名を名乗れ」

軍曹は知らん顔で歩く。

「おいキサマ。方面総監旗が目に入らんのか！」

「そんなもの、デカくて目に入るものか」

そう言って軍曹はクワッと振り向いた。方面総監旗どころか、車ごと入っちまいそうな目であった。副官と方面総監は叫び声を上げた。

「うわっ、出たっ。おのれは三十二連隊のバケモノ！」

「て、抵抗するなっ、撃つぞ！」

軍曹は歩きながら、いまいましそうに首を鳴らした。方面総監を窓ごしに睨みすえ、セロのような声で言った。

「閣下。自分があれほど衷心《ちゅうしん》から諫言《かんげん》したにもかかわらず――とうとう、やりましたな」

「え、やったって、何のことだ？」

「おとぼけめさるな。掃海艇の湾岸派遣のことであります」

「ソーカイテー？　バッカじゃないかおまえ。今さらそんなこと言われたって知るか。第一、管轄外の話だ」

「いえ。平和憲法の枠を踏み越えた暴挙を閣下は看過《かんか》された。二十万同胞と二百万英霊にかわり、大河原は閣下をお恨み申し上げます」

「恨む、だと？　おい、そんな顔で見るな。今晩寝られん。わっ、怖ろしい」

坂上の警衛所の前に、もう一隊の儀仗《ぎじょう》の隊列が並んでいる。軍曹とともにゆっくりと進んでくる総監車に対して、とまどいがちのラッパが吹鳴《すいめい》された。

「さっ、さっ、ささげえっ、つつッ！」

小銃を捧げ持ったどの顔にも、脂汗が浮かんでいた。

「や、ごくろう」

と、軍曹は歩きながら答礼をした。副官が助手席から身を乗り出した。

「おい、おまえじゃない。ごくろうはないだろう」

軍曹はグローブのような手で、副官の顔を窓の中に押し込んだ。

「だまれ。こいつらを殺そうとしたキサマらに、栄誉礼を受ける資格はない」

平成の秘密警察《ゲシュタポ》

電話が鳴った。

危険人物がそちらに向かったという、表門分哨所からの連絡である。

「バカ者が……」

警務隊長は受話器を投げ置くと、不機嫌そうに呟いた。白いヘルメットの庇《ひさし》を指先で押し上げ、立派なカイゼル髭をもてあそびながら冬空を見上げる。

第一〇一警務隊長・甘勝三郎一等陸尉——昔でいうなら泣く子も黙る憲兵大尉である。

自衛隊法と服務規律を守るためには、どんな非情な手段もいとわない男であった。

警務隊の職務は、隊内でのケンカや盗み、危険思想の排除、脱柵者の追及といったものである。

傷害や窃盗事件については、所轄の警察に引き渡せばよい。しかし危険思想や脱柵未帰隊者については、刑事罰の及ばぬところであるから、彼らの手で内部処理がなされる。取調べや処遇に秘密警察的な陰湿さがまとわりつくのは、しごく当然のなりゆきであった。

そもそも軍隊というものは、遠くナポレオンの時代に組織的完成をしている。おそらく議会政治や教育制度や、その他もろもろの社会体系の何ものにも先んじて完成をみた機構であろう。完成品であるから、その形態は全世界共通である。戦闘組織の同一性を維持するための「軍法」が存在し、違反者を裁く独立司法権を持つ。

しかし我が自衛隊は、外見上まぎれもない軍隊でありながら、警察予備隊という異例の出自を持ち、隊員は特別職国家公務員なのである。当然、固有の司法権は存在し得ない。したがって、自衛隊法や服務規則には「軍法」としての権能はなく、むしろ官庁や企業の社内規約とか就業規則に近い。

仮に軍隊ではないとしても、国家を組織的に防衛する戦闘部隊にはちがいないのだから、規則に民間企業なみの拘束力しかないというのは重大な矛盾である。

法的拘束力の欠如を補うためには、精神教育を徹底しなければならない。自衛隊の存在が国民から遊離し、しかも旧軍隊の陰湿な精神主義を拭いきれぬ理由は、これである。

と、そこまで甘勝警務隊長が考えているかどうかはともかくとして、ともかく相当イヤなヤツに徹しなければ、拘束力なき軍隊を統制していくことは不可能なのである。で、長年この警務畑を歩くうちに、自然と彼の目つきは鋭くなり、顔色は浅黒くなり、言葉づかいさえ地獄の司直のようにエコーがかかった。どこから見ても、石をぶつけたくなるような悪役である。

甘勝隊長は忙しい。東京には雪まつりもないし、火山も噴火しないので自衛隊はイヤになるくらいヒマなのに、この男だけは忙しい。

仕事の大半は、脱柵者の捜索である。

大都会の真ッ只中にある市ヶ谷駐屯地で、脱柵者、つまり昔の軍隊でいう脱走兵は跡を断たない。

まさか読んで字の如く、柵を乗り越えて脱走する者はいないが、外出したまま戻ってこないのである。酔いつぶれて駅のホームで寝てしまっても、女に引きとめられて一夜をもにしてしまっても、これは立派な脱柵者。一般企業の無断欠勤とはワケがちがう。

駐屯地内の各部隊から毎日のように報告されるこのフラチ者を追いかけるだけで、全く目が回るほど忙しいのだ。

イライラとタバコを吹かしながら、甘勝警務隊長は来訪者を待った。いくらお役所仕事とはいえ、このクソ忙しいのにパンツの管理までさせられたのでは、たまったものではない。

「大河原一曹、警務隊長に用事があって参りました。入ります！」

甘勝一尉は白いヘルメットの下で、充血した目を見開いた。

「領置品の受領に参りました」

ドアを閉めて回れ右をすると、軍曹はきっかりと十度の敬礼をした。

「バカが、命知らずばかりか、恥知らずだな」

軍曹は姿勢を正すと、一歩前に出た。

「お言葉ではありますが隊長。自分は通知に従って参ったのであります。恥知らずとは心外であります」

「何度でも言ってやる。この死にぞこないの恥知らず。おまえなんか戦車にひかれて死んでしまえ」

カイゼル髭をふるわせて隊長は言った。もともと物おじしない性格であるが、軍曹の巨顔に面と向かってこうまで言える人物は、全自衛隊の中で彼をおいて他にはいるまい。

「その恥知らずにひとこと言っておく。大河原一曹という隊員は、わが自衛隊にはおらん」

「いえ。懲戒免職と決めたのはそちらの勝手、自分は今後も、大河原一等陸曹を名乗ります」

「まったく。ぜんぜんコリないヤツだな、おまえは。だが、それは今や詐称だ。第一、なんだその身なりは。官品を返納しなかったのか」

「いえ。これはすべて私物であります。自分のカネで買い揃えた服であります」

「点検せよ」

甘勝一尉が命令すると、若い警務隊員が立ち上がって軍曹の体を調べ始めた。

軍曹はなすがままに外被と迷彩服を脱ぎ、半長靴も下着も脱ぎ捨てた。どれにも官品を示す桜の縫いとりは見当たらなかった。

「ええと、すべて私物です。外被はアメ横の中田《なかた》商店。半長靴は西新宿の勉強堂《べんきょうどう》謹製。パンツは、おっ、ボクサーパンツかと思ったらB・V・Dのブリーフですね」

「さがれ下郎――」、と軍曹は隊員を睨みつけた。

「中味は、官品だ。調べるか」

「えっ、い、いえ。けっこうです。点検、終わり」

甘勝隊長は悪びれるふうもなく、軍曹を睨み返した。

「よし。服を着ろ。そのバカバカしい体を早く隠せ。吐き気がする」

軍曹は黙って身支度を整えた。この警務隊長を殴りとばそうと思ったことは、かつて何度あったか知れない。そのたびにひどい屈辱感を味わってきたのだ。

軍曹は長い間、中隊の生活指導係を務めてきた。営内生活上、最大の不祥事である脱柵事件の、部隊側の責任者である。

脱柵者が逮捕されると、警務隊長は軍曹を呼びつけ、指導の不足をなじったものだ。目の前で罪を犯した部下が殴りつけられ、足げにされることは、軍曹にとって自分が叱責されるよりも耐え難かった。しかし、非はおのずから脱柵者と指導教官たる自分にあった。軍曹は耐え難きを耐えねばならなかった。

甘勝一尉は保管金庫から小さなビニール袋を取り出すと、軍曹の足元に投げた。

「ほら、持って帰れ。気の毒に退職金も出ないからパンツも買えんのだろう。しかし、星条旗とは恐れ入ったな。その親米家が、ナゼ海外派兵に反対するのだ。派兵はそもそも米国の強い要請ではないか」

「自分は」、と言いかけて、軍曹はいったん言葉を呑んだ。

「自分はべつに親米家ではありません」

「フン。ではナゼ、星条旗のパンツをはく。シャレか？」

「それは……」

真実を述べることはヤブサカではないが、パンツには正当な論理がなかった。たった一人の反乱に際して星条旗柄のパンツを着用してしまった自分が悪いのである。

小さな声で、軍曹は答えるしかなかった。

「シャレで、あります……。大河原一曹、用事終わり、帰ります」

「待て」、と踵《きびす》を返した軍曹の背中に向かって警務隊長は言った。軍曹はパンツを外被のポケットにねじこんで振り返った。

「おまえ、重迫《じゆうはく》の倉田《くらた》士長を知っているな」

「はい、知っておりますが、何か？」

「居場所を知らんか、と聞いておるのだ」

背筋がヒヤリとした。倉田がまたやったのだ。もはや自分が責任を感ずることではないのに、軍曹は暗澹《あんたん》となった。

「四度目だぞ、これで。それも八年兵の最古参陸士長が脱柵未帰隊。われわれにとってはとんだお得意様だ」

「いっそ懲戒免職にした方がよろしいかと思います。営内生活になじめないのですから」

「いや、そうはいかん。やめたい者をクビにしてどうする」

「は？　そう言えばそうです」

「俺たちのころとは時代がちがう。甘いことを言っておったら自衛官はひとりもいなくなってしまうぞ。四苦八苦している地方連絡部《チレン》の募集担当者たちの身にもなってみろ」

軍曹は答えることができなかった。その通りにちがいなかった。

ふと数年前、警務隊に連れ戻された倉田士長の姿が思い出された。

やはりこの部屋であった。連絡を受けた軍曹が中隊から駆けつけたとき、倉田は丸坊主にされた頭を壁に向け、打ちしおれて正座していた——。


倉田は軍曹の顔をひとめ見るなり、いっそう肩をすくめ、紫色に腫れ上がった頰を引きつらせた。握りしめた軍曹の拳から力が脱けた。鼻血を見かねてハンカチを投げると、倉田は虎刈りの頭をペコリと下げた。

「警務隊長ドノ。倉田の処分は中隊にお任せ下さい。自分がよおく、言ってきかせます」

竹刀《しない》を杖にして背後に立つ甘勝一尉に正対して、軍曹は言った。

「いいや」、と作業服の胸を開いて、警務隊長は答えた。

「いまさら言って聞かせてわかるヤツではあるまい。こいつは自衛官のクズだ」

軍曹はふと、机の上に置かれた書類に目を止めた。表紙に、

〈自衛隊法第五十五条及び陸上自衛隊服務規則第三十五条第三項違反事件についての調査報告〉

と、ある。甘勝一尉は振り返って言った。

「まずそれを中隊に持ち帰って回覧せよ。全員の印鑑を捺したら、このクズの身柄は引き渡す」

報告書綴の右上の閲覧者捺印欄《なついんらん》には、重迫撃砲中隊長、副中隊長、生活指導幹部、運用訓練幹部、先任陸曹、営内班長、生活指導陸曹と、中隊の関係幹部の役職が並べられていた。

パラパラとページを繰っただけで、軍曹は生活指導陸曹の欄に判を捺した。

「なんだ大河原一曹！」

「自分は、この倉田士長のことは誰よりも知っております。新隊員教育隊以来、ずっと自分の部下であります。読むにはおよびません」

精いっぱいの抵抗であった。報告書には事件の概要、原因、経過、今後の指導眼目がこと細かに書かれ、末章は「身上」と題する倉田士長自身の生い立ちから今日に至るまでの告白文であった。いわば供述調書である。

「このようなものを、みんなで回し読みをする必要が、はたしてあるのでしょうか」

「このようなもの、だと？」

警務隊長は声を絞った。このようなもの、と軍曹があえて言ったのには意味があった。倉田士長は読み書きが良くできないのだ。そのほとんどが警務隊長の作文であることはわかりきっていた。

「事件の経緯はともかくとして、個人の身上までをあばきたてる必要は何もないと、自分は思うのであります」

甘勝一尉の顔色が変わった。しばらく軍曹の目を睨み、ふいに振り返って竹刀を横なぎにふるった。

倉田は壁にはじけ飛び、まるで起きあがりこぼしの人形のように、また元の正座に戻った。慄える唇から血の糸を引いて、よだれが落ちた。

「聞いたか倉田。全自衛隊の中で、今キサマの味方をするのは、この大河原一曹ドノだけだぞ。ありがたく思え！」

そう言い捨てると、甘勝一尉はさらに二度三度と、倉田を打ちのめした。軍曹は拳を握りしめて叫んだ。

「人権は憲法によって保障されております。これでは自衛隊法も旧軍の軍法も同じではありませんか」

が」

「殴ってはならんというのか。中隊では片ッ端からバッチをくれている鬼軍曹のおまえ

口元を歪めて、甘勝一尉はそう言った。

「いえ。男子たるもの、自らのあやまちを肉体の苦痛で贖《あがな》うのは当然であります。ただ、身上を暴露されるような屈辱は、武人の面目として耐えがたいことだと思うのでありま す」

「これは俺のやり方だ。俺はこうやって自衛隊の規律を守ってきた。こんなヤツに武人の面目などあるものか」

軍曹は甘勝一尉の手から竹刀を奪い取った。

「キサマ、上官に反抗するのか」

胸を突き合わせながら、この男はナゼこんなにムキになるのだろうと、軍曹は思った。

「甘勝一尉ドノは、部内幹候とうかがっております」

「それがどうかしたか。キサマや倉田と同じ、二等陸士からの叩き上げだ」

「でしたら、隊員の心情は誰よりもおわかりのはずです。たまたま同世代の若者のマネゴトをして仕事を忘れたことが……」

言いすぎだ、と軍曹は口をつぐんだ。

「なるほど。それほど悪いことではないか。こうして頭を刈られてブン殴られて、罪人扱いされるほど悪いことではない、とそう言うのだな――俺はまたキサマというヤツがわからなくなってきた」

「ともかく、倉田は自分が連れて帰ります」

軍曹は頭を抱えてうずくまった倉田を抱き上げた。倉田の腰は立たなかった。背中におぶって立ち上がると、倉田は軍曹の肩の上で、声を上げて泣き出した。

「泣くな、みっともない。せめてフテくされていろ」

軍曹はそう言って、大きな作業帽を倉田の頭に冠せ、血まみれの顔を隠した。

甘勝一尉は腕組みをして二人を見送りながら、ぽつりと呟いた。

「大河原。俺はキサマを、時代錯誤の帝国軍人だと思っていたが――どうやらそれほど上等なものでもなさそうだな」

――警務隊からパンツを受け取って帰る道すがら、軍曹はそんないまわしい出来事を、ありありと思い出したのであった。

巨大な鳥が舞い降りたような一号館の前で、軍曹は立ち止まった。士官学校、陸軍省、極東軍事裁判法廷、三島《みしま》事件――さまざまの歴史の舞台となった壮麗な建物を、感慨深く見上げた。

(そうだ、俺はそれほど上等なものではない)

ふと、そう思った。一号館の頂きに翻《ひるがえ》る日章旗を見上げて、とっさに挙手しかけた掌が力なくすべり落ちた。

(俺が命がけで守ろうとしたものは、あんな薄っぺらな、パタパタと風になびく、ぞんざいな意匠の旗ではない。少なくとも、そんなものではない)

軍曹は踵を返して、冬の坂道を下って行った。

脱走兵

冬の一日を、軍曹は外濠の土手で過ごした。

恋人のかたみの品を、一刻も早くこの目で確かめたい、もしや残り香の少しでもありはしないかと考えると、砦に戻る時間さえも惜しまれた。

とはいえ、物が物だけに町なかで開陳するのは憚《はばか》られた。例によって、真摯な精神に対する誤解など怖れてはならぬと思い直し、とりあえず市ヶ谷駅周辺の喫茶店に入った。

いざコーヒーを注文して、おもむろに現物をテーブルの上に広げると、周囲の視線がサッと集まった。

ただの国旗か、せめてシャレたハンカチに見えるだろうと、安易な気持で広げたが、甘かった。パンツはパンツであった。

しかも、使用済みのまま一年間もビニール袋に密閉されていたものだから、その悪臭たるやたちまち店内の人々を噴飯《ふんぱん》させた。ところどころにカビも発生しており、局部には褐色のシミすらもあった。

一瞬のどよめきの後、店内は沈黙した。

最悪の状況であった。こうなると真摯な精神も、はた目にはタダの変態であった。多くの冷たい視線に取り囲まれて、軍曹の進退はきわまった。身じろぎもできずに、ジッとパンツを見つめるほかはなかった。それがなおいけなかった。

対象物が女性用の下着か女学生のブルマーならまだしもマシであった。物は明らかに男物の悪臭フンプンたるボクサーパンツである。持ち主の容貌、服装、そしてただならぬ緊張感、どの点から見ても変態中の変態、古今無双の変態であった。

「許せ、他意はない……」

と、軍曹は青ざめる人々に告げて、喫茶店を出た。

後に残された客は、大日本印刷の社員も法政《ほうせい》大学の学生も日テレのディレクターも、しばらくの間だまりこくって、「他意」について考えねばならなかった。

公衆便所は不浄であった。かといって、靖国神社は神聖であった。パンツを握りしめてあちこちをウロウロとした末、外濠の土手に下りたのである。

草むらに腰を下ろし、じっくりと恋人のかたみをみつめ、残り香に顔をうずめた。

周囲の釣人はすぐにいなくなった。貸ボートもナゼか寄ってはこなかった。世界中の人々が配慮をしてくれているのだと、軍曹は神に感謝した。

日がな飽かずそうしているうちに、アケミのおもかげはまるで現像液にひたされた追憶のように、ありありと甦ってきた。

午後の日だまりの中で、軍曹は居もせぬアケミの笑顔を見、夕映えの果てに聴こえもせぬアケミの唄声を聴いた。

大久保《おおくぼ》のアパートのロフトに腰を下ろし、ぼんやりと副都心のイルミネーションを見つめる、ワンレン・パープーの姿が思い起こされた。狂おしさはつのった。

軍曹は立ち上がった。矢も楯もたまらなかった。日の暮れた土手に駆け上がると、タクシーを呼び止め、「大久保」と告げた。

行動を起こすまでは慎重であるが、いったん走り出すと見さかいのなくなる性格であった。革命では必ず首魁《しゅかい》にまつり上げられるタイプ、薩摩隼人《さつまはやと》の面目躍如たる人物と言えた。

気が付けば、あとさきのことなどゼンゼン考えずに、アケミのアパートの下に立っていたのである。

二階の出窓には、なつかしいピンクのカーテンが引かれていた。夕日がガラスを灼《や》いていた。

（もう、店に出たのだな……）

坂道のガードレールに、軍曹は腰を下ろした。カラカラと転げてくるプラタナスの枯れ葉を半長靴のあしうらで捉え、踏みくだかぬようにそっと放しては時を過ごした。

銀色の街灯が灯《とも》り、軍曹はフト顔を上げた。アケミの部屋のピンクのカーテンの裏に、人影がよぎったように思えた。しばらくして、ロフトの窓にほんのりと明かりが灯された。

（なんだ、いたのか……）

軍曹の胸はときめいた。突撃発起《ほっき》のラッパが、耳の奥に鳴り渡った。軍曹は駆け出した。階段を蹴り上がり、廊下を踏み鳴らして、アケミの部屋のドアを引き開けた。

「アケミ！」

ドアチェーンがブチリとちぎれた。そして次の瞬間、軍曹は大きな瞳をシンバルのように見開いて立ちすくんだのである。

上がりがまちには、金ツボマナコを火焔太鼓《かえんだいこ》のように見開いた男が、立ち尽くしていた。

「く、くらた……」

「ぐ、ぐ、ぐんそお……」

ドアの外で風が鳴った。氷の森の中に、二人の男は長い間、立ち尽くしていた。

「ま、立ち話もなんだから」

「そうですね。どうぞ……お上がり下さい」

部屋の様子は一年前とどこも変わってはいない。天井からはおびただしいドライフラワーがぶら下がっており、壁にはアニメのポスターがすきまなく貼りめぐらされており、ソファの上には一個小隊のぬいぐるみが、息を詰めて整列していた。どれもこれも、なつかしい悪趣味であった。

小さなガラスのテーブルの前で、はたして正座すべきかアグラをかくべきかと迷った末、膝を抱えて座った。倉田はキッチンで水を使ってから、軍曹の向かい側にちんまりと座った。

言葉を探すばかりの時間が、刻々と過ぎていった。

突然、ピーという呼子が鳴り、二人は顔を上げた。

「あ、お湯が沸きました……茶を入れます」

「なんだ、湯が沸いたのか。俺はまた、カタキが物置で見つかったかと思ったぞ。ハッハッハッ……」

笑い声は尻すぼみになった。最低のジョークであった。若い倉田には意味がわからないどころか、イヤミにしか聞こえなかったにちがいない。軍曹は今さらのように、センスの古さを恥じた。

熱い茶を満たした夫婦《めおと》茶碗が運ばれてきた。それは軍曹にとって思い出深い品である。去年のホワイトデーにアケミに贈った、「パンツのお返し」であった。

倉田は盆をテーブルの上に置き、どちらを勧めるでもなく「どうぞ」と言った。夫婦茶碗の因果を知っているのであろう。

「茶碗が、これしかないもんで……」

軍曹はかつて使い慣れた男茶碗を手にとった。しかし倉田がアケミの茶碗を口に添える姿を想像して、ハッと手を放した。

「どっちが、おまえのだ？」

「ええと、大きい方です。申しわけありません」

「そうか。じゃ、こっちでいいよな」

と、軍曹は女茶碗を手にした。口にしたとき、倉田がイヤな顔をしたように思えた。

茶碗で掌を温めながら、依然と気まずい沈黙が続くうちに、倉田は少しずつ、空気の抜けるようにうなだれていった。

「キサマ、部隊にはもどらんつもりか」

答えは倉田の咽をならすばかりで、声にはならなかった。

「しかし驚いたな。こんなところでキサマに会おうとは——おい、何とか言え」

威迫のつもりはなかったが、茶碗の底がガラスのテーブルの上で、思いがけずに大きな音をたてた。倉田は反射的に背筋を伸ばした。

「自分は、軍曹にお会いしたくて……」

「ほう。俺を探して、俺の女のアパートに来たのか。そのまま間男になった、というわけだな」

倉田ははげしく首を振った。

「ちがいます。アケミに訊けば軍曹の居場所がわかると思って、トロピカルに行ったのであります」

「そのまま間男になったことに変わりはあるまい」

倉田は拳をついて台所までにじり退がると、床に頭をこすりつけた。

「自分は……自分は……」

言葉のかわりに倉田はくり返し、敷居に額を打ちつけた。できそこないの木偶《でく》のような、ひどいサイヅチ頭を見ているうちに、軍曹は何となくことの成り行きを理解した。

倉田はバカだが純真な男である。訊ね人に会わせてやるとか言われて、アパートに引っぱり込まれたのは、倉田の方にちがいない。そして淋しがり屋の、独りでは二晩と過ごせないアケミを、そんなふうに追い詰めたのは、一身に自分である、と軍曹は思った。

「もうよい。こっちへ来い」

倉田ははいつくばったまま、ようやく言った。

「自分は、どうしようもない人間であります。バカで、ノロマで……」

「キサマはバカではない。バカは他にいくらでもいる」

「殴って欲しくあります。軍曹の気のすむように、していただきたくあります」

しばらく倉田の目を見すえてから、軍曹は立ち上がった。

「倉田士長、気ヲ付ケ」

低い声で命ずると、倉田ははね起き、不動の姿勢をとった。

「休メ、気ヲ付ケ。休メ、気ヲ付ケイ。顎ひけ、歯をくいしばれ」

号令に合わせて倉田は機械じかけのように動き、まっすぐに軍曹を見つめた。何というけがれのない目だろうと、軍曹は思った。

「これは私怨《しえん》ではない。自分はただいまより、日本国民と二百万英霊になりかわってキサマを殴る。いやしくも自衛官としての職務を怠《おこた》った責めを受けよ」

すばらしい鉄拳が頬に炸裂した。倉田は玄関のドアまで吹き飛ぶと、目をしばたたいてすぐに姿勢を正した。

「ありがとうございましたっ！」

「よし、直れ」

と、軍曹は何ごともなかったように座り、冷えた茶を一口飲んだ。

「これだけでありますか」

「もうよい。こっちへこい」

「自分は……自分は……」

「キサマは他に何もしておらん。俺も心配をかけてすまなかった。許せ」

倉田の頬の感触の残る拳を、軍曹はジッと見つめた。倉田ばかりではあるまい。大勢の部下たちが、行方の知れぬ自分を尋ねて、貴重な外出時間を費やしていたにちがいない。この手で殴り続けてきた部下たちが。

「これから、どうするつもりだ」

「クニに帰って、畑仕事をやろうと思います」

「アケミは、どうするんだ？」

倉田は玄関に立ったまま、答えなかった。

やがて、階段を叩く靴音が聴こえた。鼻唄が近づいてきた。二人の男のこめかみに、危ぶまれるほどの血管が浮き立った。

ドアが開いた。

「うわ、ビックリ。なによクラちゃん、こんな所に突っ立って。おなかすいたでしょ、お寿司、食べようね、お茶沸かして、お茶、お茶……」

呆然と立ち尽くす倉田の脇をすり抜けて、台所に立つと、アケミはヤカンの把手を握ったままピタリと動きを止めた。おそるおそる倉田の顔を見返し、凍えた視線を追ってゆっくりと振り返った。

「やあ、しばらく」

と、軍曹は笑いかけた。

「あれえ、やだあ。信じらんなあい。なにこれえ。ええっ、ウッソオ！」

「ウソではない。悲惨な現実である」

「だってさあ、イサオちゃん、なんでここにいるの。死刑になっちゃったんじゃないの」

「ナゼここにいるかということについては、長く苦しい事情がある。あいにく死刑にはならなかった。あの手のゴタゴタは意外と罪が軽いのだ」

「いやあ、良かったね、イサオちゃん。おめでとう」

「あまりおめでたくはない。死刑になった方がマシであった」

「そんなことないよお。良かった、イサオちゃん、良かったね」

アケミは駆け寄って、ペタリとババァ座りに座ると、軍曹の太い首に抱きついた。

「これ、よさんか。おい、亭主の目の前で、いかん、ああっ」

「亭主？　亭主って誰のこと？」

「決まっているではないか。アレ、アレだ。おいよせ、そこは。ムムッ」

相変わらず酒グセの悪い女であった。脳ミソの空洞に酒が満たされると、前後の見さかいがなくなるのであった。はっきり言って、そういう女はカワユイ。が、時と場合によりけりである。

軍曹はほうほうのていでアケミを突き放すと、威儀を正して二人を座らせた。

「それはともかく、キサマらの今後について話し合わねばならぬ」

「そんなの、話し合わなくたっていいよお。三人でうまくやっていこう、ね？」

「バ、バカを言うな。それではまるで、逆アラビアンナイトの世界ではないか。戦火に苦しむアラブの人々の身にもなってみろ。不謹慎だ」

「あたしなら、いいよ。二人とも嫌いじゃないし、なんならこれからだって」

「よくない!」

と、軍曹と倉田は声を揃えた。伸び上がった倉田の厚い胸板が、ムキッとせり出したように思えて、軍曹は目をそむけた。

「どーしたの、イサオちゃん。むずかしい顔しちゃって」

「これがカンタンなことか。性の頽廃《たいはい》ここにきわまれり。どうやらおまえのマッスル・コンプレックスは思っていたより重症だ――いいか、二人ともよおく聞け。俺が話し合おうと言ったのは、キサマら二人の今後についてだ」

倉田とアケミは軍曹の言葉をかみしめるように、真顔になった。

「俺は今、ずっとそればかりを考えていた。キサマら、結婚せい」

アケミは一瞬にして酔いから醒めたように、居ずまいを正して座り直した。

「アケミ。おまえ、こいつを愛しているのか」

「え?……ええ、いちおう……」

「いちおう、とはナニか。アイマイな日本語を使うな。愛しているのか、いないのか」

「あいして、ます……」

アケミは上目づかいに軍曹を見ながら肯《うなず》いた。

「そうか、ありがたい。こんな意志薄弱の、ノータリンの、とりえと言ったらアレだけみたいな男だが、どうか添いとげてやってくれ。大河原勲、一生の頼みだ」

軍曹は座ブトンを外してにじり退がると、そう言って両手を畳についた。それからゆっくりと、倉田に向き直った。

「倉田。キサマ、この女を愛しているか」

「ハ、ハイ……」

「よし。だったら、このように無節操な、ワンレン・パープーのミーハー女だが、嫁にしてやってくれ。このとおりだ、頼む」

軍曹は両手を突いたままそう言うと、もういちど深々と頭を下げた。

二人はポカンと口を開けたまま、軍曹の坊主頭を見下ろしていたが、やがてどちらがそうするともなく首をうなだれ、しゃくり上げて泣き出した。倉田はジーンズの膝を摑み、アケミはボデコンの袖を子供のように顔にあてて泣いた。

「イサオちゃんて、なんでそんなにやさしいの」

「やさしいのどうのということではない」

と、軍曹は言いながら、晴れがましく笑うのであった。

「キサマら、二十何年も生きて、いいことなどひとつもなかったではないか。ノータリンの集団就職と、パープーの家出娘が、さんざん苦労してきたんだ。そろそろ幸せになれ」

「あたし、幸せだったよ。イサオちゃんもやさしかったし、クラちゃんも、みんな……」

「制約された幸せなど、幸せのうちに入らん。おまえの幸せはシンデレラの幸せだ。いいか、誰が何と言おうと、人間は不幸の分だけ幸福になる権利がある。これを見よ」

軍曹は立ち上がると、出窓のカーテンを左右に力いっぱい開いた。新都心の摩天楼が、窓の中にそそり立った。

「あれを見よ。あれはわれらの、不幸の分だけの幸福の証《あかし》だ。いまさらブッシュにどうこう言われる筋合いはないぞ」

軍曹はそう言うと、たくましい胸を満天のイルミネーションに向けて、カラカラと笑うのであった。

と、そのとき――軍曹の笑いは突然ピタリと止んだ。坂道の暗がりから、こちらを窺《うかが》う人影があった。

「どうやら、お迎えが来たようだぞ」

倉田はとっさに身構えた。アケミはその腰にオロオロとすがりついた。

「どうしよう、イサオちゃん。どうすればいいの」

壁際に身を隠し、外の様子を窺いながら軍曹は言った。

「心配するな。おまえらの幸福を、あんなヤツらに奪われてたまるか」

対決

（ああ、タバコが吸いてえ）

第一〇一警務隊長甘勝一尉は、電信柱の陰からアパートの窓を見上げ、つくづくそう思った。

うち続く脱柵者の捜索と取調べの激務にさらされている彼は、ストレス性のチェーンスモーカーであった。

しかし、こうした重大な局面でタバコを吸うわけにはいかない。四度に及ぶ脱柵常習者を、捜索二週間目にしてようやく追いつめたのである。

六名の部下は、アパートの階段下に二名、坂道のガードレールの陰に二名、そして二台のジープのドライバー。いずれも白ヘルメットに乙武装、実弾入りの拳銃を携行している。

脱柵者が抵抗するときは手錠を掛け、あるいは捕縄で捕縛する。危害を与えるときは、もちろん発砲する準備もある。

「隊長、まちがいありません。室内から男の声がします」

階段下から走り寄ってきた隊員が、小声で報告した。

「一気に踏み込みますか」

「いや、寝入るまで待とう。抵抗されたら住民の迷惑になる――それにしても驚いたな。あの大河原一曹の元の女とデキているとは」

倉田士長の縁故先をシラミつぶしに捜索をしたあげく、よもやと聞き込みに入ったのが、キャバレー・トロピカルであった。ホステスたちの話から、アケミと交際している男の人相風体は、倉田にまちがいなかった。言い渋るマネージャーから住所を聞き出し、捕物にくり出してきたのであった。

「ところで隊長。まさかあのバケモノは、おらんでしょうね」

それだけはごめんだ、というふうに、隊員は言った。

実は考えぬでもなかった。しかし「そうかもしれぬ」などと口にしようものなら、全員が敵前逃亡するおそれがあった。

「いや、それはあるまい。考えてもみろ、そんな怖ろしい三角関係があってたまるか。痴情のもつれ、なんて甘いものではないぞ」

「それもそうですね。しかし何というか、悪い予感がヒシヒシと」

「しっかりせんか。せっかくソ連の脅威も去ったというのに」

「どちらかというと、ソ連の脅威の方がマシに思えます。あの顔に較べたら、エリツィンだって善人です。あ、いかん。ありありと想像してしまった」

目がしらを押さえてよろめく隊員を、甘勝一尉は抱き止めた。

「安心しろ。三人が一緒にあの部屋にいるなんて、力学的に言ってもありえん」

「物理的にも、不可能です」

勝手に納得しながら、隊員は配置に戻った。

部屋の灯りが消えた。しばらく待って、寝入りばなを襲おうと隊長は思った。

長い時間であった。甘勝は自慢のカイゼル髭をもてあそびながら、大河原一曹について考えねばならなかった。

公私にわたるわれらのすべての矛盾を、あの鋼《はがね》のような肉体のうちに封じこめてしまった男。一兵卒から将軍にいたるまで、誰もが畏怖《いふ》する存在。われらが目をそむけ続けてきたすべての矛盾を、あの男はまるで大切な玉のように、いつも胸の前に抱いている。

いつのことであったか、あの男が倉田士長を背負って警務隊から連れ帰ったとき、その胸板の広さ、筋肉の軋《きし》み、眼光の輝きに、自分は畏怖《いふ》した。

(倉田の不始末は、大河原ひとりの責任であります)

そう言ってあの男が低い唸《うな》り声《ごえ》を上げながら立ち上がったとき、まるでその背に二十万人の兵士を背負って立ったように思えて、自分はおののいた。あの力強さ、あの赫《かがや》かしさは、いったい何だろう――。

甘勝一尉は外被の袖をたぐると、夜光時計を見た。

（前へ）の意をこめて、右手を頭上で振った。二台のジープがエンジンを回し、闇に潜んでいた警務隊員たちは、白いヘルメットをうごめかせて前進を始めた。階段下に待機していた二人が、足音を殺して駆け上がった。

と、突然、叫び声が起こった。一人が真っ逆様に転げ落ちてきた。もうひとりは警棒をかざしたまま、後ろ向きに階段を下りてきた。

「倉田ッ、抵抗するな！」

後続の二人は階段の下で立ち止まり、同時にホルダーから拳銃を抜いた。

まずいことになった――甘勝隊長は落ち着き払って歩き出した。こういう局面には何度も遭遇していた。逆上した脱柵者が、包丁でも振り回しながら出てきたのであろう。すみやかに説得し、さらに抵抗するようであれば、発砲もいたしかたない。

「キサマッ、抵抗するか！」

警棒を振りかざして殴りかかった隊員の顔面に、半長靴の前蹴りが飛んだ。白いヘルメットが、甘勝の足元に落ちてきた。隊員はもんどりうって、階段を転がり落ちた。

低い声が、闇に響いた。

「あわてるな。キサマらの体には、まだ指一本ふれておらん。あわてるとケガをするぞ」

黒い影が一歩ずつ、階段を降りてくる。足から胸へ、胸から首へと、街灯の光が巨大な影をあらわにして行く。

軍曹は外被のポケットに手を入れたまま、ゆっくりと光の中に立った。二丁のふるえる銃口が、左右から狙いを定めている。

「待て、撃つな」

と、甘勝一尉は命じた。

「撃てばよい。だが初弾で心臓に命中させよ。さもなくば、キサマらの首の骨が砕けるぞ」

軍曹はそう言いながら、ポケットから抜き出した拳をボキボキと鳴らした。

「大河原、キサマなぜここにいる」

軍曹の前に立ちはだかって、甘勝は訊ねた。

「これは警務隊長ドノ。自分は女の部屋に立ち寄ったまでであります。なぜここにいるかとは、こちらがお訊ねしたい」

「われわれは自衛隊法及び服務規則違反者を追及中である。ジャマをすれば公務執行妨害だぞ」

軍曹はきっぱりと言い返した。

「自分も、公務中であります」

「公務だと？　フン、誰の命令だ」

「これは、天命であります。天が自分に、かくすべしと命じたのであります」

言い終わったとたん、軍曹は右側の隊員の拳銃を片手で叩き落とし、同時に半長靴をはね上げて、左側の隊員の手首を砕いた。ひるむ二人の顎を鷲摑みにつかむと、高々と頭上に吊るし上げた。

「やめんか大河原。キサマと争う理由はない」

「そちらにはなくとも、自分にはあります。隊規を乱した倉田の罰は、すでに自分が下しました。このうえどうあっても倉田を連れ帰るというなら、自分が相手をするしかありません」

軍曹は頭上の二人をブロック塀に向けて投げつけると、背後から襲いかかってきた隊員たちを次々と殴り倒した。天下無敵とうたわれた徒手格闘術であった。

左拳を前に、右拳を腰に据えた正眼の構えでくるりと振り返ると、面の中そのままのきつい目で、甘勝一尉を睨みつけた。

「大河原。これは正当な緊急避難である。キサマを撃たねばならぬ」

甘勝はホルダーから拳銃を抜き出すと、半身に構え、銃口をまっすぐに軍曹の顔に向けた。

「――さすがであります。甘勝一尉ドノ」

拳を額と心臓の高さに上げ、絞るような声で軍曹は言った。

「しょせん後方任務だ。射撃に自信はない」

「いえ。すばらしい射撃姿勢であります。自分は一発で倒されます」

「本意ではないとだけ、言っておく」

「射《しゃ》は君子《くんし》の技《わざ》と申します。どうやら自分は、甘勝一尉ドノを誤解していたようであります。恥ずかしくあります」

「俺はキサマの真意を理解しておる。おそらく、憲兵を二十年もやった俺にしかわかるまい」

「命まで取るおつもりですね」

「任務である。軍人が引金を引くのだ。威嚇ではない」

そのとき、二つの影が寄り添いながら階段を降りてきた。甘勝はそれを認めると、いまいましげに舌打ちをし、ふいに拳銃を下ろした。ヘルメットの顎紐をゆるめ、胸ポケットからタバコを取り出した。

「まったく、しようのないヤツらだ」

一息、煙を吐き出しながら、甘勝は呟いた。二人の携えるボストンバッグをチラと見、長いままのタバコを指先でもみ消すと、ひとりごつように言った。

「上野《うえの》と新宿には巡察が出ている。タクシーで赤羽《あかばね》か大宮《おおみや》に行け——倉田士長、気ヲ付ケ」

倉田とアケミは狐につままれたように姿勢を正した。

「重迫撃砲中隊倉田陸士長は、一月一日《いっぴ》付を以て懲戒免職。以後、勝手にしろ。ただし——」

と、甘勝一尉はカイゼル髭をつまみながら憮然として続けた。

「ただし、男子が生まれたら自衛官にせよ。いつだって人が足らんのだ。ソ連はともかく、台風のとき土嚢《どのう》を担ぐ人足がいないと、困る」

行け、というふうに甘勝は顎を振った。軍曹はアケミの手を摑むと、坂道を駆け下りた。掌の中でつぶれてしまいそうな、なつかしい指であった。その感触は生涯忘れまいと思った。

通りに出ると、流しのタクシーの前にもろ手を上げて立ちはだかった。二人を座席に押し込み、財布を投げ込んだ。

「良かったなあ、アケミ。もう、そんな化粧はしなくてよいぞ。おまえは、素顔がいい」

走り出したタクシーの窓にすがりながら、軍曹は倉田のサイヅチ頭を抱き寄せた。

「クニへ帰って、うまいコメ作れ。ブッシュがうなるぐらいの、うまいコメ」

「ぐんそおォ！」

「イサオちゃん！」

軍曹は走った。やがてテールランプが遠ざかってしまうと、持ち前の豪脚を止め、枯れ葉を踏んで歩き出した。

新都心の摩天楼が、神のように行手にそそり立っていた。自分がひどく小さくなってしまったような気がした。

静まり返った深夜の街路に、歳末の収集を待つゴミの山があった。歩きながら、そのいくつかをやり過ごし、新宿の街並の間近に迫るあたりで、軍曹はついにポケットの中で握りしめていたパンツを捨てた。

酔客の行きかう交差点であった。

ふと、背後からサイレンが迫ってきた。交番から飛び出した巡査が、警笛を吹き鳴らしながら車の流れを止めた。

二台の白いジープが轍《わだち》を軋ませてカーブを切った。

〔警務隊長ドノに敬礼。捧ゲェッ、銃《つっ》ッ〕

心の中でそう号令すると、軍曹は走り去るジープの助手席に向かって最敬礼をした。

「しかし、バケモノですな」

ヘルメットの庇を上げ、顎をさすりながら隊員が語りかけた。甘勝一尉はサイレンを消すよう、ドライバーに指示した。

「ああ、バケモノだ」

「あれはやはり、志願で入隊したのでしょうね」

深夜の渋滞に溜息をついて、甘勝一尉はまるで祭の宵宮《よいみや》のようなにぎわいの歌舞伎町の街並を見やった。

「俺はな」、と隊長は白手袋の先で、若者たちのたむろするゲームセンターを指さした。

「あそこで、地方連絡部《チレン》に拾われた」

隊員たちは隊長の謹厳な苦笑を見つめた。

「補導の刑事かと思って、シンナー袋を投げ捨てた。しかしそいつは、募集担当官の名刺を差し出してな、三度のメシは食える、寝る場所もあるぞ、と言った。宿なしのフーテンにとっては、夢のような言葉だった」

意外な告白に押し黙った隊員たちの目は、隊長の作業外被の襟の、一等陸尉の階級章に注がれた。

「あのバケモノ、シャバに出て不自由しているでしょうね」

気持をはぐらかすように、一人の隊員が呟いた。甘勝隊長は自慢のカイゼル髭を撫でながら、ホロをはずしたジープの夜空に向かって大きな伸びをした。

「仕方があるまい。良心とは不自由なものだ」

天使の休日

消えた三千万円

おびただしい群集が場外馬券売場《ウインズ》から師走の街へと吐き出されて行く。

歩みとともに、有馬記念《グランプリ》の興奮は日常の喧噪《けんそう》に紛れ、愚痴や悔悟《かいご》のつぶやきに変わる。人々の背は次第に丸く、小さくなって行く。

「マックイーンの野郎、やっぱし負けちめえやがった。どうもそんな気がしてならなかったんだ。ああ、そうとわかっていりゃあなあ」

歩きながら、見知らぬ男が語りかけてきた。

「バーカ。わかっていりゃあ、ケイバなんぞやるか」

向井権左ェ門・元警部補は、そう言って男を睨み返した。

勝負のあとにつきものの、敗者の連帯は好きではない。六十年間、勝ちも負けも一人で嚙みしめてきた。男の人生とは、そういうものだ。

向井権左ェ門は四丁目の交差点で信号を待ちながら、周囲が跳びのくような大きなクシャミをした。わだかまっていたものが鈍色《にびいろ》の空高く吹き飛んだような気がして、鳥打帽で水洟《みずっぱな》を拭くと、「ま、いいか」、とひとりごちた。

身よりもなく、使い途も知らないからカネは残った。退職金と合わせて、つごう三千万。勝手に使えと砦の住人たちには言ってあるのだが、全員がもともとセコいんだか無頓着なんだか、一室のベッドの上に積み上げられたままの札束は、いっこうに減る気配がない。もっとも、毎月初めにはまた新たに二百万のカネがベッドの上に重ねられることになっているから、みんなで適当に使っても元金が減るはずはないのだ。

この二百万は何かというと、正当な報酬である。永遠に係争中のビルの管理費用というわけだ。それが毎月、管財人の弁護士から向井権左ェ門の銀行口座に振り込まれ、悪い時代に育ったせいで、てんで銀行を信じない向井は、すぐさま引き出してしまうのである。いくら弁護士の弱味を握っているとはいえ、月額二百万の報酬は、ちょっと多すぎる気がしないでもない。いずれ警察ザタにでもなったら、立場上うまくないので、いちど広橋秀彦に質問してみた。

デキの良いセガレは、公判資料のコピーにザッと目を通して、たちどころにこう答えたものだ。

「負債総額五百八十億か。要するにですね、ツブれたといってもカネはいくらでもあるわけ。預かり金、というか、退蔵資産だけで財団を構成しているようなものだから、長たらしい裁判なんかするよりも、財テクに励んで債権の償還にあてた方が早いんじゃないかな。

しかし、管財人って、いい商売ですね」

話がデカすぎて向井には見当もつかないが、つまり管財人が預かっているカネの利息だけで、膨大な利益が上がっている、という意味であろう。

その解説を聞いて以来、六十年間一度も口にしたためしのない「ま、いいか」という言葉を、しばしば呟くようになったのである。呟くたびに、何だかドッと疲れの出る言葉でもあった。

そうだ、いっちょうハデに忘年会でもやるか――砦をめざして歩きながら、向井は考えた。

熱海《あたみ》か箱根《はこね》に札束ごと乗り込んで、キレイどころを総揚げにして、ランチキ騒ぎも悪くはねえ。

カネの使い途は良く知らないが、警察の慰安旅行でランチキ騒ぎには慣れていた。あれは積立金の予算上、タダの迷惑だったが、札束をブン撒《ま》いて騒ぐのであれば、仲居も芸者もイヤな顔をするはずはない。いちどやってみたかったことだ。

向井権左ェ門は指名手配の犯人でも発見したかのように、とつぜん人混みをかき分けて走り出した。

「おーい、テメエら、熱海へ行くぞ、したくしろ。なにクスブッてやがる。芸者あげて忘年会だァ！」

砦ラウンジでクスブッていた三人の男たちは一斉に歓喜した。もっとも、あまりに意表を突いた向井の提案であったから、反応の速度には多少の差があった。

広橋は「熱海」と耳にしたとたんたちまち、「熱海」↓「芸者」↓「忘年会」↓「杯盤《はいばん》狼藉《ろうぜき》」という図式をありありと予測して、早くもバンザイをしていた。おまわりさんたちの言う「ランチキ騒ぎ」のことを、大蔵省では「杯盤狼藉」と呼んだが、同じ役人のやることであるから内容は全く同じであった。

ピスケンはかなり短絡的に「芸者」に反応した。「芸者」と聞けばまるで外人のように、電車の中だろうが食事中であろうが用便中であろうが、バンザイをするクセがあった。

その点、軍曹は「芸者」なるものの実体も知らず、旅先でも序列に支配された自衛隊の慰安旅行はたいそうしめやかであったので、彼らから遅れること十秒ほどして、とりあえず言葉より先にバック転をキメた。

「さあ、そうと決まりゃあ年に一度の無礼講だ！」

と、一年中無礼な男たちは声を揃えるのであった。

早くも札束めざして階段を駆けおりる向井の後を、三人はヒャーヒャーと奇声を上げながら続いた。

五〇一号室はひと部屋まるごと、巨大な財布である。

もともと入会金一千万円のバブル系会員のために用意された宿泊設備であるから、なまじいのシティホテルより豪華で広い。しかも、銀座の女たちとの逢い引きの場所として利用されるであろうことを、あらかじめ想定して造られたので、そこいらのラブホテルよりよっぽど下品でケバい。

ところが、である。

勢いこんで部屋に躍りこみ、ベッドカバーを剥いだとたん、向井の目は点になった。

「ありゃ。カネがねえ……おい、どっかにしまったか？」

ヒャーヒャーと騒ぎながら入ってきた広橋と軍曹は、ヒャッと立ち止まって顔を見合わせた。

「俺は知らぬ。さること数日前、西新宿の作業服屋で靴をあつらえるにあたり、三万円拝借はしたが、その時はそっくり置いてあった。ヒデさん、キサマ使ったか？」

「使ったかって、三千万円も使うわけないでしょうが。ドロボーかな」

「まさかそのような命知らずのドロボーもおるまい。なにしろここの住人は、おまわりとヤクザと自衛官と税務署だからな。銀行ギャングでもやった方が、よっぽど安全だわい」

ウウム、と三人はうなった。ベッドの下とかドレッサーのひきだしとか、バスタブの中とか、手分けして探したが、札束どころか一円玉ひとつ落ちてはいなかった。三千万円のカネは煙のように消えていた。

いいかげん探しあぐねた三人は、壁や天井をしばらく眺め、同時にゆっくりと振り向いた。

「ケンタだな……」

「ちがいない。三千万円を一夜で使い果たすなど、あの男以外には考えられぬ」

「だからちゃんとしておこうって言ったじゃないか。あいつはいまだに本物のカネとこども銀行のカネの区別がつかないんだから」

ドアの陰にピスケンのパンチパーマが覗いていた。軍曹はたちまち廊下に走り出ると、ピスケンの襟首をつまんで引きずってきた。

「イテテッ、お役人さん、そいつあヌレギヌだ、あっしァべつに怪しい者じゃござんせん」

「だまれ町人。キサマが怪しくなければ、世の中に怪しい者など一人もおらぬわ。さあ、神妙にせい」

ベッドの上に放り投げられたピスケンを、三人が取り囲んだ。

「俺ァ知らねえぞ。ヤクザだから盗っ人あつかいするたァ、いかにご時世たァいえあんまりじゃねえか」

そう開き直るピスケンの顔にはすでに、「私がやりました」と書いてあった。「ウソをつかず、グチを言わず、ミエを張らず」という彼の信条は、こういう局面ではたいへん不都合であった。

「てめえ……俺の目がフシ穴だとでも思ってやがるのか」

向井権左ェ門は久しぶりにマムシの目を剝《む》いた。気配りの良い広橋が、テーブルを引き寄せた。

「お。気が利くな。さすが議員秘書だ」

ドオン、と向井はテーブルを叩いた。

「おうおう、昨日今日かけ出しの三ン下が、このマムシの権左の前《め》ェでシラを切るたァ十年早えぞ。さあ吐け、すっぱりウタッて楽になれ」

ピスケンはなつかしさととまどいで、まるで別れた女にトツゼン出食わしたようなボロボロの顔になった。

「ダンナ。それじゃ昔とおんなじだ……」

「てめえが昔と変わっていねえから、こっちも昔の流儀でいくのよ。さ、どうした。三千万、どこでどう使いやがった！」

向井はかつての教育的効果のせいで、すっかり怖気づいたピスケンの頬を、いきなり殴りつけた。

「イテッ。な、なんだ、ちっとも変わってねえ。ワッ、やめてくれ、しゃべる、ウタう。わかったから暴力団に暴力をふるうのはやめてくれ」

向井はピスケンの襟首を突き放すと、上衣のポケットから手帳とペンを取り出した。

「はなっからそう言やァ、痛え思いもしなくてすむんだ――で、阪口。はじめから順序よくしゃべってみろ」

「へ？　へえ。そんじゃ……」

三千万円というカネを一夜で使い果たすことなど想像もできない元サラリーマンの三人は、かたずを呑んでピスケンの言葉を待った。

「ええと……アタマはメジロマックイーンで堅《かて》えと、そう思いやして……」

みなまで聞かずに、三人は部屋中を駆けめぐった。まったく想像を超えた真相であった。

「それにしたってダンナ方。単勝の百七十円てえのァ、いいオッズですぜ。百円で百七十円になるてえこたァ、三千万だと二千百万も儲かるわけで、こいつァおいしいと、つい……」

「おいしくなんかないっ！」

三人は拳を振り上げ、地団駄を踏んで異口同音にそう言った。

ピスケンはオロオロと三人を見回した。

「だけど、読みはバッチリだったんだよなァ。ダイユウサクなんて、関東じゃ見たこともねえ馬だし、あんなもんにレコードで走られたんじゃかなわねえ。しかもよ、あれだけのハイラップを踏んで、上がり三ハロンが三十六秒一だって。うそみたい」

「解説をするな。うそみたいとは、こっちのセリフだ。キサマ、ぜんぜん事態を認識しておらぬようだな」

「え？　いや、わかってる。わかってますよ。ともかく三千万がなくなっちまった、と」

軍曹は二つに割れた顎の先を突き出して、今にも嚙みつきそうな顔をした。

「キサマ……その三千万はな……その三千万は……」

言葉につまると、軍曹の大きな瞳には思わず涙が溢れ出るのであった。

「その三千万は、この向井のオヤジが四十年間、平和な市民生活を守るために、雨の日も風の日も公務に明け暮れてきた、その代償なのだぞ。バクチを打つようなカネとは、カネの重みがちがうのだ」

枕で顔面をガードしながら、ピスケンは答えた。

「はて、重さはそんなに変わらねえと思ったけど。そんじゃ何か、世の中にゃバクチを打っていいカネと、打っちゃならねえカネがあるってえのか。へヘッそいつァ初耳だぜ」

「キ、キサマというヤツは……」

「第一《でえいち》、俺ァ何も悪気があってやったこっちゃねえ。善意が裏目に出ただけじゃねえか。文句ならタケ・ユタカに言ってくれ」

「――クソ、バカバカしくて殴る気にもなれん」

軍曹はガックリと肩を落とすと、ソファに座りこんだ。潜水艦の中のような重苦しい沈黙が続いた。

腕を組んでじっと壁にもたれていた広橋が、唇だけで言った。

「理屈はいいから、ともかく向井さんにあやまれよ。話はそれからだ」

ピスケンはまた何かを言い返そうと小首をかしげたが、広橋の真剣なまなざしに向き合って、言葉を呑み込んだ。

「あやまれよ、ケンちゃん。自分の心をごまかしちゃダメだ」

広橋のこういう物言いに、ピスケンは弱いのであった。権威を感じさせぬこのエリートを、内心尊敬していた。ベッドからすべり下りると、ピスケンは床にかしこまって、ペコリと頭を垂れた。

「ダンナ、すまねえ——ダイユウサクをみくびった俺が甘かった」

まだわかっていねえ、と向井権左ェ門は思ったが、とにもかくにも頭を下げたことのない男が詫びたのである。まあ、いいか、と笑顔を向けた。

「よしわかった。金輪際、やめろよ」

「へい。金輪際、スッパリと手を切りやす。マックイーンとは」

「……もういい……何も言うな……」

「これにこりて、金杯ではきっと」

「何も言うなって言ってんのがわからねえのか……」

ひどい喪失感が男たちを襲った。窓の外で凩《こがらし》が鳴った。

「どうやら寒い歳の瀬になりそうだな。ひとヤマ踏むにしたって、こう押し迫っちゃあ……しょうがねえ、どこかの親分でも脅かして、モチ代でも取ってくるか」

鳥打帽を冠り直して出かけようとする向井を、広橋が呼び止めた。

「待って下さいよ、向井さん。それじゃあんまり申しわけない。カネならぼくらで何とかします」

「ふん。アテもねえのに偉そうなこと言うな。級長さんよ」

「いえ、アテはあります」

と、広橋はメガネの縁を人差指で押し上げた。

マティーニとギムレット

夕刻から降り出した雪が、夜の街をひっそりと被って行く。

広橋秀彦は路地裏の古いバーを訪ねた。かつて気の許せぬ酒席で疲れ果てた体を、ひそかに休めた店である。

「マティーニ。ドライで」

コートの襟を立て、帽子を目深《まぶか》に冠ったまま、広橋は言った。

銀髪のバーテンダーは、冷えたグラスを手品のように、カウンターの上に置いた。ステアにジンを満たし、ほんの一滴だけベルモットをたらす。

広橋は思わず苦笑して、帽子のつばを上げた。

「こんなドライを飲《や》るのは、あんたとクラーク・ゲーブルだけだよ」

グラスを差し向けながら、そう言ってちらと広橋を見、口元をほころばせる。

「あんたには、そのなりの方が似合うな」

ありがとう、と広橋は答えてグラスを引き寄せた。

やがて、くぐもったタイヤチェーンの響きとともに、雪明かりがカウンターを細く白く染めた。

「おや、早じまいにしようと思ったが——ちょいと見ぬまに、またなりの変わっちまった人が来た」

戸口に目をやって、老バーテンは呟いた。広橋の隣に雪のにおいを背負ったまま、痩せた男が座った。ボンバーの襟元に厚いマフラーを巻き、ひどく疲れた顔を無理に歪めて、男は笑った。

なつかしげに肩をぶつけながら、男は唄うように言った。

「ギムレットには早すぎる、かな」

グラスの縁で帽子の庇を上げながら、広橋は答えた。

「早すぎはしないが、ここはボンベイじゃない。ブリティッシュを気取ってギムレットとは、雪の銀座には似合わないね」

「そうか。じゃあせめて、氷を浮かべるのはよそう。長いものには巻かれなければ、植民地で生きてはいけない」

差し出されたギムレットに、氷は浮かんでいなかった。

老けたな、と、カウンターごしのガラスに映った旧友の姿を見ながら、広橋は思った。

「ああ、広橋。おまえはもう、長いものじゃなかったんだっけな」

男は重い溜息とともにそう言った。有線のボリュームを心もち上げると、老いたバーテンはカウンターの隅に退いて、グラスを拭き始めた。

「この一年で、すっかり縮んでしまったよ。そっちは、相変わらずか」

八代雅樹《やしろまさき》はめっきり薄くなった頭を撫で上げると、彫像のような鷲鼻を両手で被って、ためらいがちに言った。

「実は俺も、勤めはやめた」

「やめた、って――東洋《とうよう》銀行をやめたのか？」

「ああ。やめさせられたって言った方がいいのかな。ともかく、業界第三位にのし上がった東洋昭和《とうようしようわ》銀行としては、二人のシステム・マネージャーは必要ないらしい」

八代はカクテルを一息にあおると、いまいましげにマフラーをはずした。

「まさかね」、と広橋は苦笑した。きっと相談事を察知して、機先を制しているにちがいない。人生の最も重要な時期を迎えた友人たちにとって、自分はかかわりあいたくない人間なのだろう。

「住宅ローンを返済して、一文なしさ。退職金で相殺したうえに、預金までそっくり持って行かれた。借りは残したくなかったからな」

「君なら、他銀行が放っておかないだろう」

「まあな。だが、銀行はもうたくさんだ。そろそろヘソクリも尽きたし、会計士でも始めようと思っている」

ウソにしては肝が据わっていると広橋は思った。

中位の都市銀行同士の対等合併により、資金量第三位の東洋昭和銀行が発足したのは、一昨年の春のことであった。金融史上に残る出来事である。

この大合併に際して最も注目されたのは、両行のオンラインシステムの統合であった。金融再編成は時代の要請である。しかしそこには、各銀行が独自に発展させたコンピュータ・ネットワークの統合という、大問題が横たわっている。

合併発表からわずか半年たらずで、東洋銀行と昭和銀行のオンラインシステムが完全に統一されたことは、誰の目にも奇跡であった。全銀システム、ＢＡＮＣＳ、各クレジット会社と結ぶ対外系システムの統合はもちろんのこと、事務センターの勘定系システムから営業店のＡＴＭ端末に至るまで、完璧な統一がなされたのである。

八代雅樹はこのプロジェクトの指揮官であった。

「しかし、つらいな。愚痴を言う相手がいないっていうのは。あの時の苦労は誰にもわからない。科学者でもわからん。事務屋では、なおわからん」

「僕は、たぶんわかると思うよ」

八代は横目で広橋を見ると、実に嬉しそうに笑った。

「そうだな。もとは監督官庁の役人だ」

「どうぞ」、と広橋は掌を差し出した。八代雅樹はカクテルグラスを挙げて二杯目を催促すると、噛んで含めるように話し始めた。

「昭銀と東洋の合併はな、そもそもエレクトロニック《E》・バンキング《B》の将来を見こして企図されたものなんだ。他に理由なんて、何もない」

「中位行の収益力では、これからのＥＢ戦略上予想される資本負担に耐えられない、ということだね。儲けが半分だから設備投資も半分というわけにはいかない、と」

八代は意を得た、というふうに大きく肯いた。

「上位行のＥＢシステムに対抗できなくなるのは目に見えているから、規模の利益に走るしか手はない。それが、合併だ。とくに資金量の劣る東洋は必死だったな」

「ずっとニューヨークにいた理由は、それか」

「ああ。信じられるか、八年だぜ。当時のお偉方の先見性には全く恐れ入るよ。俺は銀行合併に際してのシステム統合の研究を、マンハッタンで八年間もやっていたというわけさ。日本にはまだ前例が少ないし、第一その少ない前例を提供してくれるほど、サバイバルゲームは甘くない」

「しかし、あざやかなものだった。昭和と東洋は合併と同時に同一銀行として完成されていた。大蔵省《モフ》の連中も舌を巻いていたよ」

八代雅樹は禿げあがった額にグラスの縁を当てて微笑した。

「俺の前任のシステム室長は、吊りズボンに手甲をはめているようなヤツで、あれにサンバイザーを冠せれば、まるで西部劇の銀行屋だった。もちろん頭の中だって西部劇さ。帰国してからヤツの作成した企画書を読んで、俺は噴き出したね」

話しながら八代は、カウンターのうえに水文字を描き始めた。

「対外系システムの統合は間に合うが、勘定系の統合はムリ、というのがヤツらの結論だった。で、とりあえず開業するために、こんな手を使おうとしたのさ。まず旧東洋の各支店に昭銀仕様のATMや事務系端末を持ちこむ。昭銀の支店にも同様に、東洋の端末を持ちこむ。そしてそれらを各センターとタスキがけに結んで、つまり、昭銀の支店の中に東洋のミニ支店を、東洋の支店の中に昭銀のミニ支店を作ろうとしたんだ。全く幼稚な考えだよな」

「しかし八代。限られた期間内にとりあえず営業体制を敷くのには、てっとり早いぞ。その手は」

「やはり、そう思うか。だが、俺はそうは考えなかった。その方法は早いようでいて、実は非合理的だ。いいか、支店内に異仕様・異回線の端末をいきなり導入したからといって、合併と同時にそれらを操作する行員を、相互に交換できると思うか」

「なるほど。それはムリだ」

「そうだろう。ということは異種の端末を操作できるように、行員を教育しなければならない。ただでさえ忙しいところへきて、これにはたいへんな時間と手間がかかる。第一、同じ支店の中にIBMとユニバックの端末が並んでいるなんて、事故が起こらんほうが不思議だ」

八代はコルクのコースターを二枚、カウンターに並べた。

「いいか、こっちが昭銀の立川《たちかわ》事務センターだとする。こっちが東洋の浦安《うらやす》センター。それぞれが従来の回線のほかに、タスキがけの新回線をホストする。もちろん全銀システムのネットワークや、BANCSやANSERなどの共同サービスも、それぞれのセンターを個別に経由しなければならない。これでは銀行経営上の最大負担であるエレクトロニック・バンキングの全機能を、一行が二つ持っていることになる。しかも両行のセンター間には、新たに高性能のゲートウェイ・コンピュータを導入しなければならない。二度手間どころか三度手間だ」

「方法論にふり回された結果、本来の目的を見失った、というわけか」

「そういうことだ。センター間の直通回線にしたって、最低限で毎秒一・五メガビットの高速デジタル回線が二本必要なんだ。これと併せて支店ごとに約八百本の三・四キロヘルツ回線を敷設するとなると、時間的にも資金的にも、まずムリ。西部劇のアタマが考えそうなことさ。電線さえつなげばいいと思ってやがった」

八代雅樹は、ちょっといかめしい感じのする骨張った顔を広橋に向け、タバコを一服つけた。

「そこで、いよいよ君の出番というわけか」

「ああ。八年目の初仕事さ」、と、八代は思いたどるような遠い目を、暗い壁に向けた。

「おまえも知ってのとおり、この合併はもともと資金量に劣る東洋銀行の方が言い出しっぺだった。昭銀には、べつに相手が東洋でなくとも良いという構えが、終始あった。ということは、合併準備段階での設備負担は、当然、東洋に重くかかってくる。で、俺はこう主張したんだ。どうせ大金をかけるなら、東洋の全ユニバック・システムをIBMに変更してでも、システムの完全統合をすべきだ、とね。それはたしかに巨額の資金を必要とする。しかしシステムの完全統合をせずに合併するのでは、合併の目的であるスケールメリットが減殺《げんさい》される。いやむしろ、それでは将来、優勢な昭銀側に経営の主導権を渡すようなものさ。嫁入り道具をこちらで揃えてこそ、対等合併の実があがると、そう俺は主張したんだ」

「なるほど。持参金が足らない分、立派な嫁入り道具を揃える、というわけだな」

「うまいことを言うな。そうだ、しかもそうすることによって、誰が考えても不可能な勘定系システムの短期統一に、ＩＢＭの全面支援を受けることができる。どうだ、正解だとは思わないか」

「そして君の本当の狙いは――東洋の主導でシステムを完成させ、来るべきエレクトロニック・バンキング時代の主導権を握る」

「――まいったな、おまえには。まさに図星だ。頭取の椅子を奪われようが、役員を昭銀に独占されようが、システムの維持と開発は旧東洋が握る。これこそが銀行の実権だからな。銀行が金貸しである時代は終わったんだ。いわば総合情報サービスシステムとして、銀行は進化して行く。これからはシステム・マネージャーが陰の頭取で、システム開発室がキャビネット・オフィサーになる」

「陰の頭取になりそこねたってわけか」

八代雅樹は鼻で笑った。溜息まじりに煙を吐き出すと、話を続けた。

「すべては、俺の思惑どおりに運んだ。システムは半年の間に完全統一された。俺は英雄になった。だが、合併と同時に、俺にどういう辞令がきたと思う？——ニューヨーク支店に戻れ、だと。マンハッタンのオンボロビルの一室にこもって、旧式のワークステーションを相手に、為替《かわせ》のディーリングのサポートをしろ、だと」

「それは……ひどいな」

「要するに旧昭銀のトップは、役者が一枚上手《うわて》だったというわけさ。システムの構築だけをさせてから、旧東洋の開発要員を全員トバした。すげえよな」

「それで、やめたというわけか」

「ああ。もちろん何年かたって旧系列意識が薄くなれば、呼び戻されることはわかっていた。俺は新銀行にとって必要なはずだからな。だが——何だかバカバカしくなった。機械と、実体もないデータを信仰している自分の人生が。ふと、銀行員というのは、ヨレヨレのズボンにサスペンダーをつけて、手甲をはめて、サンバイザーを冠って、駅馬車の時間を気にしながら仕事をするものじゃないだろうか、なんて考えたんだ。そう思ったとたん、俺はＩＢＭのワークステーションを肩にかついで、ビルの中庭《パテイオ》に投げ捨てたんだ」

　昔から一本気の男であった。八代雅樹がマンハッタンのビルの窓からコンピュータを放り投げる姿をありありと想像して、広橋はほくそ笑んだ。八代もつられるように、ボンバーの肩を慄わせて笑った。笑いながら、広橋の肩に手を載せた。

「というわけで、何だか機先を制したみたいだが、カネはない。本郷《ほんごう》の下宿にいたときみたいに、まさか千円二千円の貸し借りじゃ済むまい」

「そうか。どうやら苦労したのは僕ばかりじゃなさそうだな」

二人はそれから、すっかり気分を改めて、たわいもない思い出話や、旧友の消息について語り合った。

降り積む雪は、往来の物音をすっかり奪い去っていた。

「ところで八代。実は僕も四十の手習いで、コンピュータというヤツを始めたんだ」

「コンピュータ？　それはいい趣味だ」、と八代雅樹は高らかに笑った。

「で、なんだ。ＮＥＣの98シリーズってヤツか」

「いや」、と広橋は学生時代と少しも変わらぬ、いたずらな童顔で笑い返した。

「もう少し高級なもの。プライム７７０・メインフレーム」

八代は膝の上にカクテルを噴き出した。

「メインフレーム！　なんてなつかしい言葉だ。しかし、冗談にしちゃ、きついぞ」

「いや、ウソじゃないんだ。旧式のシステムだけど、中味はちょっとしたものさ。なにしろあのリブネットのデータがそっくり詰まっている」

八代雅樹はグラスを取り落とした。膝を拭って、広橋を見上げた顔に笑いはなかった。

「悪い冗談はよせよ」

「だって、本当だもの。あのJAX2001スーパーコンピュータ・テイミスの全データ、僕が持っている」

「おまえ、まさか……」

「その、まさかなんだ。どこをどう探したって見つかりっこないさ。裁判所の封印をされたマシンのなかに、そっくりしまってあるなんて、誰も考えつくわけない」

「俺は、俺は知らんぞ。そんなこと、何も聞いちゃいない」

カウンターをゆるがして、八代の体が慄えだした。広橋はボンバーの腕を摑んだ。

「なあ八代。久しぶりにこうして会ったんだ。今夜はひとつ、差し向かいでゲームでもやらないか。エレクトロニック・バンキング、っていう面白いソフトがあるんだけど」

北海の熊

北海道東《ひがし》辺朴《へんぼく》郡勝幌《かつぽろ》村――
深い雪に埋もれ、針葉樹の原生林に囲まれたこの辺境の村は、ここ数年のあいだにいちじるしい変貌を遂げていた。

風見鶏《かざみどり》だとかバーコードだとか呼ばれながら、ともかく行動力のあった総理大臣が、売上税論争のドサクサに紛れて「総合保養地整備法」とかいうよくわからない法律を作って以来、日本中そこかしこで起こった怪現象である。

環境保護が叫ばれる以前のことであったから、それはまったくすさまじいの一語に尽きる開発であった。かつては熊も餓死するといわれた原野のただなかに突然、一大リゾートランドが出現したのである。

なにしろ都心の地上げをして高層ビルをブッ建てるという、バトルロイヤル商法を勝ち抜いてきた史上最強のデベロッパーにとって、もはや不可能はなかった。

わずか二年余の間に、五十四ホールのゴルフ場を造成し、山腹を切り開いてゴンドラ二基、クワッドリフト十基、ナイター完備のスキー場を造り、大地を砕いてムリヤリ温泉を噴出させ、二十五階建八百室のホテルを建設した。

リゾート事業は単純なパワーゲームだと知っている彼らにとって、不毛の原野を黄金郷に変えることなど、プラモデルを作るのと大して変わらなかった。

問題らしい問題といえば、交通アクセスの悪さであったが、営業能力なんて伝統的にないJRをだまくらかして、帝国海軍の戦艦大和《やまと》みたいな「カッポロリゾート・エキスプレス」を走らせ、それまで無人駅だった辺朴本線勝幌駅を京葉《けいよう》線舞浜《まいはま》駅みたいに造りかえ、シャクトリムシのようなシャトルバスを運行すれば、アッという間に解決した。

むしろアクセスの悪さというデメリットを華麗に演出して、都会人のリゾート志向を魅きつけることに成功したのである。

アイデアが斬新な分、とりたてて宣伝費をかける必要はなかった。マスコミがこぞって取材に訪れ、勝手に雑誌やテレビで紹介をしてくれた。

ＪＲはここでもうまくやられた。客を電車に乗せようと腐心するあまり、企業の口車に乗ったのである。

「北帰行・カッポロリゾートプラン」

とか、

「あなたとの愛——カッポロの雪に埋もれて」

とか、

「君を乗せて・冬のラバーズエキスプレス」

なんて、くせえキャッチコピーを乱発して、大々的な宣伝をした。当然、設備投資と宣伝費の償却に四苦八苦したＪＲは、またしても赤字を上乗せした。

ＪＲは儲《もう》からなかったが、小泉今日子《こいずみきょうこ》は儲かった。小泉も儲かったが、リゾートプロジェクトはもっともっと儲かった。

どのくらい儲かったかというと、リゾート内のすべての支払いに使用できるプリペイドカードの残余金だけで、全従業員の人件費に相当する、といわれた。

このプリペイドカードの未使用残余分は、もちろん現金で払い戻すことができたが、クライアントはたいてい女連れのヤンエグであったので、「また、キミと来ようね……」なんて見栄を張って、そのまんま帰っちまうのであった。

この手のカップルの女の方は、次回は別の男と来ることになっているし、ミエッパリの男の方は来年の冬までにはたいがい自己破産をしてしまうので、このカード差益は膨大《ぼうだい》な額になった。

当然のことながら、リゾート内の物価はクソ高かった。クソ高いこと自体がリゾートのステータスを維持するので、クソ高いのであった。男たちは何となく来年の運命を予感しながら、女には二千円のカレーライスを食わせ、自分は千五百円の「名物カッポロラーメン」をすするのであった。

リゾートは儲かったが、もっと儲かったのは地元住民である。タナボタとはまさにこのことであった。

かつて無人駅の清掃を、毎朝半世紀も続けていた駅前のタバコ屋の老婆は、「地元村民との調整会議」の結果、リゾート地域内のタバコ専売権を獲得し、わけがわからんうちにリゾート地域内の保守清掃権をも獲得した。

農家の多くは事業体の指導で、はずかしいようなペンション村に衣替えし、これがまたステータスを維持するにふさわしい「協定料金」にそって、エラく儲かった。オヤジたちは出稼ぎに行く必要もなくなり、おまけにパジェロ・スーパーエクシードなんかを駆って、百五十キロ離れたススキノまで女を買いに行く身分になった。

なにしろほとんどの家族は、百年前に入植した屯田兵《とんでんへい》の子孫である。これもヒイジイサマの功徳《くどく》にちがいなかっしょと、夏の終わりには盛大な裸祭りを挙行した。これといったアイデアが出ないので、全員がスッ裸でミコシを担いだのであった。で、これをまた伝統的に営業能力のないＪＲが、「北国の奇祭」とかいってボランティアみたいな宣伝をしちまったものだから、またしてもＪＲは赤字を計上し、リゾートは儲かった。

北海道東辺朴郡勝幌村は、こうして百年の長い冬から目覚めたのである。

ここに、リゾート事業によって最も恩恵をこうむった一人の人物がいる。

古屋《ふるや》万吉《まんきち》——通称古万《ふるまん》と呼ばれる、地元のヤクザである。

ヤクザと言ったって、土地が土地であるから、自分で勝手にヤクザだと言い張っているだけで、村人たちは「古屋組」という村ではただ一軒の大工だと認識していた。

古万親分はその昔、集団就職で東京に出て、実はマジメに大工の修業をした。折しも東映ヤクザ路線の全盛期であった。いくらあこがれたって小僧にヒマはないので、「年季が明けてクニに帰ったらヤクザになろう」、と誓った。で、十数年後、律義にお礼奉公も済ませ、晴れて生まれ故郷の勝幌村に「古屋組」の看板を掲げたのである。

ヤクザとの付き合いは全然なかったが、根が勤勉であったから稼業のノウハウは知っていた。実話系週刊誌のバックナンバーもズラリと揃っていた。

しかし、いざ渡世を張ってみたら、バクチを開帳するにしたって余分なカネを持っている村人は一人とてなく、ミカジメ料を取るにしたって飲み屋の一軒すらなく、デイリと言えば、しばしば出没するヒグマとの決戦であった。

こうして古万親分は、なつかしい東映ビデオ復刻バージョンをくり返し見ながら、悶々とした日々を送っていたのである。

ところが――降って湧いたリゾート建設とともに、古万の夢は実現された。

ある日、幼なじみの村長がヒョッコリやってきて、東京のでけえ会社の人が来てるんで、ちょっくら顔みせてくれろ、と言う。工事が始まって人足なんかがいっぱい来るから、この村にもヤクザがいてニラミをきかさんとうまくねえ。ひとつ頼まあ、と言うのである。

ニラミには自信があった。眼光は鋭く、体毛はあくまで濃く、大工というより森の木コリの趣があった。昨年の夏、山中でヒグマを格闘の末たおしたときなど、遠目にみていた子分たちには、親分が勝ったのかヒグマが勝ったのかわからなかったほどである。やがて血まみれの親分を肩に担いだヒグマが姿を現わして、子分たちは真っ青になって逃げ帰ったが、実はヒグマを肩に担いだ親分であった。

要するに会議の席に連れて行くのは、古万でもヒグマでもどっちでもよかったのだけれども、ヒグマよりむしろ古万の顔の方がインパクトが強いと判断して同行を求めたのであった。

村長の思惑はズバリ的中した。東京の地上げでは上品なヤクザばかり相手に回していたプロジェクトの担当者は、やおら原始的ヤクザに遭遇してたちまちビビッた。日本刀のかわりにチェーンソーを背中にしょっており、熊皮のチャンチャンコの上に、ロープを十文字に掛けていた。古万は会議の帰りに山に寄る予定だったのである。

担当者たちから初めて「親分」と呼ばれたとき、古万の胸は熱くなった。以後、若い者には「親方じゃねえ、親分と呼べ」、と厳命した。たった一字のちがいであったが、まちがえるたびに大工見習の子分たちはゲンノウで頭を割られた。

「地元の親分」であり、なおかつ「唯一の地元デベロッパー」である古万に、とてつもない利権が集中したのは言うまでもない。

自慢じゃないが、大工の腕には自信があった。ことに在京時代は2×4《ツーバイフォー》のエキスパートとして鳴らしていたから、ペンション建築なんてお手のものであった。

企業体の最大の懸案であった人手の確保も、札幌の土建業組合から調達した。もちろんテマのピンハネも忘れなかった。飯場では毎晩ハデにバクチを開帳し、莫大なテラ銭を稼いだ。

その他、森林の伐採や整地、資材の納入や搬送にもことごとく携わった。こうして「株式会社古屋組」はその二年後、駅前に五階建のビルを建て、古万はなんとなく地元の親分になったのである。

しかし、古万の親分にはいまひとつ割り切れぬものが残っていた。いちおう「親分」として認知はされているのだが、どうも映画や実話系週刊誌とはちがう。ベンツも買ったし、フロ屋のような家も建てた。手錠のようなブレスレットも、ゲンコのようなダイヤのネクタイピンも買った。しかし、どこかちがう。

考えあぐねて、ハタと気づいた。そうだ。ヤクザ同士の付き合いがないからなのだ。やっぱりどこかの親分と兄弟盃をかわし、よその子分から「オジキ」なんて呼ばれなければならないのだ。

しかし、隣村までは峠を二つ越さねばならなかった。しかもそこはリゾート計画の恩恵に浴していないから、自称ヤクザというヤツが一人いたが、大工だった。

三十キロ離れた港町にも親分がいると聞いてわざわざ訪ねたけれど、そいつは漁師だった。

そんなある日、札幌で名を売った本物の親分が死んで、葬式が出るというウワサを駐在の巡査に聞いた。チャンスは今しかないぞと駐在もすすめるので、ベンツを駆って「義理カケ」に向かった。

おともの子分たちは、なるたけ押し出しの利きそうなヤツを選んだつもりだったが、札幌の街なかに立つと図体のデカさばかりがやたら目立って、雰囲気はまるで牧歌的であることに気付いた。で、全員で床屋に寄った。出棺までの時間がないので、カットを省略して、パンチパーマをかけたら、何だか六人とも石川五右衛門《いしかわごえもん》のようになってしまった。

それでもいったん葬儀会場に入ると、周囲はすべてふつうのパンチパーマであったので、六人のアフロヘアーの集団はひどく目についた。この業界では、異様であることが一種の美徳とされていた。

しかも、かつて業界人との交際がなく、東映ヤクザ路線の世界を唯一の手本としてきた古屋組一同は、実に古色蒼然《こしょくそうぜん》たる地場の貸元的イメージを会葬者たちに与えたのである。

それは、全国屈指の大組織・天政連合会の北海道支部長をつとめる某組長の葬儀であった。

カネならいくらだってある古万親分は、受付に一千万円の札束《ズク》をドサリと置いた。

古色蒼然たる物腰、正体不明のアフロヘアー、ナゼか顔だけ牧歌的な一団が、やおら「カッポロの古万です」とか言って一千万の香典を積んだのだから、受付の若者はパニクった。おりしも、葬儀委員長をつとめていた天政連合会事務局長・岩松円次は、一千万と聞いてもっとパニクった。

岩松の特殊な金銭感覚でいうところの一千万円は、ふつうの人間が体感する十億円ぐらいの価値があった。で、読経中の坊主を蹴倒し、泣きくれる遺族を殴り倒して挨拶に出た。

「あ、こりゃ古万の。わざわざご足労願いまして、ごくろうさんです」

なんて、けっこう業界では有名な、実話系の週刊誌のグラビアでも見たことのある岩松円次親分に頭を下げられて、古万は興奮した。

自分の名前はいつの間にか東京にまで轟《とどろ》いていたのだ、と、とんでもねえ誤解をしたあげく、その夜のうちに岩松から「天政連合会・北海道東辺朴郡支部長」の肩書をもらった。

岩松円次にしてみれば、そんな肩書はいくつつくれてやったって良いのであった。第一、支部長もクソも東辺朴郡には他にヤクザなんて一人もいないのであった。

もちろんその肩書と引き換えに、さらに五百万円の小切手を切らせることも忘れなかった。東京に戻ってからアルツハイマー病の総長をなだめすかして、「至誠通神」なんて額を書かせ、代紋入りの銀盃と一緒に宅配便で送った。すると、「こいつは総長のお見舞金で」とか言って、またしても百万円の小切手を送ってきた。ほとんど通販のノリであった。これらのカネをことごとく岩松がパクッたのは言うまでもない。

古万は正式な盃事を熱望したが、ちょっとブキミな感じもするのでさすがの岩松もためらった。ただ、カネがあることはわかっていたから、「いずれ総長が退院したら、正式に盃をもらって本家の若中に加える」という口約束をした。総長が退院する予定なんて死ぬまでないから、この約束は安心できた。

古万は「事務局長」の岩松が人事権を掌握しているような錯覚を起こし、ことあるごとに小切手をムシられるハメになった。岩松の思うツボであった。

当の古万はそれでもマンザラでもなかった。なにしろ積年の夢がついに叶《かな》ったのである。斯界《しかい》の最高級ブランド・天政連合会の幹部として認知されたのだから、この際ゼニカネの問題ではなかった。いやむしろ、実話系の記事でデフォルメされた斯界の常識から考えると、思ったより少ない気もするのであった。

古万は幸福であった。夜明けとともに目覚め、寝つかれぬ夜はひそかに邸を脱け出し、月に向かって、吠えた。

F・B《ファームバンキング》を狙え

砦のコンピュータ・ルームに一歩足を踏み入れたとたん、八代雅樹は立ちすくんだ。

「信じられない……たしかに、プライムのメインフレームだ」

それは八代がニューヨークに在勤中、最新鋭機種として話題をまいた大型汎用コンピュータ・プライム770にちがいなかった。

小劇場を思わせる緩い階段を降りながら、広橋秀彦は百インチスクリーンの両脇に並ぶ、象牙色の中央処理装置《C・P・U》と、膨大な記憶装置群を指さした。

「そう。そして中味は、リバティ・ネットワークの全データ、全プログラム。つまり今のところ、世界一のおりこうさんだ」

八代はマフラーの襟元をくつろげ、高い天井にこだまする声を気にしながら、囁いた。

「オペレーターは？」

「残念ながら、僕はまだ勉強中。ときどき臨時オペレーターが一人、遊びにくる。もちろんシステムの中にね」

「システムの中？　まるでハッカーだな」

「そう、〈天使《エンジェル》〉という名のスゴ腕だ。リブネットをクラッシュさせたのも、ヤツの仕業さ」

八代は周囲を見渡しながら、ゆっくりと階段を降りてきた。革張りのオペレーターシートに腰を下ろし、呆けた顔で言った。

「俺たち専門家からみれば、あれはまったく信じがたい事件だった」

「優秀なセキュリティだったらしいね」

「ああ。セキュリティの設計者で、リブネットのチーフ・オペレーターだった学者、ええと何ていう名前だっけ」

「青野《あおの》遍理《へんり》博士。ドクター・ヘンリー・アオノ」

「そうだ、たしかリブネットの発表記者会見で、豪語していたな。このセキュリティは三十世紀のハッカーにも破れないって。彼はすばらしい科学者だ。システム・セキュリティの設計にかけては、おそらく世界一だろう」

「だが、破られた。世界一のアオノ・セキュリティを破った〈天使〉は、まちがいなく世界一のハッカーだな」

「まったくだ。いったいどんな人間だろう」

「呼ぼうか。すぐ来るよ」

「いや遠慮しておこう。とてもそんな気にはなれない」

八代は顎を振って、すっかり酔いの醒めた顔をキーボードに向けた。

「ちょっと遊ばせてもらっていいか？　もう一生コンピュータには手を触れまいと思ったが」

「どうぞ。ここには世界中の知識が詰まっている。好きにしてくれ」

メインスイッチを入れると、モニターに照らし出された八代の顔は、打って変わった技術者のそれになった。すばらしい指さばきで、八代はキーを叩き始めた。

広橋はシートに体を沈めると、メガネをはずし首をかしげて目を閉じた。真剣に物を考えるときのクセである。

そうして長い時間が経った――。

ふと、厚い扉を乱暴に開けて、へべれけに酔ったピスケンが入ってきた。椅子やテーブルを押し倒し、こけつまろびつしながら階段を降りてくる。

「やっ、なんでえ。客人かい」

ブランデーのボトルをグビリと呷り、ピスケンはモニターにもたれて八代を見下ろした。

「紹介しておくよ。大学時代に同じ下宿にいた八代君だ。こっちは今の同居人の阪口君」

「オス。ミイスター、ヤシロ。ハイドードー」

「やあ。よろしく」

ピスケンはよろめきながら階段に腰を下ろした。牛のような目でトロリと八代を見上げ、ボトルを突き出した。

「ま、いっぺえやれや客人――しかし、それにしても何だな、おめえもヒデと同《おんな》じ、東大出のクスブリってえヤツか」

不愉快そうに目をそむける八代に向かって、広橋は弁明をした。

「彼は口は悪いが、僕の尊敬する友人だ。実にいい男なんだ」

「フン。学士様に尊敬されるたァ、俺《おい》らも偉くなったもんだなァ。しかしよ、おめえなんぞに有難がられたって、ヤクザにコケにされるんじゃ、仕様がねえ」

八代はピスケンの手からボトルを受け取ると、喉を鳴らしてブランデーを飲んだ。

「だいぶ荒れてるようだな、阪口さん」

「おう、わかってくれるか。たかだか三千万だぜ。俺ァヤツらのために、十三年と六月《ろくげつ》と四日も寒い思いをしたってえのに。三千万ぽっちのカネも用立てできねえと。情けねえよな、情けねえ」

八代はぼんやりと広橋を見返した。

「おまえら、何だか事情がありそうだな」

広橋は八代の手からボトルを奪うと、顔をしかめて一口飲んだ。

「冷たいもんだね。義理も人情も紙風船ってところだ」

「でもよ、ヒデ。あんまりバカにしてると思わねえか。車代だと三万円投げやがった。三千万円じゃねえぞ、三万円だ。しゃくにさわるからソックリ運ちゃんにくれてやった。俺は今日てえ今日は盃を水にして、岩松のオヤジをブチ殺してやろうと思ったぜ。でもよ、俺たちの渡世は、親が白だといやァ、黒いカラスも白いんだ。俺ァくやしくって、情けなくって……」

ピスケンはそう言うと、膝の上に背を丸めて、ワァッと泣き伏した。

「……何だか、人ごととは思えんな……」

八代はしみじみと呟き、ボトルを広橋の手から奪い返すと、また一口喉に流し込んだ。

「おまえの今日の相談事というのは、これか」

広橋は肯いた。

「まあ。そんなところだ」

八代雅樹はボンバーを脱ぐと、こごえた子供にそうするように、ピスケンの肩に掛けた。

「カネは貸せないけど、知恵は貸そう。黒いカラスも白いっていう言葉、なんだかひどくこたえた――」

〈お呼び出しを申し上げます。大河原勲さま。コントロール・ルームまで至急お越し下さい〉

コンピュータ合成音に呼び出されて、軍曹は腹筋運動を中止した。

「面妖《めんよう》な……」

ペントハウスの梁《はり》に設置されたスピーカーを見上げて、軍曹は呟いた。砦のどこかに女が隠れているのか。それにしてもひどいナマリだ――。

軍曹はショートパンツ一枚の姿で駆け出した。階段の踊り場から踊り場へと獣のように身をひるがえし、音もなく廊下を疾走する。コントロール・ルームの外でいったん壁に身をひそめ、扉を蹴破って室内に躍りこんだ。

オペレーターシートの周囲でヒソヒソと頭を寄せ合っていた三人の男たちは、ワッと叫んで一斉に立ち上がった。

「テ、テメエ！　なんでいちいちドアをブッこわさにゃ入ってこれねえんだっ！」

ピスケンは指さし、クックックッとブキミに笑いながら軍曹は言った。

「とぼけるな。キサマら、女をどこに隠した——ヤヤッ！　部外者が侵入しておるではないか。キサマ誰《タレ》か。所属階級氏名を述べよ」

広橋とピスケンはとっさに八代雅樹の前に立ち塞がった。

「ほらみろ、だから俺が呼びに行くって言ったじゃねえか。なんせこいつは、機械といったら鉄砲と謄写版しか知らねえ野蛮人なんだからよ」

「大丈夫だ、八代。べつに怪しい者じゃない。その、なんだ、健康病っていうヤツだ」

広橋の解説は、ゴジラを称してヤモリだと呼ぶぐらいの説得力しかなかったが、とりあえず敵ではないということがわかって、八代は安堵した。

「軍曹、まあ座れ」

と、ピスケンはいかにもチームリーダーの口ぶりで言った。

「これから俺たち四人で協力してだな、どっかに行っちまった三千万円を作ろう、てえことになった、ま、おめえも一肌脱いでくれや」

軍曹は百三十センチの胸板をムキッとせり出して答えた。

「言われなくとも、もう一肌脱いでおる……どっかに行っちまった三千万と、キサマに言われれば返す言葉もないが、むろん協力するのはヤブサカではない。で、どうすればよいのだ」

ピスケンは軍曹の耳元で囁いた。

「どうするって、そんなの知るか。ま、こいつらがアタマ使って、俺たちが体を使うのァまちがいねえ」

軍曹はふと、べつに深い考えはないが、いつものクセである考え深い顔をした。

「よし。ともかく三千万円を補塡《ほてん》することはわれらの急務である。何なりと」

四人はたちまちスクラムを組むように額を寄せ合って、なにごとかを話し始めた。


日本一の現金取扱高を誇る東洋昭和銀行・兜町《かぶとちよう》支店の窓口に、二人の紳士が姿を現わしたのは、午前九時の開店と同時であった。

ともに書類の詰まったカバンを携え、背広の襟にはヒマワリに天秤を象《かたど》った弁護士バッジが輝いている。

普通預金口座開設の申込書を差し出しながら、小男の方が、「明日一番で三千万円の入金があるから、現金を用意しておいて欲しい」、と言った。大男の方が、倒産した某大手不動産会社の管財人である、と名乗るのを、小男は言葉で制しながら、窓口の行員に確認した。

「なにぶん混み入った事情で。東洋昭和の為替業務が最も信頼できますから。では明日、現金で」

バブル景気以来、ここ兜町では三千万円なんてカネのうちに入らなかった。女子行員は大して気にも止めず、明日おカネをおろしにきたら、MMCか期日指定定期に誘っちゃおう、なんて軽く考えただけであった。

コントロール・ルームに戻ると、広橋はバッジを襟からはずしながら、階段を駆け降りた。

「よし、銀行はOKだぞ。こっちはどうだ」

オペレーターシートでは、八代雅樹がキーボードと格闘している。

「株式会社古屋組のデータはプリントアウトしてある。リブネットの全国企業ファイルから検索したものだ。見てくれ」

ラインプリンターが吐き出したデータを、広橋は破り取った。

「――まったく、こうもおあつらえ向きのターゲットが、よく見つかったものだな」

「むずかしいことじゃない。山間部と離島にある企業で、売上高の多いものをラインアップする。まちがいなくファームバンキングを導入しているはずだからな」

「しかし、天政連合会との関係はどうやってつきとめたんだ」

「それは、この阪口君のお手柄さ」

かたわらのピスケンがエヘンと胸を張った。

「なあに、古屋組ってえクセエ名前だから、克也のバカに電話してカマかけてやったのよ。おめえ、北海道のこういう組、知ってるかって。そしたら克也の野郎、ズッポリ嵌まりやがんの。ああそれなら、岩松のオヤジがカジッてる田舎者でしょうって。代紋ほしさに、カネならいくらだって吐き出すイモだって。まったくイモはどっちだよなあ」

四人はしばらくの間、笑い転げてから、広橋の言葉でふと真顔に戻った。

「ところで――問題はこれからだ。まあ仮に、その田舎者がハマッたとしよう。受け皿もできた。しかし、ファームバンキング端末からの振込予約で、朝一番の電子マネーが東洋昭和の兜町支店に入金され、それを僕と軍曹が引き出しに行くというのは、あまりに容易すぎはしないか？」

ピスケンは横目で広橋を睨んだ。

「なんだヒデ。おめえビビッてやがるのか」

オペレーターシートを回転させて、八代が答えた。

「いや、そうじゃない。俺も広橋と同意見だ。実際にそのルートでカネを受け取ると、オンラインのすべて、つまり古屋組の仕向け銀行の支店と事務センター、仲介をする全銀システム、そして東洋昭和の事務センターと兜町支店――そのすべてに振込データが残ってしまう。万が一、事件が表沙汰になったとき、これだけ証拠が残ることはうまくない」

ウーム、と軍曹がセロのような声でうなった。

「なるほど、カネのやりとりは実際コンピュータがやっているわけだからな。機械は正直だ。やはりてっとり早く銀行ギャングをやった方が後くされがないのではないか。イチかバチか」

ピスケンが立ち上がって気色ばんだ。

「まったくてめえってヤツは、何でそう乱暴者なんでえ。いいか、犯罪てえのァな、もっとスマートにやるんだ、スマートによ」

「スマートだと？　ひとごろしが何を言うか。ダンプカーもろとも殴り込んで、ダイナマイトを投げながら二人もブチ殺したのは、どこのどいつだ！」

「えっ！　な、なんて乱暴な。どこのどいつだ、あっ、俺だ」

さかんに言い争う肉体派たちを尻目に、広橋は八代を誘うと席をはずした。コントロール・ルームを見下ろすゲストシートに座ると、二人は輝くほどの聡明な額を突き合わせた。

「どうだ八代。為替オンラインのどこにもぼくたちの痕跡を残さずに、三千万円を煙のようにからめとる方法だ。考えてくれ、ぼくは完全を希望する」

八代雅樹は天井を見上げたまま、しばらく考えるふうをした。

「大河原君がいま、銀行ギャングと言ったな」

「おいおい、マジメに考えてくれよ」

「いや。いいヒントだ。電子マネーだから足跡が残る。現金を奪えば、証拠、つまりデータは残らない——うん。わかったぞ」

細い、技術者の指のすきまから充血した瞳を覗かせて、八代は続けた。

「古屋組のメインバンクは北海道産業銀行。地図で見た限り、東辺朴郡勝幌村というのはとんでもない僻地《へきち》だ。つまり古屋組はまちがいなく北産のF・B《ファームバンキング》端末を持っている。端末から入力されたコマンドは、まず仕向け支店である北産の東辺朴支店へ入り、そこから札幌の事務センターに転送される。少なくともその段階で北産のコンピュータがダウンすれば、電子マネーは現金にかわる」

「なに？……」

広橋はメガネの縁を押し上げて、八代の目を覗きこんだ。

「システムがダウンすれば、現金を動かすしかないだろう。わかるな」

八代はそう言って唇の端を歪めた。

「待てよ。それなら、北産の東京支店に受取口座を開いた方が良くはないか」

いや、と八代は顎を振った。

「北海道産業銀行の店内に、我々が足跡を残してはならない。その理由は、おまえの方が専門だ」

しばらく考えてから、広橋は眉を開いた。

「わかったよ。八代」

笑いながらテーブルの上に差し出された八代雅樹の手を、広橋は握り返した。

二人が到達した結論はこのようなものであった。

振込依頼人・古屋組と仕向け銀行・北産の関係は委任関係である。同様に為替受取人と被仕向け銀行・東洋昭和の法的関係も、委任関係である。委任を受けた銀行にはそれぞれ善良な管理者としての注意義務があり、為替の発信と同時に、振込人と受取人はそれぞれの委任銀行に対しての債権を取得することになる。

つまり、万が一、トラブルが発生した場合、銀行には等しく賠償責任があるわけだから、東洋昭和銀行はそのトバッチリ的責任を回避するために、必死で北海道産業銀行に対して現金の搬入を要求する。法律に裏付けられた、当然のなりゆきである。

札幌—東京間の現金の搬送——これには二通りの方法しかない。北産が他行のオンライインを通じて現金を振り込む方法。そしてもうひとつ、北産東京支店の行員が直接、東洋昭和の兜町支店に現金を搬入する方法である。

もし仮に、後者の方法が選択された場合、電子マネーは北海道に滞ったまま、札幌本部の指令により現金だけが兜町とは目と鼻の先の北産東京支店から持ち込まれてくることになる。電子マネーは現金に変わるのである。

結果、東洋昭和銀行はすべての責任をまぬがれ、善意の管理者としての義務を果たしたことになる。受取人と北海道産業銀行の間には接点は皆無である。

そうして事件は、振込人・古屋組とその委任を受けた北海道産業銀行の間の、民事事件として封じこめられる――。

「あとは、北産のシステムをタイミングよくダウンさせることができるかどうか、だ。社会的影響を最小限にとどめて……」

八代は額の脂汗を拭って答えた。

「それは簡単だ。まず今日の真夜中に仕掛けを作る。先方があわてて端末から振込予約をするような仕掛け。それは業界に明るい阪口君に起草してもらおう。とすると、明日の午前中だけのシステムダウンで十分だ。その程度なら北産もおおごとにはするまい」

「完璧だ」、と広橋秀彦は椅子に背をもたせ、大きな溜息をついた。

「ではさっそく、とりかかってくれるか」

八代は顔を上げて苦笑した。

「俺が？　おい、俺はコンピュータ学者じゃないんだぜ。そんなことできるわけないだろう」

「ちょっと待ってくれ。僕だって見習いのオペレーターだ。とてもじゃないけど」

「なにもおまえにやれとは言っていないよ」

八代は立ち上がって満面の汗を拭いながら、階下の二人に向かって手を上げた。いかにもたわいのないことのように、階段を降りかけて振り向いた。

「ほら、ときどきこのプライムに遊びにくる臨時オペレーターがいるだろう。あの、アオノ・バージョンをクラッシュさせたヤツだ。ＪＡＸ２００１・テイミスのセキュリティに較べたら、北産のオンボロ・メインフレームなんて、まるでオモチャだぜ――」

あざやかなハッキング

「親分。東京から、緊急のファックスが入っただべさ」

雪明かりの障子ごしに、若者が言った。

古万は枕元の時計を見た。午前三時。非常の時間である。

（デイリだべや！）、と古万はハネ起きた。夢にまで見た男の晴れ舞台である。ここであわてちゃならねえと、東映の映画の中のイイ者で落ち目の侠客がよくそうするように、寝床の上でドテラを羽織り、声を低めた。

「騒ぐんでないぞ……」

「へ？　誰も騒いでないけど」

「いま行くから、道具を用意しとけ」

部屋住みの子分たちの精神教育には、おさおさ怠りなかった。毎日の日課として仁侠路線のビデオを一本ずつ、イヤが応でも見せているのだ。最もお気に入りの「昭和残侠伝シリーズ」などは、どれもボロボロの画面になっていて、高倉健《たかくらけん》と川谷拓三《かわたにたくぞう》の見分けもつかないほどだ。

（とうとう、ヒシの本格的関東侵攻が始まったのだ）、と古万親分は勇み立った。来《きた》るべきときがついに来たのだ。

キリリとサラシを巻き、彫物の入った肩をいからせて鏡に向かう。ハンパなスジ彫りは、もちろんカネが続かなかったせいではない。痛くてたまらねえから、途中でやめたのだ。おかげで背中の虎は三毛猫に見え、胸の黒雲はトコロテンのようだ。マジックで埋めて行くべえと、古万は思った。

大島の着流しに白い三尺帯を締め、ススキノの質屋で買った白鞘《しらさや》の日本刀を携えて、雪明かりの廊下を歩く。一歩ごとに、まるで雪の吾妻橋《あづまばし》を渡るようなヒロイズムが、ひしひしと背を被った。

邸に続いた事務所に入る。すでにアフロヘアーの若者が、五、六人も起き出していた。

机の上には道具が揃っている。ノコギリ、カンナ、ゲンノウ、ノミ、ヤットコ、チェーンソー……。

「バカヤロー、こったら道具じゃねえべさ！」

若者たちはキョトンと顔を見合わせた。

「え？　緊急メンテでないんかい。やあや、またリフト小屋が雪でつぶれたんかと思ったっけが」

「まったく張り合いのねえ野郎どもだな。デイリだべさ、デイリ」

「いえ、そったらことじゃありません。これ見てけらっしょ」

ドッと疲れが出た親分は、子分の差し出したファックス用紙を手にした。

発・天政連合会本部・岩松円次

着・北海道東辺朴郡支部長・古屋万吉殿
前略　御一家御一統様には御清祥の事と存じます。
扨《さて》、内密ながら今般、来る定例幹部会に於て、貴殿を北海道総支部長兼本部若頭筆頭補佐に推挙致したく、つきましては推挙協賛金として
一金　参阡萬圓也
明朝一番にて下記の指定口座に御送金戴きたく、宜しく御了承下さい。尚、他候補者、推挙人との兼ね合い上、明後日の定例幹部会終了までは、不用意な問い合わせ、連絡等は一切お控え下さい。
追って決定通知を致します。

記

振込口座　東洋昭和銀行兜町支店　普通預金　NO・一三四一七五一
岩松円次（電信振込にて）

古万は狂喜した。もろ手を上げての栄光のシャワーの下に立ち尽くすのであった。

書面を覗きこみながら、若頭兼現場監督の幹部が言った。

「やあや、親分、よかったでないの。おめでとうさんです」

古万は熊のような毛むくじゃらの手で若頭の肩を引き寄せた。

「おう。これでおまえらも、札幌くんだりで木コリだの熊だのとバカにされねえですむだべや。なにせ天政連合会の直参幹部だもね」

オオッ、と事務所の中に喚声が上がった。屋根からドッと雪が滑り落ちた。

「そうと決まりゃ親分。ひとつ祝杯を上げるべさ」

いや、と古万は潤んだ瞳をしばたたいた。

「祝いの前にやっておかねばならんもね。道具をかたして、寝ろ……」

古万は文書を握りしめて会長室に入った。神棚に灯明を上げ、長いこと手を合わせてから、デスクの上のワークステーションに向き合った。ご自慢の十九インチ・グレースケールモニターを装備した、ヒューレット・パッカードの最新鋭機・アポロ９０００シリーズモデルである。

毛むくじゃらの指先でキーを叩き、北海道産業銀行東辺朴支店のファームバンキング・サービスをコールする。それは遠隔地の顧客のために用意されたシステム端末である。

勝幌村には金融機関がなかった。最寄りの銀行といっても、峠をふたつ越えなければたどりつけないのであった。それでも以前は根性のある顧客係が、銀行員というより山岳救助隊のようなフル装備で集金に通っていたのだが、去年の冬、吹雪の峠で熊に食われて死んだ。

その遭難をきっかけとして、最新鋭のファームバンキング・システムが導入されたのである。これにより、資金振替・代金回収・振込取引通知・各種照会といった銀行業務はすべてコンピュータ操作でできることになった。

かつて勇気ある行員が、支店長以下と水盃をかわして出発した決死的営業は、エレクトロニック・バンキングの導入によって解決したのである。

古万は拝むように、明朝の振込予約を入力した。それから、風呂場で逆立ちしてもたいして変わらないヒゲヅラを上気させて、山々にこだまするほどの声で吠《ほ》えた。

降り積む雪が、軒からドドッと滑り落ちた。


東洋昭和銀行兜町支店の応接室の中を、二人の弁護士はイライラと歩き回っていた。ほぼ五分おきに電話が鳴り、大男の弁護士がそのつど、受話器に向かって言いわけをする。支店長は背を丸めたまま、さかんに額の汗を拭っている。

「しかし、あの山手不動産《やまてふどうさん》の管財人の方だとは……」

「いったいどうなっているんですか支店長。私は東洋昭和さんの為替システムを見込んで、わざわざ受取口座を開いたのですよ。ご存知の通りこの案件はこみ入っているんです。大物右翼や厄介な総会屋も騒いでいる。政界スキャンダルに発展するおそれもある。それをやっと、債権者会議にまでこぎつけたというのに、たった三千万の為替の遅れで会議が流れてしまう」

広橋はソファの背を摑んでそう言った。

「ただいま仕向け銀行に問い合わせておりますので、もう少々お待ち下さい、岩松先生」

「もう少々って、こっちは四百億の債権をとりまとめているのですよ。先方はファームバンキングの端末を使って、昨日の夜のうちに振込予約を済ませたと言っている。なんで十一時近くになって入金がないんですか」

そのとき、為替テラーの女子行員がバタバタと応接室に駆けこんできた。

「支店長、大変です。北産の札幌事務センターでコンピュータのトラブルが発生しました。為替業務は停止しています！」

「なんだと！」

支店長は腰を浮かせるように立ち上がった。一瞬の沈黙は四百億円の重みであった。

「支店長。私は東洋昭和銀行に対して損害賠償請求をしなければなりませんよ」

支店長の顔から、見る間に血の気が引いた。

「そ、そんな。キミ、すぐに電話を北産の役席につなぎたまえ！」

女子行員は転げるように応接室を走り出た。

「私どもと委任関係にあるのは、北海道産業銀行ではなく、東洋昭和銀行ですからね。あなた方が北産に対して遡求権《そきゅうけん》を主張するのは勝手だが、私はあなた方を相手にするしかありません」

支店長は頭を抱えてソファに沈み込んだまま、動かなくなった。こめかみに静脈が浮きたっている。二人の弁護士は策を練るように、部屋の隅で囁き合った。

「あまりデキのいい銀行屋じゃないね。コンピュータの復旧まで待つつもりかな」

「この銀行が立て替えれば済むことではないか?」

「いや、北産のコンピュータが今日中に復旧する保証はないんだから、それはできない」

「ううむ。相当まいってるな。まだ考えつかんのか。人間セッパ詰まったときはアドレナリンとかいうものが脳ミソの中に分泌するというではないか。そろそろ出るころだとは思うが」

「あっ、出そうだぞ……」

言う間に、支店長の顔面がビクビクと痙攣した。低く呻《うめ》きながら立ち上がり、拳を天井に向けて突き上げた。

「アドレナリンか、脳溢血か……」

支店長は一声、奇声を発すると、二人の弁護士に輝かしい笑顔を向けた。

「そうだ、そうです！　なんでこんなことに気付かなかったんだ。カンタンじゃないか！」

言いながら支店長は、早くも受話器を手に取っていた。

「ハッハッハッ、北海道産業銀行の東京支店ならすぐそこにある。三千万円を現金でもってこさせればいいんですよ。ハッハッハッ、なーんだ」

「そうだ、キサマ。やっとわかったか」

軍曹の口を掌で塞ぎながら、広橋はアドレナリン分泌状態の支店長を督励《とくれい》した。

「それは名案ですね。さ、すぐに手配して下さい」

東京支店というより、ローカル銀行のアンテナショップとでもいうべき北海道産業銀行の行員が、血相を変えて飛び込んできたのはわずか十五分後のことである。

三千万円を鞄に詰めて店を出るとき、窓口の行員が言った。

「支店長、北産のオンライン、復旧しました」

支店長はホッと溜息をついて答えた。

「そうか。だが、もういい」

行員たちの最敬礼を受けながら、二人の弁護士は兜町の町へ出た。軍曹はもうこらえきれぬというふうに、広橋の耳元で囁いた。

「明日の今ごろには、この店、いったいどうなっておるかな」

「さあ。ダンプカーで殴り込まれてるかも知れない」

「こういうのも、けっこう面白いではないか。なんだかヤミツキになりそうだ……」

納会前のあわただしい証券街であった。この街に飛びかっている膨大なカネに較べれば、手にした三千万はカネのうちにも入らぬものだろう、と広橋は考えた。

しかし、その札束には妙な重みがあった。しばらく思いめぐらせてから、それが電子マネーの普及により、誰もが縁遠くなった現金の重みであることに広橋は気付いた。やっぱりカネはこういう物の方がいい、とつくづく思うのであった。

それにしても〈天使〉のハッキングはあざやかだった。札幌センターのメインフレームは、まるで計ったようにほんのひととき呼吸を止め、何ごともなく再び動き出したのだ。

自分だけが知っている〈天使〉の幼い笑顔を思い浮かべて、広橋は声を殺して笑った。

さて、帰ったらもうひと仕事しなくては。きっと山のように冬休みの宿題がプリントアウトされていることだろう――。

「バイバイ、アンナ」

「うん、またあしたね」

——あーあ、つまんない。

塾は退屈だし。雪はとけちゃうし。冬休みの宿題はヤマのようにあるし。もうじきお正月だっていうのにママからは何の連絡もないし。

父子家庭じゃみっともなくって、友だちを連れてくることもできない。なんてユーウツな冬休みだろう。

今日もまたレトルトカレーを温めて、カップスープを作って。パパったら、

「やあアンナ。今日は〈珈哩工房〉かね。おっ、うまい。近ごろ腕を上げたな」

だって。バッカみたい。毎日「ククレ」だの「ボンカレー・ゴールド」だの、あてっこして喜んでる。

パパが会社をやめて、というか私がやめさせてからずっと家にいてくれるのは、そりゃあ悪いことじゃないけど。でも、本当はこんなハズじゃなかった。

だってパパったら、会社をやめたとたんに私からコンピュータを取り上げた。こんなことをしているとロクな人間にならないからって。

ということは、自分がロクな人間じゃないってことかしら。

それればかりじゃない。ついでにテレビも捨てちゃった。今さらキコさまのおうちのマネ

をたってどうなるものでもないと思うけど。

だから食後のダンランは、ＣＤでモーツァルトのアイネ・クライネかなんか聴きながら、ジョージ・ワシントンがサクラの木をどうしたこうしたとか、キューリー夫人がボヘミアのこぼれ松葉ですべって転んだとか、そういう話をエンエンと始める。なんてアナログな生活！

あーあ。みんな心配しているだろうな。アングラ電子掲示板《B・B・S》のスターが、急にいなくなっちゃったんだから。

まったく指がウズくわ。

「ただいま。パパ、いるの？」

……しょうがないわね。また鍵あけっぱなしでパチンコに行ったんだわ。

チャンス。今のうちに私の健在なことをみんなに伝えておこう。

ルンルンルン……あれ。私の部屋に誰かいる。ドロボーかしら……。

「クックッ。これは面白い。なんだかヤミツキになりそうだ」

「パパッ！　いったい何考えてんのよ。勝手にログインしないで！」

「アッ、いかん。お、おかえり、アンナ」

「おかえりじゃないわ。使うなら自分のコンピュータ使ってよ」

「いや、そのなんだ。けっこういいじゃないかマッキントッシュも」

「笑ってごまかさないで。なによこれ、01の市外局番？　北海道にアクセスして、いったいなにやってたの。ちゃんと初期化《イニシャライズ》してよ」

「わかった。いや、ちょっと遊んでたんだ」

「そーですか。はいはいわかりました。では私も今日からまた始めさせていただきます。テレビも買ってね！」

「あっ、おまえその言い方、ママにそっくりだ。きもちわるい」

「バツとして夕ごはん作りなさい」

「……うん。わかった。今日はフォン・ド・ボーの中辛でいいな」

「サラダぐらい作ってよ。こっちは育ちざかりなんだからね」

「ハイ。すぐ支度します……」

「ン？……何よ。まだなんか言いたそうね、パパ」

「いや。その……コンピュータも悪くはないが――あんまり変わった友だちとは、付き合うなよ。いいね、アンナ」

解説

朝山《あさやま》　実《じつ》
（ライター）

尾形清《おがたきよし》――新宿《しんじゅく》裏通りのおんぼろ診療所の医者である彼は『きんぴか』の脇役だ。任侠映画《にんきょうえいが》の鉄砲玉《てっぽうだま》そのものの「ピスケン」。ランボーのように屈強《くっきょう》でアナクロな元自衛官「軍曹」。それに、将来は総理とまでいわれた元政治家秘書の「ヒデさん」。ピカレスクな三人の主人公たちのハデさに比べると、このあとの三巻に登場する尾形清は凡庸《ぼんよう》にして地味《じみ》な男である。

けれども数年ぶりに再読してみて強く印象づけられたのは、ピスケンでも軍曹でもない。まったく影のうすいこの男だった。

カネはない、看護婦もいない、満足に医療器具さえ揃《そろ》っていない。患者の大半は、不法就労の外国人や売春婦たちである。新宿の「赤ひげ」と呼んでもよかろうが、この男、なにも好んでドラマチックな選択をしたわけではない。頼まれればイヤとは言えない優柔《ゆうじゅう》な性格で、理想に燃えた先輩医師にひっぱられ、少しのあいだ腕を磨けると考えたまで。

だったのに、計算が違った。間もなく先輩は急死。日々担《かつ》ぎ込《こ》まれてくる患者たちを前にして、やめるにやめられなくなった。だから赤ひげなんて、格好の良い代物《しろもの》じゃなかった。見てくれは、貧相《ひんそう》で愚鈍《ぐどん》。診療所での彼を知らないひとは十人が十人、落伍者《らくごしゃ》と見下《みくだ》したことだろう。およそピカレスクな物語の中にあってピカリともしない男である。

その尾形清が、かような爆笑悪漢小説に顔を出すというのも、奇縁である。逆玉《ぎゃくたま》の輿《こし》で、彼が婿養子《むこようし》となった家の義父は大物政治家と太いパイプをもつ大蔵官僚で、妻の前夫は「きんぴか」三人組のひとり、ヒデさんこと、転落エリートの広橋秀彦《ひろはしひでひこ》。つまり、ヒデさんとは新たな家族を介してつながっていた。

三巻目にして、はじめて尾形清という男について語られるわけだが、落ちたとはいえエリート人生をひた走ってきた不肖《ふしょう》・広橋の目には、なんで自分を見限って、またよりにもよって妻はこんな風采《ふうさい》のあがらない男と一緒になったのか、どう考えても合点《がてん》がいかなかったにちがいない。

しかし、尾形の朽《く》ちた診療所を覗《のぞ》いたときに、疑問はとけた。読者のあなたの目にもそうだろう。また、広橋にしても、疼《うず》きとともにうなずけるだけの料簡《りょうけん》を持ち合わせた男として作者は描いている。むろん心底、肚《はら》では逆巻《さかま》く波濤《はとう》はあったであろう。が、ぐだぐだした場面は割愛《かつあい》している。

切れ者と愚鈍。いわば、尾形と広橋は互いが互いの光であり影である。都会の片隅にひっそりと生きるものに、包み込むようにして明かりをあてる。それが浅田次郎の小説である。

また、母親の再婚を機に、揺れ動く息子と娘。ふたりの子供を挟《はさ》んでの、語ることのない男たちの心情描写がいいんだ、泣けるんだ。

見てくれも生き方も相反するふたりだが、一点、広橋と尾形には気持ちにおいて交差するものがある。――夜中の駅前。診療に疲れ、終電から降り立った尾形は、いつものように人波をやりすごそうとしてロータリーに佇《たたず》んでいた。と、屋台のおやじから声をかけられ、ラーメンをすする。二言三言会話する。

おやじは、そっくりだなと言う。何がと訊《き》けば、前のだんな、つまり広橋も人混みが苦《にが》手《て》らしかった。ロータリーに佇んでは、麺《めん》をすすり「おじさん、すまんなあ。家にメシの仕度があるから」とスープを残していったという。

そう。エリートの広橋は仕事に追われながらも、広橋なりに家族を気遣っていた。妻に何をしてやれたかと問われれば、言葉ひとつかけてやることはなかったのかもしれない。が、けれども、それでも、口数少なで弱みをみせまいとした広橋を、妻は誤解していた。義父の連座した収賄《しゅうわい》の罪を被《かぶ》ってひとり下獄《げごく》したときにも、広橋は何も言わなかった。

肚にしまった。

そんな広橋を、妻は責めた。理解しきれずに、耐えきれずに、あきらめた。疲れ果てていたのだろう。彼女にしてみれば、心を開こうとしない夫に不安が募《つの》っていたのだろう……。

いっぽうの尾形だが、広橋とは不思議と似通った性癖《せいへき》があった。口べただった。カネを稼《かせ》ぐどころかボランティアまがいの診療医をしていることを、妻にはずっと内緒にしていた。負い目を感じていた。義父の葬儀の場で広橋と出会ってからは、いかにも見劣りする自分がますます、つまらない男のように思われてならなかった。いまどき信じられないくらいに心やさしく、自信のない男。そんな男だからこそ、作者はわざわざ一章を彼のために供したのであろう。決してそうではないのに、自分をダメなやつだと思い込んでいる尾形だからこそ。

ひとりぽつねんとロータリーで、佇む男。

その姿は、浅田次郎がこれまで幾つかの作品の中で設定を変えながらも書き綴《か》《つづ》ってきた、子の心象風景にダブるものがある。作者は、親に捨てられ路傍《ろぼう》に探しあぐねる少年のドラマを、繰り返し描いてきている。代表的なものでいえば、『地下鉄《メトロ》に乗って』（徳間書店）がそうであるし『鉄道員《ぽっぽや》』（集英社）の中の短編「角筈《つのはず》にて」がそうである。

子捨て。置き去りにされた少年は、幼き心にも親の事情については薄々《うすうす》感づいていた。しかし、愛情を信じたい。その気持ちが不如意《ふにょい》な理由探しに追いやっていく。

生き別れて何十年か後、息子は父を目撃する。子はあの時の父親と同じ年齢となっていた。それにひきかえ父はあの時のまま、瞼《まぶた》に焼き付いたままの父である。現実の父であろうはずはない。息子が目にしたものは幻影、あるいは幽霊だったか。

恨《うら》む心、憎む心。それは強烈に愛するおもいの裏返しである。会いたくても会うことはできない。再会はかなわないものだとわかっている。不条理なればこそ、夢であれなんであれ、会って本当の気持ちを知りたい。わだかまりをときたい。中年男の積年のおもいが、いっときの生き霊《いりょう》を物語らせるのだろう。

デビュー作に、作家のもつ永続的なテーマは凝縮《ぎょうしゅく》されているものである。浅田次郎のこの『きんぴか』においても例外でない。破天荒《はてんこう》なピカレスク・ロマンがメジャーコードのストーリーなら、末節マイナー転調の「父と子」のドラマこそは、流るる浅田次郎の地下水脈である。

広橋秀彦――義父たちの替え玉となり、彼は黙って下獄する。事情を知らない妻から、非難の言葉とともに三下り半《みくだりはん》をつきつけられたが、何ひとつ抗弁はしなかった。妻に愛想《あいそ》を尽かしていたからではない。子供に愛情がなかったからではない。

広橋のルーツをたどれば実家は貧農で、父は酒乱、暴力沙汰がたえなかった。妻や子供たちにさんざ苦労をかけたあげく、父は雪の日に用水路に嵌《は》まって凍死した。ヒデ、九歳の時だった。

しかし、ヒデはそんな飲んだくれの父が嫌いではなかった。いや、好きだった。酒さえ飲まねば、好《よ》い父さんだった。それなのに自らの手で殺《あや》めてしまった……。

広橋秀彦の胸の中に三十年、これからも閉ざされ続ける過去である。

東大を出て大蔵省に入り、若手のトップ、さらに大物政治家の秘書と、権力の階段を上っていくことができたのは、並々ならぬ努力の結果であった。しかし、汚職事件の一件で口をつぐんだまま、広橋秀彦は一切を捨ててしまった。

なぜか――。

幼きあの日、我が手を穢《けが》した男にとって、指弾《しだん》されようとも義父は「自分があくまで理想とした日本の官僚像であり、家父長の雛形《ひながた》でなければならなかった」。信じた、崇《あが》めたきんぴかな理想だからこそ、守らねばならなかった。妻が離婚を持ち出したときでさえ、たとえ義父自身が結果的に裏切ろうとも……。

あきらかに屈折している。秀《ひい》でた合理主義のエリートでありながら、その心情たるや、軍曹にもピスケンにも伍《ご》して劣らぬアナクロ、屈折の男である。

すべてをなくし、ひとりぼっちとなった広橋に娘の美也《みや》は言う。

「ところでパパ、いま何のお仕事しているの？」

広橋はあわてて、コーヒーを膝《ひざ》の上にこぼす。少女は、ポシェットから取り出した小さなハンカチで父親の膝を拭《ふ》きつつ、

「仕事もない、家族もないなんて、まるでユウレイじゃない」

「ユ、ユウレイ。それはおまえ、ちょっと言い過ぎじゃないか」

動揺する父親に、小学六年生の娘は、きついことを言うのも愛情よ、と返す。

言葉につまった広橋は、それからしばらく娘の手元を見つめている。ハンバーガーショップのテーブルに両手をひろげ、少女はピアノの鍵盤《けんばん》を弾《ひ》くしぐさをしていた。踊る指先を黙って眺めていた。見慣れたしぐさだが、もうそんな娘を見ることはあるまい。だから……。

他愛《たわい》ない父娘《おやこ》の逢瀬《おうせ》のあと、広橋はひろげた掌《て》、足元をまじまじと見つめる。立ち止まって、ショーウインドウに姿を映してみる。「ユウレイ」という愛娘《まなむすめ》の言葉がこたえたのだろう。

広橋であれ尾形であれ、あるいはピスケン、軍曹にしても、彼らは人生の岐路にあって、いかなる心情で道を選んだのか、作者は言葉を費やして書き綴ってはいない。野暮だから。

むしろ、滑稽《こっけい》なる演出で笑いとばそうとする。

なぜか——。

さきほどの父娘の一場面にしても、イケイケのピカレスク展開からみれば余計な枝葉《えだは》である。

が、浅田次郎の真骨頂《しんこっちょう》、小説のよさは枝葉にある。

複雑な大人の事情など、子供にわかるはずもない。それでも、敏感に空気を察して大人びた気遣いをみせる子。黙して立ち竦《すく》んでしまう父。三人の稀有《けう》なる悪漢たちの、風車に向かって槍《やり》を構えるがごとき行動と、ささやかな家族の情景は対《つい》である。『きんぴか』は巷間《こうかん》ユーモラスな悪漢小説《ピカレスク・ロマン》だといわれてきたが、それは半面である。もう半面は、その後の浅田次郎の小説の太い幹ともなる「父子物語」のエッセンスが点在した作品である。

軍曹もピスケンもヒデさんも、みんなバカである。時代錯誤なバカである。彼らの猪突《ちょとつ》な行動は滑稽の極《きわ》みだ。が、しかし、彼らはバカだからこそよいのだ。無能であったり、計算ができない男たちではない。渡世《とせい》の貧乏くじをひくのは、わかっていてひく見栄《みえ》なのだ。誇りなのだ。

大馬鹿者《おおばかもの》としての彼らが登場しない『きんぴか』を想像してほしい。あまりに切《せつ》ない、あまりに哀《かな》しすぎはしまいか。浅田次郎が道化《どうけ》の役回りを三人にあたえたのは、ひとえに作家の照れである。

バカな男たちの小説だからこそ安穏《あんのん》と笑い転《わらころ》げていたはずなのに、あなたは『きんぴか』で泣く。さっきまで腹を抱《かか》えて笑っていたのに、突然泣けてくる。

いいのだよ、涙しても。饒舌《じょうぜつ》なる大嘘《おおうそ》に込めた、かけらのような真実。嗤《わら》われようとバカにされようとも、古色《こしょく》に映ろうがなんだろうが、捨てちゃいけないものはある。世間がどんなに移り変わろうが守り通さねばならないものは、ある。耳に手をあて朗唱《ろうしょう》するあにやんじゃないが、彼ら三バカに捧げるべきは、

《浪花節《なにわぶし》は聞くもんで、歌っちゃならねえって。このバカヤロウが、知れ切った捨《す》て駒《ごま》なんぞになりやがって》

ピスケンを諫《いさ》めた、警視庁の名物刑事「マムシの権左《ごんざ》」の言《げん》である。

すすんで舞台でおどけてたたらを踏む。純な心を滑稽の大風呂敷《おおぶろしき》で包み込んでしまう。それがまことおかしき、粋なピカレスク『きんぴか』である。

最後に明言しておこう。浅田次郎の小説の《笑い》は、捨て駒たちへの、諧謔嗜虐《かいぎゃくしぎゃく》の哀歌《エレジー》である。

（光文社文庫初刊時のものを再録しました）

一九九九年八月　光文社文庫刊

光文社文庫

長編小説
血《ち》まみれのマリア　きんぴか②　完本
著　者　浅《あさ》　田《だ》　次《じ》　郎《ろう》

2023年5月20日　初版1刷発行

発行者　三　宅　貴　久
印　刷　新　藤　慶　昌　堂
製　本　ナ シ ョ ナ ル 製 本

発行所　株式会社　光　文　社
〒112-8011　東京都文京区音羽1-16-6
電話（03）5395-8149　編　集　部
8116　書籍販売部
8125　業　務　部

ISBN978-4-334-79528-3　Printed in Japan

組版　萩原印刷

ココロ・ファインダ　相沢沙呼
二人の推理は夢見がち　青柳碧人
未来を、11秒だけ　青柳碧人
三毛猫ホームズの推理　赤川次郎
三毛猫ホームズの追跡　赤川次郎
三毛猫ホームズの狂死曲　新装版　赤川次郎
三毛猫ホームズの怪談　新装版　赤川次郎
三毛猫ホームズの騎士道　新装版　赤川次郎
三毛猫ホームズの運動会　赤川次郎
三毛猫ホームズのクリスマス　赤川次郎
三毛猫ホームズの感傷旅行　赤川次郎
三毛猫ホームズの歌劇場　赤川次郎
三毛猫ホームズの幽霊クラブ　赤川次郎
三毛猫ホームズの登山列車　新装版　赤川次郎
三毛猫ホームズの騒霊騒動　赤川次郎
三毛猫ホームズのプリマドンナ　赤川次郎
三毛猫ホームズの四季　赤川次郎

三毛猫ホームズの黄昏ホテル　新装版　赤川次郎
三毛猫ホームズの犯罪学講座　赤川次郎
三毛猫ホームズのフーガ　赤川次郎
三毛猫ホームズの傾向と対策　新装版　赤川次郎
三毛猫ホームズの家出　赤川次郎
三毛猫ホームズの心中海岸　新装版　赤川次郎
三毛猫ホームズの〈卒業〉　赤川次郎
三毛猫ホームズの安息日　新装版　赤川次郎
三毛猫ホームズの正誤表　新装版　赤川次郎
三毛猫ホームズの無人島　赤川次郎
三毛猫ホームズの四捨五入　新装版　赤川次郎
三毛猫ホームズの大改装　赤川次郎
三毛猫ホームズの恋占い　赤川次郎
三毛猫ホームズの最後の審判　赤川次郎
三毛猫ホームズの花嫁人形　新装版　赤川次郎
三毛猫ホームズの仮面劇場　新装版　赤川次郎
三毛猫ホームズの危険な火遊び　赤川次郎

光文社文庫　好評既刊

三毛猫ホームズの暗黒迷路　赤川次郎
三毛猫ホームズの茶話会　赤川次郎
三毛猫ホームズの用心棒　赤川次郎
三毛猫ホームズは階段を上る　赤川次郎
三毛猫ホームズの夢紀行　赤川次郎
三毛猫ホームズの闇将軍　赤川次郎
三毛猫ホームズの回り舞台　赤川次郎
三毛猫ホームズの証言台　赤川次郎
三毛猫ホームズの復活祭　赤川次郎
三毛猫ホームズの裁きの日　赤川次郎
三毛猫ホームズの夏　赤川次郎
三毛猫ホームズの秋　赤川次郎
三毛猫ホームズの冬　赤川次郎
三毛猫ホームズの春　赤川次郎
若草色のポシェット　赤川次郎
群青色のカンバス　赤川次郎
亜麻色のジャケット　赤川次郎

薄紫のウィークエンド　赤川次郎
琥珀色のダイアリー　赤川次郎
緋色のペンダント　赤川次郎
象牙色のクローゼット　赤川次郎
瑠璃色のステンドグラス　赤川次郎
暗黒のスタートライン　赤川次郎
小豆色のテーブル　赤川次郎
銀色のキーホルダー　赤川次郎
藤色のカクテルドレス　赤川次郎
うぐいす色の旅行鞄　赤川次郎
利休鼠のララバイ　赤川次郎
濡羽色のマスク　赤川次郎
茜色のプロムナード　赤川次郎
虹色のヴァイオリン　赤川次郎
枯葉色のノートブック　赤川次郎
真珠色のコーヒーカップ　赤川次郎
桜色のハーフコート　赤川次郎